JN447179

11
미시마 요무
illustration
타카미네 나다레
나는 성간 국가의
I am the Villainous Load of the Interstellar Nation
악덕 영주!

"오라버님은 그런 말 안 해!"
시엘
Ciel

릴리에
Lillie
"리암을 향한 마음을
숨기려고 할수록 불타올라서
더 강한 자아를 가진 거야."

"……그, 그러냐."
리암
Liam

"훌륭한 연설이었습니다!
리암 님의 마음은 분명
장병들에게 통했을 겁니다."
에셀
Ethel

우리를 중심으로
우주에 수많은 선이 그어졌다.
"굉장해……."

"……일섬."

CONTENTS

프롤로그 011
제 1 화 악덕 영주의 일? 030
제 2 화 언더그라운드의 악마 051
제 3 화 매형 060
제 4 화 에크스나 남작가 074
제 5 화 악당의 방식 097
제 6 화 번필드가의 인연 117
제 7 화 언니라 불러 144
제 8 화 구출 작전 159
제 9 화 속공 전술 178
제 10 화 사냥개들 188
제 11 화 지상전 203
제 12 화 리페어 229
제 13 화 진실과 현실 255
제 14 화 어비드와 바나디스 276
제 15 화 인연은 이어지고 307
제 16 화 제미나이꽃 329
제 17 화 크루트와 세실리아 352
특 별 편 양산형 메이드로봇은 봤다! 검귀의 정체 377

나는 성간 국가의 악덕 영주!

I am the Villainous Lord of the Interstellar Nation

11

미시마 요무

illustration
타카미네 나다레

커버 그림, 본문 일러스트 | **타카미네 나다레**

성간 국가 알그란드 제국의 수도성.

제국의 중추인 그 행성은 대륙 하나를 통째로 궁전으로 쓰고 있었다.

그런 궁전 내부에서도 극비인 구역이 바로 현재 황제인 '바그라다 노아 알바레이트'의 개인실이다.

극히 일부만 존재를 알며, 그곳에 이르기까지 수많은 보안 절차를 통과해야만 한다.

경비도 제국에서도 상위급 기사와 군인들이 맡으며, 수상한 자는 즉결 참형할 수 있다.

그 엄중한 곳에 황태자 '클레오 노아 알바레이트'가 방문했다.

이전의 앳된 모습이 사라진 클레오는 짧은 적발을 약간 신경 쓰면서 두껍고 커다란 문 앞에 섰다.

황태자가 된 후로는 복식에 장식이 늘어 한 층 더 빛이 났다.

이윽고 천천히 문이 열렸고…… 사복을 입은 바그라다의 모습이 눈에 들어왔다.

그의 슬랙스와 스웨터 차림은 이렇듯 선택받은 극히 일부만이 볼 수 있다.

바그라다는 클레오를 향해 싱긋 미소를 지었다.

"어서 와. 오늘은 무슨 용건으로 날 찾아왔지?"

마치 다정한 청년처럼 바그라다가 클레오에게 용건을 물었다.

그러나 상대는 제국의 황제. 황태자라도 감히 방심할 수 없었다.

무엇보다도 클레오는 가끔 바그라다가 뿜는 꺼림칙한 기척을 두려워했다.

"오늘은 누이인 세실리아의 결혼에 대해 상담하고 싶어 폐하의 존안을 뵙고자 요청했습니다. 바쁘신 줄 알지만, 부디 우둔한 저에게 조언을 해주셨으면 합니다."

자신을 낮추는 클레오를 보고 바그라다는 턱에 손을 대고 흐뭇해했다.

"세실리아는 너와 같은 어머니를 둔 누나였지?"

"네."

한 배에서 난 사이인 만큼 클레오는 '세실리아 노아 알바레이트'에게 가족의 정을 많이 느꼈다.

세실리아는 클레오나 '리시테아 노아 알바레이트'와는 사정이 다르다.

지금은 제국의 황태자지만, 셋 중에서 막내인 클레오는 본래 후계자 싸움을 할 능력도 없는 이름뿐인 황자였다. 이에 차녀인 리시테아는 클레오를 지키기 위해 기사가 되기를 자처했다.

하지만 장녀인 세실리아는 황족의 교육을 받았으며, 성격이 의젓하고 온순하며 포용력 있는 사람이었다.

금발 벽안에 굴곡진 몸매의 소유자로, 그야말로 아가씨의 정석이었다.

온갖 잡배가 날뛰는 궁정에서 상냥하고 평범한 사람이 나온 건 기적에 가까웠다.

클레오는 그런 기적 같은 존재에 관한 고민이 있었다.

"제가 번필드 백작…… 아니, 공작과 친하게 지내던 시절에 세실리아의 혼인을 맡겼는데, 지금에 와서는 조금 곤란한 일이 되고 말았습니다."

클레오는 리암을 배신한 상황이니 세실리아의 결혼을 무르고 싶었다.

당시에는 이런 상황을 생각하지 않았기에, 누나의 결혼을 부탁하는데 망설임이 없었다.

하지만 지금은 이게 오히려 고민거리가 되었다.

"리암 공작이 주선한 상대는 신흥 귀족인 에크스나 남작가입니다. 당시는 절박했던 터라 다른 방법이 없었습니다만, 지금 생각하면 감히 근본도 없는 가문과 주선을 한 것이 화가 나는군요."

장녀의 결혼 상대는 '크루트 세라 에크스나'. 리암과 절친한 친구인 점도 문제였고, 에크스나가의 격도 문제였다.

에크스나가는 현 당주가 무훈을 세워 일어난 신흥 가문이다. 벼락출세한 자는 귀족 사회에서 멸시당한다.

객관적으로는 이름뿐인 귀족들보다는 유능한 편이라고 생각하지만, 친누나를 시집 보내기에는 격이 너무 낮았다.

(나는 이전과 처지가 달라졌어. 이제는 내가 제국의 황태자라고. 내가 거부하면 리암도 거역할 수 없어야 하는데…….)

클레오는 저도 모르게 양손을 꽉 쥐고 있었다.

그 모습을 흐뭇하게 보던 바그라다가 입을 열었다.

“감정적으로도 혈연적으로도 누나가 결혼하기에는 이래저래 불안한 점이 많은 거니?”

“아, 네! 세실리아가 더 격식 있는 가문에 시집을 갔으면 좋겠습니다. 그래서 부디 폐하의 의견을 들려주셨으면 합니다.”

의견을 듣고 싶다고 말했지만, 속으로는 파혼했으면 하는 마음이 가득했다.

하지만 바그라다는 클레오가 바라는 답을 주지 않았다.

“나에게 오기 전에 재상과 상담했겠지? 그런데도 네가 바라는 답을 듣지 못해서 날 찾아왔을 거고?”

“?! ……죄송합니다.”

속뜻을 간파당한 클레오는 무서워져서 고개를 숙이고 말았다.

바그라다는 그런 클레오를 부드럽게 타일렀다.

“재상이 반대하는 게 당연하지. 황족의 결혼은 신중해야 하니까. 별다른 이유도 없이 파기하면 궁전의 신뢰가 떨어졌다고 생각할 귀족들이 많아. 특히 궁정 귀족들은 더 그렇지.”

“……리암과의 대립 관계와 에크스나 가문의 격을 지적할 생각이었습니다. 하지만 재상은 구실로 삼기에는 부족하다고 하더군요.”

“그야, 이미 공식 발표를 다 마치고 결혼이 코앞일 테니까. 이 시점에서 파혼하는 건 재상에겐 별로 달갑지 않은 일이지.”

바그라다가 재상의 심정을 생각하자 클레오는 고개를 들고 항의했다.

"겨우 그 정도 이유로 세실리아의 행복을 포기하란 겁니까?! 세실리아는 저에겐 둘도 없는 누나입니다!"

클레오는 자기도 모르게 목소리가 크게 나와 깜짝 놀랐다.

바그라다는 클레오를 빤히 보았다.

"개인의 처우보다 제국의 신용이 우선. 그게 제국이야. 나도 세실리아의 결혼을 파기할 이유로는 부족하게 보이는구나."

"그럼 제가 할 수 있는 게 아무것도 없는 겁니까?"

절망한 클레오에게 바그라다는 꺼림칙하게 웃으며 말했다.

"그들을 정 갈라놓고 싶다면 결혼 후에 구실을 하나 만들어 파국으로 만들려무나. 그 후에 세실리아를 네가 원하는 상대에게 시집보내."

"구실 말씀입니까? 하오나, 제가 조사하기로는 에크스나가는 놀라울 정도로 성실한 자들이었습니다. 그래서 리암이 지원하는 거겠지만요. 그들은 굳이 감출 게 없습니다."

바그라다의 분위기가 더욱 꺼림칙하게 바뀌자, 클레오는 두려움에 몸이 떨리기 시작했다.

그는 아쉽다는 듯이 고개를 저었다.

"클레오, 너는 악의가 부족하구나."

"……악의라 하심은?"

"네 시야가 너무 좁다는 말이란다. 세실리아의 결혼은 너와 리암 군의 관계와 밀접한 일이니 온 제국이 주목하고 있지."

"……같은 말을 재상에게도 들었습니다. 그러니 부주의한 행동은 삼가라고 하더군요."

"아니, 발상을 바꿔야지."

바그라다의 말에 클레오의 눈이 휘둥그레졌다.

"그거야말로 온 제국이 주목하는 자리에서 리암 군을 욕보일 기회 아니겠니? 그렇게 하면 세실리아도 되찾고 그의 평판도 깎아내릴 수 있겠지. 안 그러니?"

바그라다가 이건 기회라고 이야기하자 클레오는 강한 흥미를 보였다.

"……제가 어떻게 하면 되는지 가르쳐 주십시오."

클레오의 진지한 눈을 보고 바그라다는 미소 지었다.

"물론 가르쳐주고말고. 자식에게 선조의 지혜를 전수하는 게 아버지의 역할이니까."

바그라다는 아버지를 운운했지만, 클레오야 어쨌든 세실리아를 자식으로 생각하지는 않았다.

애초에 자녀가 무수하니, 이름을 기억하는 편이 더 적을 것이다.

클레오는 바그라다의 태도에 약간 분노했지만, 감히 거스를 분위기가 아니므로 침묵했다.

그뿐만 아니라 리암을 욕보인다는 말에 넘어가, 세실리아의 행복은 어느새 뒷전이 되어가고 있었다.

(리암, 언제까지고 네 마음대로 하게 두지 않겠다. 우선 이 결혼식에서 치욕을 주지.)

◇◆◇◆◇

몇 주 후.

클레오는 호위 기사들을 데리고 귀족 죄수를 수용하는 감옥으로 향했다.

제국에서 귀족의 권위가 아무리 높더라도, 중대한 범죄는 투옥을 면할 수가 없다. 다만, 이 또한 귀족을 위한 시설이므로 이름만 감옥일 뿐, 고급 호텔과 별반 다르지 않았다.

물론 탈옥까지 용납하진 않으므로 문과 창문은 자력으로 열 수 없는 구조였지만, 이마저도 평범한 감옥에 있던 자들은 호화롭게 느낄 수준이었다.

하지만 정작 귀족들에게는 불편하기 짝이 없는 곳이었다.

클레오가 방 앞을 지나가자, 문에 있는 작은 창에서 귀족들의 비통한 호소가 들려왔다.

"당신이 황태자 전하지?! 그렇지?!"

"살려주세요! 전 무고하게 잡혔어요! 이런 좁은 방에 갇혀서 인생이 끝나다니, 그럴 순 없다고!!"

"황태자 전하가 이런 곳을 오다니, 혹시 특별 사면이 있나? 그렇다면 날 꺼내라! 당신을 위해 일해줄 테니!"

죄수들의 고함에 클레오가 미간을 찌푸리자, 안내역인 간수장이 사과했다.

"무례를 용서해 주십시오, 황태자 전하. 이자들이 긴 투옥 생활로 인해 귀족의 품위를 잊은 듯합니다."

클레오는 간수장에게 말했다.

"됐어, 저런 잔챙이들은 관심 없으니까. 내가 찾는 자는 어디 있지?"

"이 앞입니다."

클레오가 안내받은 곳은 유독 거창한 문이 달린 방이었다.

"……여기가 틀림없는 건가? 그는 가난한 궁정 귀족 출신이라 들었는데? 하긴, 그렇게 따지자면 애초에 여기 수용된 것부터가 이상하군."

클레오의 의문에 간수장은 문에 손을 대면서 답했다.

"그건 그자가 특별하기 때문입니다."

"특별해?"

간수장이 문에 손을 대자 문과 벽이 투명하게 변했다.

투명한 벽 너머로 넓은 방과, 고급스러운 가구들이 눈에 들어왔다.

도무지 감옥과는 거리가 먼 풍경이었다.

방의 주인은 큰 테이블에 앉아 식사 도중이었다. 다른 죄수들과는 달리, 그는 여유롭게 스테이크를 썰었다.

옷도 다른 죄수들과는 달리 깨끗한 검은 정장 차림이었다.

보통 이곳의 죄수들은 오래도록 이어진 감옥 생활에 질려, 차림새를 챙기지 않았다. 하지만 눈앞에 있는 남자는 방금 밖에서 들어온 듯 깨끗했다.

그러나 이런 상황임에도, 그의 얼굴은 그의 인상을 수상하게 만들기에 충분했다.

원인은 그의 눈매였다.

날카로운 삼백안이 클레오에게 향했다.

그는 대수롭지 않게 시선을 되돌리더니, 종이 냅킨으로 입가를 닦고 천천히 자리에서 일어섰다.

"황태자 전하께서 이 낮은 곳에 친히 찾아오실 줄이야. 황태자 전하의 평에 누가 될까 두렵습니다.

상대의 여유로운 대응에 클래오는 살짝 짜증이 치솟았다. 황태자 앞에서도 여유를 보이는 게 마음에 들지 않은 탓이었다.

하지만 동시에 이 뻔뻔함에 살짝 기대가 피어올랐다.

"리암에게 원한을 품은 실력자가 있다고 하던데, 그것이 너인가?"

그러자 남자가 작게 웃었다.

"과연, 리암 세라 번필드 때문에 오셨군요. 확실히 달가운 상대는 아니로군요. 본인이 막대한 부를 쌓았음에도 이곳에서 지내는 이유가 전부 그의 덕이거든요."

그는 특이하게도 자신을 본인이라 칭했다. 말하면서 리암이 생각났는지, 그의 눈매가 날카롭게 변했다.

"그 리암과의 싸움에 널 써야겠다."

클레오 말에 남자는 입가를 손으로 어루만졌다.

"정말로 번필드가와 관계를 끊으셨습니까? 듣자니 사이가 안 좋은 척하며 기만 작전을 펼치는 중이라는 이야기가 있습니다만?"

"하, 그 녀석의 숨통을 끊을 때까지 난 안심하고 잘 수도 없는 처지다. 그래서 어떡할 텐가? '빌리 세라 시네스'?"

그러자 남자가 씨익 웃었다.

빌리는 갈색 피부에 날씬하고 키가 컸다. 회색 머리카락은 부스스한 울프컷이지만, 기른 수염만은 잘 정돈되어 있었다.

어두운 기운을 뿜어내는 그가 무릎을 꿇었다.

"좋습니다. 본인의 힘이 도움이 된다면 부디 써주십시오."

"좋군. 기대하지. ……한데, 그대는 어떻게 이런 방에서 따로 지내게 된 건가?"

클레오가 의문을 표하자, 빌리가 간수장을 보면서 히죽거렸다.

"돈은 어디에서든 유용한 법이지요. 물론 이곳에서는 쓸 곳이 마땅치 않습니다만, 그것도 다 이용하기 나름인지라. 검은돈을 이들에게 조금 선물했을 뿐입니다."

빌리가 양팔을 벌리고 방을 보라는 듯이 가리키자, 클레오는 납득했다.

그리고 간수장에게 시선을 돌렸다.

"간수에게 뇌물이라……."

그러자 간수장이 황급히 오해를 풀려고 했다.

"황태자 전하, 그것만이 이유가 아닙니다! 이 남자는 이곳에 잡혀있는데도 밖에 있는 부하들을 부릴 수 있습니다! 선불리 거스르면 저희도 어떻게 될지 모릅니다!"

간수장의 초조한 태도에 클레오는 의외라는 듯 빌리를 바라보았다.

"……생각 이상으로 유능한 모양이구나."

빌리가 대꾸했다.

"과찬입니다. 저는 작은 악당에 불과하지요. 다소 그런 쪽으로 재능이 있었는지라, 집에서 나온 뒤로 조금 출세했을 뿐입니다."

클레오가 간수장에게 지시를 내려 문을 열도록 하자, 빌리가 걸어 나왔다.

"황태자 전하께서 맡기신 일을 하기 전에 풀어주셨으면 하는 기사가 한 명 있습니다만."

"그자도 죄수인가? 미안하지만 단순한 지인이라면 나중에 다시 이야기하지."

"아니요, 그런 것은 아닙니다. 다만 그자는 업계에서 제법 유명한 남자인지라, 도움이 될 것입니다."

그 말에 클레오가 흥미를 보였다.

"능력 있는 녀석인가?"

"해적질하다 붙잡힌 악질적인 남자죠. 일섬류와도 인연이 있습니다."

일섬류라는 말을 듣고 클레오는 노골적으로 반응했다.

"리암과 관련된 자인가?"

그러자 빌리가 쓴웃음을 지었다.

"리암과도 무관하진 않지만 서로 면식은 없을 겁니다. 그는 검신과 엮인 인물이거든요."

검신. 리암이 스승으로 모시는 '야스시'를 가리키는 말이다.

어느 날 제국에 나타난 검사로, 다른 이들과는 차원이 다른 강함을 지녔다는 인물이다.

그런 야스시와 인연이 있는 기사라니.

클레오는 관심이 생겼다.

"좋다. 그 남자가 있는 곳으로 안내해라."

클레오는 빌리와 함께 그 기사도 거두기로 했다.

◇◆◇◆◇

클레오가 향한 곳은 귀족을 잡아둔 감옥과는 분위기가 사뭇 달랐다.

기사 출신 죄수들이 눈에 띄는 색깔의 죄수복을 입고 있었다.

기사들은 일반인보다 강한 육체를 가지고 있어서, 손발에 움직임을 방해하는 무게추가 달려있었다.

도망치려 하거나 간수에게 대항하면 양손, 양발의 추가 자석처럼 달라붙는다는 모양이다.

죄수들은 강제로 자원 행성에서 채굴 작업을 하고 있었다.

채굴이 어렵기로 유명한 레어 메탈 광산은 가끔 사망자도 나오는 가혹한 환경이다.

보통 사람은 한 달도 버티기 어려운 곳이지만, 이들은 기사 출신이므로 몇 년은 버틴다고 한다.

클레오를 지켜야 하는 간수장은 긴장한 듯이 주변을 살폈다.

다른 간수들은 모두 무기를 지니고 돌발 사태에 대응할 수 있도록 했다.

간수장은 이곳에 대해 안내했다.

"이곳은 기사 수용소 중에서도 가장 가혹한 감옥입니다. 아무리 초인이라고는 해도 몇 년 안에 몸이 상하거나 죽는 곳이죠."

간수장의 말에 클레오는 조금 불안해졌다.

그런 곳에 잡혀있던 기사가 믿음직할지 미심쩍었기 때문이다.

"그놈이 잡힌 지 얼마나 지났지?"

클레오가 고개를 뒤로 돌려 물어보자, 뒤에 대기하고 있던 빌리가 대담한 웃음을 지었다.

"그 남자는 이런 곳에서 쉽게 죽을 인물이 아닙니다. 운 나쁘게 채굴 중 사고에 휘말려 죽을 가능성이 없지는 않습니다만, 명부에 이름이 실려있으니, 그건 아니겠지요."

빌리는 자신감을 보였고 클레오는 작게 한숨을 쉬고 앞을 봤다.

"그러길 빌고 싶네."

클레오 일행이 간수장의 안내를 받아 채굴 현장 가장 안쪽에 들어가자, 간수들이 큰 소리로 외쳤다.

"전원, 작업을 중단하라!"

그 말에 죄수들이 일제히 동작을 멈추고 클레오 일행을 노려봤다.

제일 안쪽은 가장 위험한 곳으로, 중죄인들이 모여있다.

그런 와중에 머리숱이 많고 백발이 섞인 부스스한 흑발을 허리까지 기른 남자가 등을 돌리고 서 있었다.

빌리가 말했다.

"저 남자가 '검귀'입니다."

"그게 본명인가?"

클레오가 확인하자 빌리는 검귀의 정보를 말했다.

"물론 가명이지만, 원래 이름은 버렸다고 합니다. 검 하나로 외길 인생을 살기로 정했다고 하더군요. 다만 검귀가 추구한 건 목숨을 건 진검승부였는데…… 뭐, 일반 사회에서는 허용되지 않아 어둠의 세계로 흘러들어왔지요."

빌리가 검귀라 부른 남자는 키가 큰 편이라고는 할 수 없었다.

하지만 혹독한 감옥 안에 있어도 여위지 않고 단련된 몸을 유지하고 있었다.

검귀가 얼굴만 돌렸다.

"……소생에게 무슨 볼일인가?"

검귀의 날카로운 눈빛을 본 클레오는 한순간이지만 자신이 살해당하는 듯한 모습이 보였다.

눈을 크게 뜨고 식은땀을 흘렸다.

그런 클레오의 모습을 보고 호위 기사들이 주인에게 살기를 뿜었다는 이유로 베려고 달려들었다.

"범죄자 따위가! 황태자 전하께 무례하다!"
간수장과 빌리가 튀어 나간 기사들에게 각자 말했다.
"기, 기다리십시오! 그 남자는 위험합——."
"그와 싸우는 건 추천하지 않아요. 그 녀석은 해적과 용병들 사이에서도 유명한 검사…… 이미 늦었나."
달려든 기사들은 검귀라 불린 남자의 맨손에 얻어맞고 땅에 쓰러졌다.
검귀가 떨어진 검을 주워 들자, 간수장이 황급히 손에 들고 있던 리모컨을 조작했다.
그것만으로 주위에 있던 죄수들 모두가 손발을 구속당했다.
하지만 검귀는 이를 힘으로 버티고 있었다.
그는 몸이 굳는 중에도 검을 들었다.
"이렇게 끝내지 마라. 마지막까지 싸우게 해라……. 검을 뽑은 이상 소생이나 이 녀석이 죽을 때까지 끝나지 않는 게 싸움이라는 것이다."
눈 아래에 그늘을 만들고 광채가 사라진 검은 눈동자를 본 클레오는 소름이 끼쳤다.
그런 검귀 앞에 무기가 없는 빌리가 걸어 나갔다.
빌리는 검귀와 이야기했다.
"직접 만나는 건 처음이지? 본인이 빌리 세라 시네스다."
"……얼마 전에 들은 이름이군. 몇 번인가 그대의 의뢰로 적대하는 자들을 벤 기억이 있다."

"그래, 당신은 일 처리도 빠르고 확실해서 좋았어. 일하는 품은 꼼꼼하다고는 할 수 없었지만."

"방해하는 놈은 전부 베어 버린다. 그저 그뿐이다."

"당신에게 의뢰가 있다."

"죄수인 소생에게? 상당히 고귀해 보이는 도련님을 데리고 있다 싶었는데, 그런 건가."

검귀에게 평가하는 듯한 시선을 받은 클레오는 가슴을 펴고 허세를 부렸다.

"클레오 노아 알바레이트다. 이 이름, 감옥까지는 전해지지 않았나?"

클레오가 그 자리에서 이름을 대자 빌리는 오른손으로 얼굴을 덮었다.

"이름을 대는 게 너무 빠르십니다, 황태자 전하."

황태자 전하라는 말을 듣고 검귀가 큭큭대며 웃기 시작했다.

"이런 감옥에 황태자 전하가 오다니, 상당히 초조하신 것 같군. 하지만…… 소생은 기사도를 버리고 검의 길을 살기로 정한 날부터 권력에는 굴하지 않기로 정했다. 잡다한 의뢰라면 다른 어중이떠중이들에게 시켜라."

검귀가 그렇게 말하자 빌리가 어떤 인물의 이름을 말했다.

"검신 야스시."

"?!"

그 순간, 검귀의 표정이 순식간에 변했다.

검귀는 왼손으로 머리를 쥐어뜯었다.

"야스시…… 야스시…… 그 삼류 이하 쓰레기 검사가……! 뭐가 일섬류냐! 뭐가 검신이냐! 소생이 놈의 제자에게 지다니……."

검귀가 이상한 분위기를 내기 시작하자, 처음에 느낀 강자의 느낌이 다소 옅어졌다.

클레오가 빌리에게 물었다.

"검신이랑 무슨 일 있었나?"

"자세히는 모르겠지만, 어째 한때는 동문으로서 같은 도장에 다닌 것 같아요."

"같은 도장이라니? 검신은 일섬류가 아닌가?"

"조사한 바로는 여러 도장을 전전했다더군요. 다만 어느 도장이건 성적이 안 좋고 눈꼴신 자였다고 말했습니다."

한때 일섬류가 기존 유파의 기술을 긁어모아 만든 사이비 유파라는 소문이 돌았었다.

그 소문을 불식시킨 건 리암이 아닌 일섬류 검사들이었다.

당시에 가장 유명했던 건 알렌 검술과 쿠르단류 종합 무술이었다. 그런데 일섬류의 검사들이 그 양대 유파의 총본산을 습격해 당주를 압도적인 힘으로 굴복시켰다.

이 이후, 일섬류를 사이비 유파라고 얕보는 목소리는 사라졌고, 야스시의 수상한 경력은 아무도 신경 쓰지 않게 되었다.

"검신에게 그런 과거가 있다니, 의외로군."

빌리는 검귀에게 들리지 않도록 작은 목소리로 클레오에게 말했다.

“무시했던 야스시가 검의 길에서 앞선 것도 모자라, 검귀는 리암 앞에서 도주한 전적까지 있습니다. 그 두 가지 사건이 검귀를 여기까지 몰아넣은 거죠.”

“리암과 대치한 적이 있다고?”

“정확히는 해적의 호위로 일하고 있을 때 마주친 것뿐입니다. 리암의 실력을 보고 곧장 도망쳤지요.”

“그럼 어차피 리암에게는 안 된다는 뜻 아닌가?”

“역량을 확실하게 헤아릴 줄 안다고 해주시죠. 조건만 갖춰주면 이길 확률이 있습니다.”

강자의 분위기를 내던 검귀가 중얼거리며 불평을 늘어놓았다.

“질 리가 없어. 소생이 놈의 제자 따위에게…… 야스시에게 지는 일이 있어서는 안 돼……. 애초에 그때 소생은 구식 기동기사를 타고 있었다. 놈의 기동기사와 비교하면 초라한 수준이었지. 그래. 틀림없다. 그러니 소생은 지지 않은 것이다.”

눈 아래에 생긴 그늘은 리암에게 패배한 노여움에 잠들지 못하는 나날이 이어진 증거였다.

본인은 리암과의 승부에서 패배한 것보다, 검의 길에서 야스시에게 진 것이 분해서 참을 수 없는 듯했다.

빌리는 검귀에게 제안했다.

“일섬류 검사와 다시 싸울 기회를 주겠다고 하면 의욕이 생기나?”

검귀가 동작을 딱 멈추더니 빌리에게 고개를 돌렸다.

"……정말인가? 정말로 싸울 수 있나?"

검귀의 기대하는 시선을 받고 빌리는 대답했다.

"언제라고 단언할 수는 없지만, 여기 계신 황태자 전하께서는 리암과 결착을 지으실 생각이다. 그러니 자연스럽게 싸울 기회도 있겠지."

그 말을 듣자 검귀는 입꼬리를 올리고 흉한 웃음을 지었다.

"드디어…… 야스시 놈과 승부를 낼 수 있겠군……."

제국의 수도성에서 멀리 떨어진 외진 곳에 있는 어느 행성.

그곳은 사람이 거주하기에 조건이 아주 뛰어난 환경이었으나, 오래도록 이주하는 이가 없어 미개발 영역으로 남아있었다.

항성계에 사람이 거주할 수 있는 행성이 하나뿐인 건 흠이지만, 대신 주변의 행성과 소행성에 잠든 자원이 풍부하여, 진작에 지방관이나 영주를 배치하여 개발을 추진했어도 이상하지 않은 곳이었다.

"'해변의 모래는 다할지라도 이 세상 도둑의 씨는 마르지 않는다'는 말은 누가 했던가? 이제 와서 통감하게 될 줄은 생각지도 못했어."

전장이 3,000m를 넘는 초거대 초노급 전함 아르고스의 브릿지에서 나── 리암 세라 번필드는, 전용 시트에 깊숙이 앉아 전황을 바라보고 있었다.

전용 시트는 흔히들 말하는 탈출 장치와 셸터가 일체화된 물건인데 비상시에는 해치가 닫히고 구체가 되어 내 몸을 지킨다.

평소에는 조금 특이한 의자에 불과하지만, 여차할 때는 도움이 된다.

물론 보호받는 사람은 나뿐이지만.

나는 다리를 꼬고 팔걸이에 오른쪽 팔꿈치를 두고 턱을 괴고 있었다. 아마 누가 보기에도 나른하게 느껴질 것이다.

실제로 나는 지금 몹시 지루했다.

아르고스의 브릿지에는 규모가 큰 만큼 수많은 승조원이 일하고 있다.

전장의 긴박감이 느껴지는 목소리가 여기저기서 들려왔지만, 초조함은 없었다.

"모래사장의 모래가 사라져도 도둑은 사라지지 않는다? 비슷한 말은 있지만, 자세히는 모르겠네요."

내 옆에 대기하던 여자가 그렇게 대꾸했다. 아르고스의 함장으로 새로 발탁한 '코델리아 시거' 중장이다.

중장쯤 되면 본래 함대를 지휘해야 하지만, 초노급 전함은 관리만으로도 상당한 규모이므로, 이 정도 인재가 필요했다. 물론 내가 타는 함선이기도 하니, 인재가 우선 배치되는 게 당연하지만.

우수한 그녀도 들은 적이 없다면, 아마 전생에서 들은 말일 것이다.

나는 이미 전생과 현세의 기억이 뒤섞여 경계가 모호해지고 있었다. 그렇다고 크게 신경 쓰지도 않지만. 오히려 100년 넘게 지나서야 겨우 익숙해지는 게 너무 느린 거 아닐까?

"이놈의 우주 해적들은 대체 어디서 계속 튀어나오는 거야? 난 행성 개발에 전념하고 싶은데, 골칫거리들이 끊이질 않네."

난 작게 한숨을 쉬면서 눈앞의 광경을 바라봤다.

지금 공격 중인 상대는 제국 변방 항성계에 눌러앉은 우주 해적과 용병단이다.

사실 이 세계의 용병과 해적은 명확하게 구분할 수가 없다.

평소에는 해적질로 돈을 벌고 전쟁 중에는 용병단이라 이름을 대고 돈을 버니까.

제국이 무관심으로 버리다시피 한 게 놈들에게는 퍽 살기 좋았는지 머릿수가 상당했다.

지금도 격렬하게 저항하고 있다.

브릿지의 통신사가 코델리아에게 보고했다.

"함장님, 적함에서 통신이 왔습니다. 이쯤에서 서로 물러나는 게 어떠냐고 합니다."

이 말을 들은 코델리아는 매혹적인 모습으로 한숨을 내쉬었다.

"제국령에 자리 잡고 지내는 주제에, 활동은 다른 성간 국가에서 했나? 우리가 누구인지 모르는 모양이네."

그저 한숨을 내쉬는 모습조차 요염해 보였다.

주위의 기사와 군인들은 성별을 불문하고 코델리아의 색기에 숨을 죽였다.

풍성한 오렌지색 장발에 눈매가 처져 있어서 그런지, 막대한 포용력이 느껴졌다.

그녀를 말로 표현하자면 색기 있는 유부녀일까?

사실 그녀는 기혼자에 아이도 있다.

아이들이 독립해서 군무에 전념하게 된 후로 함장으로 임명됐다.

난 관능적인 표정을 지은 코델리아에게 주의를 줬다.

"……너, 유부녀답게 좀 더 조심해라. 불륜 소동이라도 터지면 바로 좌천이야."

전생에 날 궁지에 몰아넣은 전처는 불륜을 저지르고 있었다.

그래서 난 불륜이 몹시 싫다. 물론 코델리아만큼 유능한 자는 간단히 군에서 추방하거나 처분할 수 없다.

내가 군부에 힘이 밀려서 그런 게 아니다. 나는 번필드가의 정점에 군림하고 있는 절대 군주다. 공작의 작위도 얻었다. 누구의 심기를 불편하게 하든 알 바 아니란 말이다.

다만…… 현재 번필드가는 인력 부족이 극에 달했다.

코델리아가 나를 보고 난처한 표정을 지으면서 말했다.

"미망인인 몸이라, 불륜이라고 하기에는 어렵지 않을까요?"

그 말에 내 시야 끄트머리 있던 남자들 몇 명이 침묵의 환호성을 질러댔다. 아무래도 신랑에 입후보하고 싶은 모양이다.

너희, 전쟁 중인데 너무 여유로운 거 아니야?

그런데, 미망인이었나……. 불륜이 아니라면 내가 참견할 이유는 없다.

……묘하게 색기 있는 미망인이라.

"……괜히 더 배덕적으로 느껴지는 건 기분 탓인가. 뭐, 됐어."

도약하듯이 전용 시트에서 내려와 바닥에 착지한 나는 기지개를 켰다.

"저 우주 해적 놈들이 내 별명을 잊어버린 거 같으니, 오랜만에 좀 놀아주도록 하지. ——어비드의 출격을 준비해라."

그러자 코델리아는 상황을 가늠하듯 잠깐 눈을 굴리더니, 곧 결론을 내렸다. 역시 아르고스의 함장 자리는 폼으로 오른 게 아니다.

"리암 님의 전용기 출격 준비를 서둘러라. 로열 가드의 기체도 준비해. 그리고 예비 기동기사 부대도 보낸다."

번필드가의 절대 군주인 내 명령은 거스를 수 없지만, 그렇다고 혼자 즐기게 놔줄 생각도 없는 모양이다.

내 옆에서 대기하고 있던 여기사 '에셀 세라 그레인저'가 개인용 단말기로 부하들에게 지시를 내렸다.

그녀는 로열 가드…… 번필드 공작가 사람을 지키기 위해 조직된 기사단에 소속되어 있다.

여자치고는 키가 크고 날씬하며 안경을 쓴 고지식해 보이는 인물이다.

안경형 단말기를 애용하는데, 그러고 보니 로열 가드의 단장도 똑같았던가?

에셀은 로열 가드가 사용하는 특별한 기사복을 입고 있었다.

검은색을 기조로 디자인되어 다른 기사들과는 다르다는 걸 한눈에 알 수 있었다.

거기에 더해 우수한 기사를 모아서 일반 기사들과 달리 위압감이 있다.

참고로 긴 흑발로 옆쪽에 경단을 만들 듯이 묶은 사이드 포니테일 스타일이다.

에셀이 부하들에게 명령을 다 내리자, 내 곁에 와서 무릎을 꿇었다.

"리암 님, 저희 로열 가드도 함께하겠습니다."

사실은 혼자서도 충분하지만, 내 권력이 커질수록 주위 사람들이 신변의 안전을 주장해 귀찮은 일이 늘어난다.

난 권력을 추구하니 앞으로도 멈출 생각은 없지만, 이럴수록 자유가 줄어드는 게 참 미묘한 점이다.

"마음대로 해라."

◇◆◇◆◇

"아하하핫! 어비드의 복귀전이다! 너희 모두 살아서 돌아갈 수 없을 줄 알아라!!"

지난 싸움—— 칼뱅과 클레오의 계승권 싸움의 대리전을 치른 전투에서 너덜너덜해졌던 어비드가 무사히 수리를 마치고 돌아왔다.

콕핏에 있으면 전해지는 약간의 구동음과 진동이 어비드의 상태가 좋다는 것을 알려줬다.

어시스트 기능을 사용하지 않는 기동기사 조종은 어렵지만, 오랫동안 계속 탄 성과도 있어서 지금은 손발을 움직이듯이 조종할 수 있다.

어비드의 손끝부터 발끝까지 섬세한 움직임을 생각한 대로 재현할 수 있었다.

양손에 빔 소드를 들어 이도류로 해적함대에 쳐들어가 주위에 있는 기동기사와 해적선을 차례차례 양단해 나갔다.

파워, 스피드, 전부 기동기사로서 차원이 다르다.

혼란에 빠진 적은 당황했는지 전방위로 통신을 뿌려댔다.

이는 해적들의 조직력이 탄탄하지 않다는 증거다. 여러 해적단이 모인 탓에 서로 사용하는 통신 주파수가 뒤죽박죽인 듯했다.

혼란을 틈타 도망치는 녀석들도 나오기 시작했다. 저런 녀석들을 독려하려면 억지로 통신 회선을 여는 수밖에 없었을 것이다.

『저 큰 기동기사를 노려라! 저 녀석이 적의 에이스다!』

해적들에게 고용된 해적 기사들이 탄 기동기사가 소리친 기동기사 파일럿의 지시를 따라 어비드에게 모여들었다.

잘난 듯 지시하는 걸 보니 해적단 중에서도 실력이 뛰어난 자일 것이다.

"그렇군. 네가 해적들의 호위인가."

분명 믿음직한 호위일 것이다.

나도 전방위로 통신 회선을 열고 적을 향해 달려들었다.

소리친 해적 기사 외에는 간단하게 잘려 폭발해 산산이 흩어져 나갔다.

어비드의 일격을 겨우 막아낸 해적 기사는 그제야 내 존재를 알아차린 듯했다.

『제 입으로 해적 사냥꾼이라 칭하는 놈이 있다던데, 설마 네놈이냐——?!』

"너무 늦게 알아차렸네. 그리고 난 한 번도 스스로 해적 사냥꾼이라 칭한 적 없어. 너희 해적이 멋대로 붙인 별명이지."

어비드가 적 기동기사를 걷어찼다.

상대는 회전하면서 날아갔지만 바로 자세를 바로잡고 무기를 들었다.

『멍청한 놈! 이미 준비는 끝났다. 네가 도망칠 곳은 없다!』

해적 기사의 말대로 정신을 차리고 보니 어비드 주위에는 기동기사뿐만 아니라 해적선이 포신을 겨누고 에워싸고 있었다.

상하좌우, 어디를 봐도 도망칠 곳이 없었다.

어비드를 중심으로 구형으로 포위당했지만…… 그게 뭐?

『괴물 놈, 여기가 네 무덤이다. 일제사!』

해적 기사의 명령에 일제히 공격이 시작되어 사방팔방에서 어비드를 덮쳐 왔다.

광학 병기, 실탄, 미사일, 온갖 공격에 노출되었다.

하지만 콕핏 안은 약간 흔들리기만 했다.

조종간을 쥔 오른손 검지를 톡톡 움직여 적의 공격 시간을 쟀다.

수 초, 수십 초, 1분…… 적은 어비드를 파괴하기 위해 전력으로 공격을 계속했다.

미사일이 떨어지고, 실탄이 떨어지고, 광학 병기가 과열된다.

"……벌써 끝인가?"

그만큼 공격했는데 피해 하나 없이 튀어나오니 경악할 수밖에 없겠지.

해적 기사가 당황했다.

『이럴 수가?! 그 많은 탄환을 맞고도 멀쩡하다고?!』

난 콕핏 안에서 일어나 곁에 둔 칼을 들었다.

"……너희 따위가 나와 어비드를 쓰러뜨릴 수 있을 줄 알았나?"

기동기사와 해적선들의 움직임에서 완전히 겁먹은 게 느껴졌다.

"그래, 날 두려워해라. 공포에 떨어라. ……나 리암 세라 번필드의 이름을 저승까지 떨쳐라."

슬슬 끝내자.

"좋은 기회이니, 최강의 기술로 너희를 쓸어주마."

허리에 칼을 차고 콕핏 안에서 자세를 잡았다.

왼손으로 칼집을 잡고 오른손으로 칼자루를 쥐었다.

일섬류의 오의, 일섬.

이전엔 어비드로 재현한 결과, 기체가 부하를 견디지 못하는 치명적인 결함이 발견됐다.

이는 내 일섬이 숙달되어 어비드가 움직임을 따라오지 못하게 된 게 원인이었다.

그렇다면 어비드를 조종할 때는 일섬을 날리지 못하는 건가?

그래서 발상을 바꾸었다.

내가 일섬을 날리면 된다. 나의 일섬은 기동기사든 전함이든 상관없다.

아무리 그래도 맨몸으로 전장에는 나설 수 없으니, 어비드의 콕핏에서 일섬을 날린다.

이게 가능한 이유는, 내 일섬이 단순히 직선적인 참격을 날리는 기술에서 더 진화했기 때문이다.

눈앞에 있는 적을 벤다는 결과를 구현한다.

그야말로 일섬이다.

“저승길 선물이다. 받아라…… 일섬.”

어비드의 콕핏 안에 칼을 살짝 뽑는 기분 좋은 소리가 울렸다.

다음 순간에는 어비드 주위를 포위하고 있던 기동기사와 해적선이 절단되어 일제히 폭발했다.

그런 와중에 기체의 하반신을 잃어 움직이지 못하는 해적 기사가 어비드를 보면서 말했다.

『괴물……!』

해적 기사 녀석도 나름 실력자였는지, 내가 일섬을 날리기 전에 반응해 살아남은 듯했다.

“칭찬으로 받아두지…… 어?!”

두 번째 일섬을 날리자, 눈앞에 있던 해적 기사의 기체가 양단되어 폭발했다.

하지만 난 승리를 기뻐할 수 없었다.

폭발과 동시에 울려 퍼지는 경보.

콕핏 안이 격하게 흔들리기에 정신을 차리고 보니 어비드의 파츠가 주위에 떠돌고 있었다.

아무래도 어비드에 심각한 부하가 걸린 모양이었다.

즉, 내 탓이다.

"또냐아아아?!"

◇◆◇◆◇

"그래서 절 불렀나요? 이런 외진 곳까지?"

내 눈앞에 있는 사람은 제7병기공장에서 부른 '니아스 칼린' 기술 소령이다.

영관이 된 지 꽤 지났는데, 요즘은 출세할 기미가 안 보였다.

본인에게 출세욕이 없고, 이 이상의 계급을 부여해도 그에 맞는 일을 할 수 없다고 판단한 처사일 것이다.

니아스는 개발도 가능하지만, 천성은 장인 기질이 있는 기술자다.

팀을 관리하거나 누군가를 지도하는 능력은 일반인 수준이다.

오히려 소령까지 승진시켜 놓은 제7병기공장의 인사 처리가 대단하다고 봐야 한다.

니아스는 처음 만났을 때부터 전혀 변하지 않은 용모를 지니고 있었다.

어깨에 닿을 듯 말 듯 한 흑색 단발에 안경을 쓰는 것도 옛날과 똑같다.

위아래가 이어진 오렌지색 작업복을 입고 있는 것도 똑같다.

몸매도 변하지 않았다……만, 어디서 또 뭘 저질렀는지 혹사당한 탓에 약간 살이 빠졌다.

니아스도 나름 고소득자라서 사치를 부릴 수 있는데, 취미와 실익을 우선해서 사비마저 일과 관련된 도구나 새 지식 습득에 털어 넣는 듯했다.

덕분에 가난한 생활을 하는 것 같아 가끔은 불쌍하게 느껴졌다.

하지만 오래 알고 지내기도 해서, 나에 대한 경외심이 조금도 느껴지지 않게 되었다.

지금도 내 앞에서 굳은 표정을 짓고 있었다.

"너, 내가 아니었으면 지금쯤 목이 달아났어도 이상하지 않은 표정 짓고 있는데?"

지적하자 니아스는 인내의 한계에 다다랐는지 분개했다.

머리카락을 마구 흩뜨렸다.

"제7병기공장에서 여기까지 시간이 얼마나 걸렸는지 알아요?! 장거리 게이트를 여러 번 건넌 탓에 교통비가 눈알이 튀어나올 정도로 나왔다고요!!"

"경비는 어차피 내가 주잖아?"

"이런 곳까지 부르지 말라는 얘기에요! 하이드라에서 보면 되잖아요! 번필드가의 본성에 설비도 있는데, 대체 왜!"

부를 거면 내 본거지로 부르라는 불평은 이해한다. 하지만 난 여기서 움직일 수 없었다.

"거길 어느 세월에 다녀와. 제국에서 항성계 하나를 사서 한창 개발하는 중이라 인력이 부족할 지경이라고. 오죽하면 내가 직접 움직이고 있겠어?"

내가 새 항성계를 손에 넣었다고 말하자, 니아스가 눈을 크게 떴다.

"또 샀어요?! 그렇게 돈이 많으면 차라리 저희 상품을 사주세요!"

"올해만 해도 이미 만 단위로 사줬는데 뭘 더 사?! 너희 제7병기공장은 나한테 얼마나 의존할 작정이냐?!"

"전 알고 있거든요? 제3병기공장뿐만 아니라 제6병기공장에도 발주했다는 걸……! 이 바람둥이!"

"누가 바람둥이냐! 다른 건 몰라도 난 바람이나 불륜은 질색이라고!"

평소보다 세게 호통치자, 니아스는 머리를 감싸며 웅크렸다.

"힝?!"

아무래도 겁먹게 한 모양이다.

빨리 업무 이야기를 해볼까.

"어휴……. 됐고, 빨리 어비드를 어떻게 개수할 지나 말해봐."

죽지 않는다고 안심했는지 니아스가 고개를 들었다.

"개수라니요?"

니아스가 모르는 척하는 하는 걸 본 나는 살짝 짜증이 났다.

하지만 아까 막 겁을 준 참이므로, 화를 참으면서 말했다.

"이대로는 쓸 수가 없잖아. 내가 전력을 다할 때마다 부서지는데. 그러면 어떻게 해야겠어? 강화해서라도 버틸 수 있게 만들어야지. 안 그래?"

내가 아주 당연하다는 듯이 강화 개수를 의뢰하자 니아스는 천천히 고개를 저었다.

얼굴이 약간 파랗게 질려있었다.

"안 돼요."

"뭐가 또 문젠데? 보수를 흥정하려고? 돈은 말하는 대로 줄 테니까——."

"그게 아니라, 더는 무리라고요!"

"……뭐?"

니아스의 입에서 무리라는 말이 나오다니?

내가 말이 없어지자 본인이 이유를 말했다.

"이게 몇 번째 개수인지 기억하세요? 당장 저기 들어간 레어 메탈도 최고의 기술자들이 달라붙어 가공한 거라고요. 이제는 예산과 레어 메탈을 아무리 때려 박아도 더 보강할 방법이 없어요."

이미 할 수 있는 모든 수단을 썼으니, 더 이상 강화할 방법이 아예 없다는 말이었다.

니아스는 계속해서 말했다.

"미리 말씀드리는데, 새 무장이나 기능을 추가하는 건 권장하지 않아요. 오히려 벨런스가 망가지고 성능 저하로 이어질 테니까요."

새 기능을 늘리는 것도 불가능.

"그럼 조종 계통을 재점검해. 전투 중에 조종하지 않았는데도 어비드가 멋대로 움직였다고. 내 일섬을 재현하려다가 이 꼴이

됐단 말이야."

내가 격납고에 보관된 너덜너덜한 어비드를 보자 니아스가 당황한 표정으로 태블릿형 단말기를 꺼내 확인했다.

"그것도 안 돼요."

"……왜?"

"어비드는 분명 최신 기술을 사용해 다시 태어난 기동기사지만, 조종에 관해서는 굉장히 단순한 구조를 그대로 유지하고 있으니까요."

소재부터 장치까지 모조리 최상등급이지만, 조종 방식만은 옛날 그대로 어시스트 기능이 없는 단순 구조 방식이었다.

그게 검사로서 성장에 더 도움이 된다던 야스시 스승님이 조언에 따른 결과다.

니아스가 태블릿 단말기로 내 조종 기록을 봤다.

"애초에 오작동 가능성도…… 백작, 아니, 공작님의 착각일지도 몰라요."

"나한테 문제가 있다는 거야 그럼?"

불만스럽게 노려봤지만 니아스는 자신의 의견을 바꿀 생각이 없는지 내 얼굴을 똑바로 바라봤다.

어비드 정비를 담당하는 자로서 이 의견은 굽힐 수 없다는 의사 표시일 것이다.

"공작님의 조종 기술은 일류를 넘어 신기라 할 수 있어요."

"갑자기 왜 칭찬하지?"

"하지만 그렇기 때문에 무의식 상태로도 어비드를 조종하고 있어요."

"어?"

"원래는 철저한 이미지화 과정이 필요했던 게, 공작님 같은 경우에는 의식하지 않아도 섬세하게 움직일 수 있게 된 거예요. 조종사로서도 일류를 넘어 극한의 영역에 도달한 게 아닐까요?"

"아니, 잠깐! 그러면 검술뿐만 아니라 조종 기술도 지나치게 숙달돼서 오히려 못 쓰게 됐다는 말이냐?!"

"딱 잘라 말하자면 그렇죠. 잘된 일 아닌가요? 이제는 정말로 일류 중의 일류네요."

난 농담으로 얼버무리는 니아스에게 뭐라 표현할 수 없는 감정을 쏟아냈다.

"내가 강해졌다고 어비드가 약해지는 게 말이 돼?! 보통 파일럿이 강해지면 기체도 강해지는 법이잖아!"

검술뿐만 아니라 조종사로서 일류의 영역에 도달한 건 개인적으로 기쁘다.

하지만 그 때문에 약체화 돼버리면 의미가 없다.

니아스도 이 상황이 좋다고 생각하지는 않는지 날 위로했다.

"저도 예상 밖이에요. 설마 이런 사태가 일어날 줄은 몰랐어요. 그 외에 원인이 있다면……."

니아스는 '그 외에 원인이 있다면', 이라며 가정을 이야기했다.

"가능성이 있는 건 머신 하트일까요? 어비드가 스스로 공작님의 움직임을 재현하려고 과민해졌을 가능성도 있으니까요."

"어비드 자신의 의지라니……. 해결책은?"

이대로라면 어비드를 타는 한 일섬을 쓸 수 없다.

정 방법이 없다면 그래도 상관없다. 하지만 역시 나는 언제, 어느 때든 어비드가 최강이었으면 좋겠다.

나와 함께 첫 싸움을 승리로 장식하고 항상 같이 싸워온 파트너니까.

니아스는 딱딱한 표정으로 말했다.

"현재 상황에서는 일섬을 봉인하는 것 말고는 뾰족한 수가 없네요. 애초에 일섬은 무슨 원리로 작용하는 거죠? 이미 이해 불가능한 무언가가 돼버렸어요. 오컬트라고요."

"일섬류의 오의를 오컬트 취급하지 마! 으윽. 너도 해결책이 없으면 사실상 방법이……."

니아스의 성격은 다소 문제아 기질이 있지만, 능력은 높이 평가한다. 니아스가 무리라고 하면, 현재의 기술로는 해결할 수 없는 난제나 마찬가지다.

니아스가 머리를 싸맸다.

"저도 답답해요. 이렇게 되면 차라리 전체를 재설계해서……아니, 하지만 그건 좀……."

내 요망을 들어주지 못한 게 본인도 답답한지, 필사적으로 해결책을 고민하는 모습은 호감이 갔다.

"……어비드, 너도 한계의 벽에 가로막힌 거냐."

이전에 검사로서 벽에 부딪혔던 나처럼 벽을 뛰어넘었으면 좋겠지만, 어비드는 기동기사다.

사람과 같은 성장을 바라는 건 억지다.

어비드를 보며 중얼거리자, 머리를 싸매던 니아스가 퍼뜩 고개를 들었다.

묘안이 나왔나 기대했지만, 그건 아니었다.

"그러고 보니 공작님, 신혼 아니었나요?! 왜 본성이 아니라 이런 외진 곳에 있는 거죠?! 보통 이런 건 가신에게 맡기지 않나요?"

"……아까 말할 때 뭘 들었냐."

내가 영지 개발과 영지 확장에 전력을 다하는 이유는 다가오는 진정한 적과의 싸움에 대비하기 위해서다.

그러기 위해 지금 번필드가는 전력으로 움직이고 있다.

티아도, 마리도, 그리고 클라우스마저 혹사당하는 상황이다.

"나도 더 유능한 가신이 더 많았으면, 여기 나오지 않았겠지. 하지만 사람이 없어, 사람이!"

"부하가 그렇게 많은데, 아직도 부족하시다고요? 공작님은 정말 욕심쟁이네요."

"욕심은 악덕 영주의 필수 스킬이니까."

내가 한 말은 농담이라 생각했는지, 니아스는 가볍게 흘려넘겼다.

"그렇군요. 아무튼, 어비드의 기본적인 수리도 여기선 힘들어요. 기껏해야 응급조치 정도겠네요."

"아르고스의 시설로도 안 된다고?"

"전용 설비가 필요한 수준이니까요. 제7병기공장에 가야 해요. 일단 가능한 범위 안에서 최대한 조치는 할 테니, 제7병기공장으로 운반해 주세요. 하는 김에 저도 데려다주시면 더 좋고요."

나에게 제7병기공장까지 어비드를 운반하라고 하는 니아스에게 나는 고개를 돌리면서 말했다.

"그건 안 돼."

"예?"

니아스가 눈을 휘둥그레 떠서 지금이 얼마나 위급한 상황인지 설명했다.

"현재 아르고스는 이 항성계 개발의 중심이야. 여길 벗어날 순 없어. 물론 그렇다고 다른 함대가 여유가 있는 것도 아니고."

지금 상황에서 내 함대 중에 어비드와 니아스를 수송할 여력은 없었다.

니아스가 울상을 지었다.

"여기까지 태워준 우주선은 이미 돌아가 버렸는데요?! 리암 님이 데려다줄 줄 알고 돌려보냈는데!"

"모처럼 승작했으니까 공작님을 붙여서 불러! 일단 본성에서 보급 물자랑 교대할 함대가 올 거다. 그때까지 기다려."

"그게 언젠데요?!"

"석 달 뒤."

"석 달이요……?!"

니아스는 머리를 싸맸다.

이렇게 어비드 강화 개수안은 좌절되었고, 난 니아스와 함께 한동안 미개발 항성계에서 업무에 쫓겼다.

알그란드 제국의 수도성은 다른 행성과 명확하게 다른 행성이다.

행성을 덮는 겉껍데기를 보유해 기후를 완벽하게 관리하며, 제국 전역은 물론, 다른 성간 국가에서도 매일 수많은 사람이 찾아오는 곳이다.

총인구는 정확한 파악이 사실상 불가능하여 집계하지 않지만, 약 300억을 넘었을 것으로 예상됐다.

어떻게 그런 인구를 부양할 수 있는가? 그건 수도성이 다층 구조로 되어 있기 때문이다.

겉껍데기에 덮인 수도성에는 실제로 하늘에 닿는 고층 빌딩이 많이 있다. 건물이 대지를 뒤덮고 지상마저 수많은 층을 이루어 사람들을 수용한다.

그리고 지하에는 쫓겨난 사람들과 떳떳하지 못한 배경을 가진 자들이 만든 지하도시가 있었다.

수도성은 하나의 행성으로는 유지할 수 없는 인구를 부양하고 있다.

그러한 인구를 유지할 수 있는 건 매일 수도성에 오는 물자 덕분이다. 수도성은 온 제국에서 식량, 자원, 인재가 모여 유지되고 있었다.

수도성은 제국의 중심이기에 성립되는 그런 일그러진 행성이다.

“오랜만에 와봤지만 역시 수도성의 분위기는 익숙해지지 않아.”

수도성에 온 크루트가 그렇게 중얼거렸다.

키가 크고 날씬하면서도 근육질에 용모가 뛰어난 크루트는, 거리를 걸으면 여자는 물론 남자도 돌아볼 정도였다.

짧은 금발은 오른쪽 머리카락을 길러 작게 땋았다.

보라색 눈동자는 보석처럼 빛났고 자연스럽게 눈을 마주친 여자들은 얼굴을 빨갛게 물들이고 넋을 잃었다.

어릴 때보다 더 매력이 향상되었는데, 성장한 건 외모뿐만이 아니었다. 기사로서, 군인으로서, 크루트는 아버지인 에크스나 남작의 뒤를 이어도 문제가 없을 정도의 실력을 갖췄다.

황족과의 결혼식을 앞둔 크루트가 일부러 수도성에 온 데는 몇 가지 이유가 있었다.

하나는 궁전에 결혼식과 관련된 보고와 서류 제출, 관습이 된 용무를 끝내기 위해.

또 하나는 수도성에 있는 친구에게 청첩장을 주기 위해서다.

메시지나 메일을 사용하지 않은 건 어차피 수도성에 오는 김에 만날 생각이었기 때문이다.

크루트는 지하 거리에 들어가자마자 바로 보이는 건물에 시선을 옮겼다. 지하 거리를 감시하는 제국의 관공서다.

지하 거리는 범죄의 온상이기도 해서 제국은 감시하기 위한 조직을 두고 눈을 번뜩였다.

근래에는 지하 거리가 상당히 정화되었는데, 그 원인은 크루트가 찾아가는 친구 때문이었다.

건물에 들어간 크루트는 친구가 있는 직장으로 향했다.

"에일라, 오랜만이네."

친구 '에일라 세라 베르만'을 발견한 크루트가 말을 걸었다.

"크루트 군! 오랜만이야~. 잘 지냈어?"

에일라가 밝은 목소리로 크루트에게 대답하자, 주위에 있는 에일라의 부하들이 소름 끼친다는 표정으로 놀랐다.

"그 무서운 베르만 부장님이 웃으면서 인사를 했다고?!"

"미남인가?! 미남이라서 그런가?!"

"아니, 베르만 부장님은 미인계에도 안 통하는 분이다. 그건 있을 수 없는 일이야. 분명 사연이 있는 관계다!"

지하 거리를 단속하는 굳센 부하들에게 두려움을 사는 에일라는 주위에 말없이 웃음을 보여 입을 다물게 했다.

그리고 크루트에게 고개를 돌리고 용건을 예상했다.

"혹시 청첩장 전해주려고 직접 왔어? 여전히 성실하네. 메시지로 보내줘도 괜찮은데."

"오랜만에 얼굴을 보고 싶었으니까. 그건 그렇고 정장이 몹시 익숙해진 것 같은데?"

에일라는 작업복인 검은 정장을 입은 모습을 크루트 앞에서 한 번 돌아서 보여줬다.

"그래? 연수 때부터 쭉 여기에 있으니까, 이제는 그냥 이게 편해졌어.”

“대학을 졸업한 뒤부터 쭉 여기 있었지? 일부러 남을 필요 없었잖아?”

크루트는 직장에서 계속 이야기하는 것도 민폐 같아서 에일라에게 밖으로 나가자는 제스처를 보이고 나갔다.

에일라는 근처 찻집으로 크루트를 데리고 가서 옛날이야기로 이야기꽃을 피웠다.

“이야~ 그건 그렇고 레젤 자작가에 수행하러 갔을 때부터 알고 지냈으니까, 이제 반세기 정도 됐나? 그때가 그립네.”

“그러게. 난 유년학교를 졸업한 뒤로는 다른 길을 걸어서 모두와 함께 보낸 시간이 적어서 아쉬웠어.”

“크루트 군도 결혼하는구나……. 리암 군도 결혼했으니 남은 사람은 나뿐이네.”

“어? 월레스도 아직 결혼 안 했어.”

“으으, 독신인 나는 크루트 군이나 리암 군처럼 가정이 없으니, 홀로 쓸쓸하게 집에서 술을 마시는 시간이 많아지겠지. 이후로는 옛날처럼 셋이 놀 시간도 못 만들 거고.”

“저기, 아직 월레스가 있잖아? 그리고 괜찮아. 또 다 같이 모일 수 있는 날이 올 거야.”

필사적으로 친구 ‘월레스 노아 알바레이트’의 이야기를 꺼냈지만, 에일라는 어째서인지 전혀 반응하지 않았다.

크루트는 한순간이지만 월레스가 자신이 망상으로 만든 인물이 아닌가 하는 공포를 품었다.

"아, 아무튼 결혼식에 꼭 와줬으면 해. 꼭 친구로서 나와 세실리아 전하의 새 출발을 축복해줬으면 좋겠어."

초대장을 받은 에일라는 크루트에게 쓴웃음을 지었다.

"물론이지. 으으, 리암 군에 이어서 크루트 군도 결혼이라니……. 정말 시간 가는 게 빠르네."

에일라가 그리워하듯이 말해 크루트는 동의했다.

"그렇지……. 나도 좀 어색해. 선배인 리암한테 이것저것 상담할까?"

웃으면서 농담하자 에일라가 표정을 굳히면서 말했다.

"그건 추천 안 해. 결혼하자마자 다른 항성계 개발에 나서서 엄청 바쁜 것 같더라. 집에도 좀처럼 안 돌아온대."

"……리암, 좀 과하게 열심히 하는 거 아니야?"

그런 이야기를 하고 있으니, 찻집에 에일라의 부하가 뛰어 들어왔다.

"부장님, 죄송합니다만 보고가 있습니다."

에일라는 휴식 시간을 방해받았지만, 긴급함을 바로 알아차리고 대응했다.

"무슨 일이야?"

"건조된 제미나이가 수십kg이나 지하 거리에 반입됐습니다."

제미나이 라는 말을 듣고 크루트가 살짝 반응했다.

에일라는 그 모습을 놓치지 않았다. 그녀는 바로 부하에게 지시를 내렸다.

"철저하게 조사해서 그 외에도 없는지 찾아. 1g도 남겨둬서는 안 돼."

"예!"

허리를 꼿꼿하게 세운 검은 정장을 입은 남자가 찻집에서 뛰어서 나갔다.

에일라는 크루트에게 말했다.

"참 성가시다니까~. 불법 재배된 제미나이가 아직도 이 지하 거리에 흘러들어 온다니. 어떻게든 반드시 박멸해야겠어."

"그, 그래. 힘내, 에일라."

"응! 크루트 군도 응원 고마워."

제미나이── 축복받은 아름다운 꽃을 피우는 식물이지만, 불법 약물의 원재료가 된다는 사실이 알려진 뒤부터는 제국이 재배를 엄중히 관리하게 되었다.

불법으로 재배하면 귀족이라도 처벌을 받는다.

크루트는 자리에서 일어났다.

"슬슬 갈게. 당분간 여기에 머무니까, 조만간 한잔하자."

"그래, 또 보자~."

크루트를 배웅하는 에일라는 오른손을 흔들었다.

◇◆◇◆◇

크루트를 배웅한 에일라는 깊은 한숨을 쉬었다.

"반응을 보니 아직 성전환에 미련이 있는 거 같은데. 크루트 군은 남자라서 좋은 건데, 왜 그걸 모를까."

건조 제미나이 이야기가 나왔을 때, 에일라는 크루트의 반응을 놓치지 않았다.

제미나이는 성전환약의 재료이기도 하다.

다른 재료는 비교적 구하기 쉽고 제조도 약간의 설비만 있으면 가능해서, 지하 거리에서도 성전환약이 손쉽게 제조되었다.

지하 거리에 나도는 다른 물건과 비교하면 대수롭지 않은 장난감 같은 약이지만, 에일라 입장에서는 다른 불법 약물 따위보다 훨씬 악질적이었다.

왜냐하면 에일라는…….

"그래, 남자는 남자끼리 이어지는 게 좋아. 리암 군과 크루트 군…… 리아크루는 둘이 결혼했다 하더라도 소중한 커플링이야!"

남자끼리 커플링 하는 걸 아주 좋아하는 여자였다.

처음 만난 건 당시 자작가였던 레젤가에 수행하러 갔을 때였다.

처음엔 리암과 크루트는 같은 방을 쓰지만 사이가 안 좋고 대화도 제대로 안 하는 사이였다.

그런 두 사람이 함께 지내는 사이에 친해져 절친한 친구가 되었다.

에일라는 그 과정을 홀로 망상하며 즐겼는데, 점점 망상만으로는 참을 수 없게 되었다.

에일라는 차츰차츰 두 사람을 소재로 한 컨텐츠를 동지들과 만들어 세상에 퍼뜨렸다.

그러다 크루트가 성전환약으로 여자가 되어 리암에게 접근하자, 에일라는 원인이 된 성전환약을 박멸하기 위해 지하 거리를 감시하는 부서에 배속을 희망했다.

그 결과 지하 거리는 정화되었고, 에일라의 철저한 방식을 본 지하의 주민들은 언더그라운드의 여왕이라며 그녀를 두려워했다.

"……하아, 그건 그렇고 두 사람이 결혼이라. 후계자니까 어쩔 수 없지만, 나만 남겨졌다는 느낌이 드네."

망상을 멈추고 현실로 돌아온 에일라는 결혼식에 갈 준비를 해야겠다며 이런저런 생각을 했다.

그때 에일라에게 지하 거리의 주민이 다가왔다.

두꺼운 코트를 입고 모자와 선글라스로 얼굴을 가린 남자가 에일라의 앞자리에 앉았다.

에일라가 날카로운 시선으로 보자 남자는 입을 열었다.

"제법 즐거워 보이더군요."

"방금까지는 그랬지. 하지만 너 때문에 기분 잡쳤어. 그래서 정보상이 내게 무슨 일이지?"

"황태자 전하 건이지요. 자세한 사항은 파악하지 못했지만, 아무래도 또다시 암약하고 계신 듯합니다."

"……그래. 그럼 자세한 정보를 모아줄래?"

정보상은 아무 말도 하지 않고 자리에서 일어나 찻집에서 나갔다.
에일라는 지하 거리를 지배하며 취미 활동에 힘쓰는 한편으로 이런 소문도 모이기에 친구인 리암을 위해 움직이고 있었다.
에일라는 작게 한숨을 쉬었다.
"황태자 전하도 질리지를 않네……. 또 귀찮아질 것 같아. 월레스를 통해서 리암 군한테 주의하라고 전해둘까."

궁전에 의례적인 인사를 마친 크루트를 기다리고 있던 건 황태자가 된 클레오의 환대였다.

후궁에서 일부러 밖에 나온 클레오는 크루트를 위해 파티를 열었다.

넓은 회장에 신규 클레오파 귀족들이 모여 세실리아와 크루트의 결혼을 축하했다.

하지만 이곳에는 클레오를 지원했던 리암도 없고, 중심이 되어 활약한 귀족들도 없다.

(다들 모르는 얼굴뿐이군. 아니, 그렇지도 않은가. 리암에게 빌붙었던 귀족들 대부분이 이쪽에 붙은 것 같으니.)

그중에는 리암을 배신하고 황태자파에 붙은 귀족들도 있었다.

그들은 켕기는 구석이 있으면서도 내심 승리자의 동아줄로 갈아타서 기쁜지, 크루트에게 다가와 이렇게 권했다.

"세실리아 황녀 전하와의 결혼, 정말 경사스럽군요. 차라리 크루트 공도 황태자 전하의 파벌로 옮기는 건 어떻습니까? 지금이라면 요직을 얻을 수 있습니다."

크루트는 당당하게 자신을 영입하려고 하는 상대에게 웃음을 잃지 않고 대답했다.

"에크스나가는 번필드가에 받은 은혜가 있어 인연은 쉽게 끊을 수 없습니다. 그리고 개인적으로는 친구 관계이고요."

상대는 크루트의 대답을 듣고 약간 화난 듯이 행동하면서 떠나갔다.

모처럼 자신이 권유했는데 거절한 게 불만스러운 탓이었다.

그 모습을 보던 클레오가 친한 척하며 크루트의 어깨에 팔을 둘렀다.

“즐기고 있어? 매형.”

“황태자 전하? 예, 환대해 주셔서 감사합니다. 분에 넘치는 영광입니다.”

어떻게든 혐오감을 감추고 대답한 크루트에게 클레오는 말했다.

“나에게 세실리아는 리시테아와 마찬가지로 소중한 가족이거든. 그러니 곧 가족이 될 그대가 꼭 내 밑에서 일해줬으면 해.”

“권유는 감사합니다만…….”

“제국군의 정규 함대 3만 척을 맡기겠다고 해도? 대장 지위를 주겠네. 내가 황제가 되면 원수를 시켜줄 수도 있어.”

크루트는 군의 계급과 직함을 뭐라 생각하는 거냐! 라며 속으로 분개했지만, 이러는 이유는 이해가 됐다. 클레오 입장에서는 생판 남보다 지인이 한 명이라도 요직에 있는 편이 안심될 것이다. 친족에게 요직을 줘서 자신의 기반을 탄탄하게 다지고 싶은 것이다.

클레오의 가족은 사실상 세실리아와 리시테아가 전부다. 월레스는 같은 핏줄이긴 하지만, 가족이라고 생각하진 않을 거다.

“그런 일이 일어나면 제가 군에서 원망받지 않겠습니까? 아무도 절 상관으로 인정하지 않을 겁니다."

거절하자 클레오가 떨어졌다.

"그거 아쉽군."

클레오는 그 말만 하고 귀족들과 대화하기 위해 떠나갔다.

그러자 클레오의 누나이자 세실리아의 동생인 리시테아가 다가왔다.

기사 예복으로 파티에 참석했는데, 옷이 영 불편한 듯했다.

"크루트 공."

"리시테아 황녀 전하, 오랜만입니다."

크루트가 딱딱하게 인사하자 리시테아는 쓴웃음을 지었다.

"이제 가족이니 딱딱한 인사는 빼도록 하지."

"그렇습니까? 그렇게 말씀하신다면."

"그건 그렇고, 세실리아 언니는 수도성에 안 오신 건가? 오늘 만날 수 있을 줄 알았건만."

크루트는 쓴웃음을 지으면서 아쉬워하는 리시테아에게 말했다.

"두 분을 만나고 싶어 했어요. 하지만 거기도 준비가 있는지라……. 에크스나가에 격식 있는 식을 총괄할 수 있는 분이 사실상 세실리아 님, 한 분뿐입니다."

에크스나가는 현재 1대째.

귀족으로서 역사가 짧은 탓에 이런 일을 총괄할 만한 지식과 경험이 부족하다. 그래서 이런 일이 있으면 세실리아가 자리를 비울 수가 없다.

리시테아는 크루트를 난처하게 만든 것을 사과했다.

"아니, 생각하면 당연한 일이었구나. 괜히 보챈 것 같아 미안하다."

"신경 쓰지 않으셔도 됩니다. 그보다 황태자 전하 곁을 비우셔도 괜찮습니까?"

"요즘은 클레오가 호위를 부탁하질 않더군. 이제는 나보다 우수한 기사들이 있으니까, 당연한 일이겠지만."

"그렇군요……."

(아무리 그래도, 가장 신뢰도가 높은 호위를 방치하는 건 이상하지 않나? 친인척으로 기반을 쌓으려던 게 아니었나?)

당장 직전에 원수 자리로 유혹까지 했는데, 반대로 리시테아를 호위에서 제외한 건 아무래도 신경 쓰였다.

(지나친 생각인가. 어쩌면 리시테아 황녀 전하를 쉬게 하고 싶은 걸지도 모른다. 호위는 위험한 일이니, 어찌 보면 당연한 걸지도.)

크루트가 혼자 납득하고 있으니, 문득 파티 회장에서 불온한 기척이 느껴졌다.

시선을 돌리니 키 큰 남자가 자신을 바라보고 있었다.

남자는 고개를 끄덕여 인사하고 바로 얼굴을 돌리고 가까이에 있던 귀족과 대화하기 시작했다.

(저 남자, 뭔가 특이한 느낌이 드는군. 누구지?)

특별히 강한 것 같지는 않지만, 크루트는 묘하게 그가 굉장히 신경 쓰였다.

◇◆◇◆◇

클레오는 파티가 끝나고 클레오는 휴게실에 들어가자, 화가 난 듯이 의자에 걸터앉았다.

“이 몸의 권유를 마다하고 리암에게 꼬리치다니, 보는 눈이 없는 남자군.”

휴게실에 클레오와 호위로 따라온 검귀, 그리고 파티 회장에서 상황을 살펴보던 빌리가 모였다.

리시테아는 일부러 제외했다. 그녀에게 이후의 작전을 알려줄 수는 없기 때문이다.

빌리는 클레오에게 확인하듯이 물었다.

“그자는 양지에서 살아가는 인간이군요. 전형적인 청렴결백. 백성이 이상으로 삼는 귀족상입니다. 곁에 두면 황태자 전하께 도움이 될 텐데…… 정말 제거하실 겁니까?”

빌리의 평가를 듣고 클레오는 검귀를 봤다.

“검귀, 네가 보기에 크루트는 어땠지?”

바닥에 양반다리를 하고 앉아있던 검귀는 재미없다는 얼굴로 대답했다.

“알렌 검술의 면허개전을 받았다는 건 확실하다. 실제로 달인의 경지에 달했고, 나름대로 경험을 쌓았어. 다만 그뿐이다. 소생의 적수가 아니다."

다소 강할 뿐, 검귀의 관심을 끌 정도는 아니었다.

클레오는 의자에 몸을 기대면서 이후의 방침에 관해 이야기했다.

"유능하다만 가문이 너무 약해. 막 출세한 남작가 따위가 내 누나를 데려가는 꼴은 볼 수 없어."

빌리는 어깨를 으쓱이며 씨익 웃었다.

"그러면 예정대로 진행하겠습니다."

빌리가 자신감에 찬 표정과 달리 클레오는 약간 불안을 느꼈다.

그간 여러 번 리암을 쫓아내기 위해 술책을 부리다가 실패하기를 반복했기 때문이다.

빌리가 과연 잘 해낼지, 불안감을 떨쳐낼 수 없었다.

"정말 할 수 있겠나?"

클레오의 불안을 헤아렸는지 빌리가 쓴웃음을 지었다.

"리암과 직접적인 대치는 아니라고 하나, 무관하지는 않으니 아주 치밀하고 꼼꼼하게 준비했습니다. 마침 상황도 우리에게 유리하게 돌아가고 있고요."

"우리에게 유리하다니?"

빌리는 품에서 리모컨을 꺼내서 벽으로 향하고 스위치를 눌렀다.

벽에는 번필드가의 상황이 투영되었다.

세세한 데이터를 표시하면서 클레오에게 설명했다.

"리암은 공작 작위를 얻은 뒤부터 정력적으로 움직이고 있습니다. 제국 내 미개발 항성계를 사서 개발에 힘쓰고 있죠."

"……그 녀석이 힘을 키우고 있는 건 마음에 안 드는군."

클레오가 불만스러워하자, 빌리는 그렇게 말할 줄 알았는지 미소 지었다.

"덕분에 리암의 활동 범위가 너무 넓어졌습니다. 그래서 부하들도 각지에 흩어져 있죠. 본성에 있는 건 사실상 클라우스뿐인데, 자리를 비울 수는 없을 테니 못 움직일 겁니다."

고개를 숙이고 이야기를 안 듣고 있던 검귀가 클라우스의 이름을 듣고 고개를 들었다.

"감옥에서도 듣던 이름이군. 무력이 뛰어난 건 아니지만, 대신 '선혈귀'를 수하로 부린다지? 소생도 한 번은 싸워보고 싶은 상대다."

선혈귀는 번필드가에 있는 '첸시 세라 토우레이'를 말한다.

검귀는 그녀와의 싸움을 상상했는지 황홀한 표정이었다. 그러나 이내 표정을 가다듬고 클라우스에 관해 논했다.

"그런 강자를 거느렸다면, 그 클라우스라는 남자도 제법 수완이 좋을 것 같다만?"

검귀가 클라우스를 높이 평가하자 클레오는 굉장히 불쾌한 표정을 지었다.

"클라우스가 나오면 귀찮아지는데."

그러자 빌리가 단언했다.

"그럴 일은 없습니다."
"어째서?"
"누군가는 본성을 운영해야 하기 때문이죠. 당주인 리암조차 직접 변경으로 가서 개발을 지휘하고 있는데, 클라우스가 자리를 지키고 있는 게 그 증거입니다."
개발을 지원하는 본성도 바쁘기는 마찬가지다. 리암은 본성을 맡기기에는 자기보다 클라우스가 더 적합하다고 판단한 듯했다.
빌리는 작게 한숨을 쉬었다.
"이런 일은 보통 부하를 파견해서 개발을 추진하는데, 굳이 반대로 진행하는 걸 보면 몹시 클라우스를 몹시 신뢰하는 모양이군요. 뭐, 각자의 장점을 생각하면 현명한 판단입니다. 보통은 이렇게까지 안 하지만요."
빌리는 어릴 때부터 영지 경영에 관여한 리암이, 자신이 직접 개발을 지휘하는 편이 더 효과적이라 판단했다고 내다보았다.
하지만 보통은 실상이 그렇더라도 가신들을 써서 개발을 진행하고 자신이 본성에 남는 게 일반적이다.
영주로서는 드물게도, 리암은 부재중인 본성을 장기간 맡길 정도로 클라우스를 신뢰하고 있다는 증거였다.
"그리고 이건 본인이 파악한 정보인데…… 번필드가는 이미 한계까지 힘을 쓰느라 그다지 여유가 없다고 합니다. 거기에 더해 얼마 전에 리암이 애용하는 기동기사가 부서져서 제7병기공장에서 기술자를 불러들였다고 해요."

리암의 기동기사가 부서졌다는 정보에 검귀가 재빠르게 반응했다.

그 자리에서 일어서서 빌리를 추궁했다.

"어째서지? 어째서 놈의 기동기사가 부서졌지?! 그 정도의 상대가 있었나!"

빌리는 자료를 보면서 냉정하게 답했다.

"상세한 정보는 없지만, 부서진 건 사실이야. 한동안은 나올 수 없거나, 나와도 만전은 아니겠지."

검귀가 불만스럽게 바닥에 앉자, 클레오가 빌리에게 물었다.

"용케 그런 걸 알고 있네. 그 정보는 어떻게 입수했지?"

빌리는 리모컨을 품에 넣고 의미심장하게 웃음을 지었다.

"악당에겐 악당의 정보망이 있는 법이지요."

"그렇군. 그래서 지금이 적기라는 거고?"

"네."

빌리가 그렇게 말하자 클레오는 일어서서 명령을 내렸다.

"너희는 바로 준비해라. 예정대로 리암의 전력을 깎아내면서 놈에게 피해를 준다."

빌리는 공손하게 머리를 숙였다.

"분부대로."

그에 비해 검귀는 귀찮다는 듯이 일어났다.

"권력 싸움을 하든 서로 발목을 잡든, 소생은 조금도 관심 없지만…… 이로써 야스시나 일섬류와 결판을 낼 수 있다면 얼마든지

도와주지."

클레오는 두 사람을 보면서 자신의 수하도 조금은 충실해졌다고 생각했다.

(자, 연을 끊고 처음으로 치르는 리암과의 승부다. 내가 상당히 우세한 상황이지만…… 너무 억울해하지 말아라, 리암)

정식으로 협력 관계를 해소하고 처음으로 치르는 리암과의 싸움에 클레오는 살짝 흥분했다.

◇◆◇◆◇

에크스나가 본성의 우주항.

그곳에 크루트가 탄 전함이 귀항했다.

번필드가가 제6병기공장에서 계약한 전함은 성능뿐만 아니라 우아함과 아름다움도 갖추었다.

붉은 선체에 흐르는 듯한 금색 장식은, 생산성과 정비성만을 추구한 군함과 비교하면 호화 여객선처럼 보였다.

아름다움을 갖춘 전함의 이름은 '굴베이그'.

수령할 때 크루트가 이름을 붙였다.

원래는 에크스나가의 기함이지만, 세실리아와 약혼한 크루트가 쓰는 편이 더 모양이 산다는 이야기가 있어서 가주 대신 애용하게 되었다.

크루트의 귀환을 항구에서 기다리는 사람들이 있었다.

세실리아와 전장에서 구한 리리였다.

"어서 오세요, 크루트 님."

"어서 와, 크루트!"

정숙한 세실리아는 조심스럽게 크루트에게 다가갔지만, 리리는 주저 없이 품으로 뛰어들었다.

세실리아는 연한 하늘색 드레스를 입고 있었다. 리리도 세실리아와 맞췄는지 같은 하늘색 원피스를 입고 있었다.

"다녀왔어."

리리를 안으면서 세실리아에게 인사한 크루트는 영지에 문제는 없는지 확인했다.

"세실리아 님, 제가 없는 동안 무슨 문제 없었나요?"

"결혼식 준비로 바쁜 정도고, 그 외에는 별일 없어요. 크루트 님은 걱정이 너무 많아요."

세실리아가 키득키득 웃자, 크루트는 부끄러운 듯이 머리를 긁적였다.

"부끄럽게도 귀족의 관습에 어두우니 실수가 없는지 계속 불안하더군요."

"안심하세요. 그래서 제가 영지에 남아서 돕고 있으니까요."

"정말 감사합니다."

크루트가 리리를 안고 있기도 해서 두 사람은 사이좋은 부부로 보였다.

그런 세 사람에게 말을 거는 인물이 있었다.

머리카락을 왁스로 정돈하고 줄무늬 정장을 입은 남자였다.

"오랜만입니다, 크루트 님."

크루트는 머리를 깊이 숙이는 그 남자를 본 적이 있었다.

"당신은 제6의……."

"예! 제6병기공장의 영업 담당! '메이슨'이라고 합니다! 한데, 만나 뵙는 건 오늘이 처음일 텐데, 어찌 저를 아시는지요?"

바나디스와 옵션 파츠 세트를 구매한 건 리암이고, 크루트는 메이슨과의 면식은 없었다.

크루트는 이상하게 여기는 메이슨에게 쓴웃음을 지으면서 말했다.

"리암에게 이야기를 들었습니다."

"그러셨군요! 일개 영업 담당을 기억하시다니, 정말 감사합니다! 마침 또 크루트 님께서 저희 제6병기공장의 상품을 애용하시는 듯한데, 사용감은 어떻습니까? 불만이 있으면 뭐든지 말씀해 주십시오."

"아, 예, 필요한 게 있으면 상의할게요."

메이슨의 기세에 밀려 크루트는 쩔쩔맸다.

그러다 한 가지 의문이 떠올랐다.

"그런데 이곳에는 무슨 일로 오셨죠? 거래는 번필드가와 하는 게 더 좋지 않을까요?"

크루트의 반응에 메이슨은 자세를 바로 하고 가슴을 폈다.

"번필드 공작가도 중요합니다만, 마찬가지로 에크스나 남작가도 저희 제6병기공장의 고객이십니다. 그리고 이번에는 결혼식에 참석하기 위해 온 겁니다."

그러고 보니 관계가 있는 병기공장에도 청첩장을 보냈었다.

"축하하러 와주신 거였군요. 감사합니다."

"예, 그래서!"

감사 인사를 한 직후, 메이슨이 제6병기공장에서 가져온 상품을 설명하기 시작했다.

"축하 선물과는 별도로 바나디스의 새 장비를 가져왔습니다. 부디 실전에서 써보시고 사용감을 들려주십시오. 뭣하면 당장이라도 장비 교체에 착수하겠습니다!"

메이슨 옆에는 실어 온 새 장비로 교체한 바나디스의 모습이 표시되었다.

그걸 보고 세실리아가 볼에 손을 댔다.

"어머나? 상당히 여성적인 외관이네요."

리리는 홀로그램에 손을 뻗었다.

"토끼 같아~!"

새 장비로 교체한 바나디스의 모습에 크루트는 당황했다.

"아니, 이건……."

"신기술을 이용한 신규 장비입니다. 써보시고 마음에 들면 그때 구매를 검토하셔도 됩니다. 이외에도 다양한 새 장비 플랜이 있는데——."

무료로 체험.

물론 메이슨과 제6병기공장이 축하의 의미로 제공하는 서비스이지만, 크루트가 활약할수록 제6병기공장의 제품 또한 선전되는 셈이니 상호 이득이었다. 또한 귀중한 실전 데이터를 입수할 기회이며, 동시에 크루트에게도 새로운 장비를 홍보할 기회이기도 했다.

크루트는 그의 의도가 훤히 느껴졌다. 그렇다고 벗어나기도 어려울 것 같아서, 크루트는 메이슨이 마음대로 하게 두기로 했다.

"알았어요. 알았어. 새 장비 교체를 수용할게요."

"감사합니다! 그럼 저희도 굴베이그에 신세를 지겠습니다!"

메이슨이 대기하고 있던 스태프들을 데리고 굴베이그에 타는 모습을 보고 크루트는 작게 한숨을 쉬었다.

"여전히 개성적인 사람이구나."

하지만 크루트가 그렇게 중얼거린 걸 세실리아는 놓치지 않았다.

"처음 만난 것 아닌가요?"

"어? 아아, 그…… 리암한테 이야기를 들어서, 그 이야기대로라고 생각했을 뿐이에요."

"그런가요? 일단 저희는 지상에 내려가요. 아버님과 어머님도 크루트 님의 귀환을 기다리고 있어요."

세실리아는 완전히 납득하지 못하는 표정을 짓고 있었지만, 마음을 바꿨는지 웃음을 지었다.

크루트는 가슴을 쓸어내렸다.

이른 아침에 일어난 일이었다.

어제 저택에 돌아온 크루트는 가족과 아침 식사를 하기 위해 테이블에 둘러앉아 있었다. 크루트와 세실리아, 그리고 어머니와 리리까지.

긴 테이블 주위에는 시중을 드는 고용인들이 있었다.

이 세계는 과학과 마법이 모두 발달했지만, 제국을 비롯한 인류 대부분이 기계에 이런저런 도움을 받는 걸 싫어하는 경향이 있었다. 인공지능에 대한 기피감 때문이었다.

마법으로 재빠르게 식사 준비를 하는 것도, 제국 귀족은 싫어했다.

결과적으로 귀족들은 굳이 사람을 고용해 자기들의 시중을 들게 하는 수고를 했다.

이는 격식 있는 귀족들도 예외가 아니다. 일종의 관습이다.

남작가가 된 지 얼마 안 된 에크스나가도 다른 귀족들을 따라 이 방식을 채용하고 있었다.

에크스나 남작이 방에 들어와 자리에 앉아서 크루트를 봤다.

수도성에서 돌아온 아들의 노고를 위로하기 위해서다.

"좋은 아침이구나! 크루트, 어제는 잘 잤니?"

"네, 아버님. 역시 집에 있으면 마음이 차분해지네요."

"그거 다행이구나. 원래라면 수도성에는 세실리아 님도 동행시키고 싶었는데……."

배려를 받은 세실리아는 미소를 지으면서 말했다.

"괜찮습니다."

"정말 죄송합니다. 일단락되면 일단 크루트와 함께 수도성에 돌아가실 기회를 마련하겠습니다. 그리고——."

에크스나가의 당주가 세실리아를 신경 쓰는 이유는 상대가 황녀 전하이기 때문이다.

상식적으로 에크스나가에 세실리아가 시집을 오는 건 있을 수 없는 일이었다. 그런데 리암의 즉흥적인 생각이 격을 뛰어넘는 약혼을 성사했으니, 참 무서운 일이다. 즉석에서 이런 일을 실행할 수 있다는 점이 리암의 권력을 보여줬다.

에크스나 남작은 미안해했다.

"——세실리아 님의 입장이 미묘해진 것을 정말 죄송하게 생각하고 있습니다. 본래는 저희도 황태자 전하를 지지해야 하겠지만, 받은 게 있는지라, 어쩔 도리가 없습니다."

에크스나 남작가는 번필드 공작가에 다 갚을 수 없는 은혜를 입었다.

이 은혜를 배신하고 황태자 전하의 파벌에 들어가는 건, 에크스나 남작으로서는 받아들일 수 없는 일이었다.

하지만 동시에 세실리아는 클레오가 따르는 가족이기도 하다.

덕분에 에크스나 남작가는 정말 미묘한 입장에 내몰리게 되었다.

"잘 알고 있으니 그리 죄송해하실 건 없어요. 그리고 그때는 클레오와 공작이 갈라설 줄은 아무도 몰랐잖아요. 어쩔 수 없어요."

세실리아는 그렇게 말했지만, 내심으로는 클레오가 리암을 배신했는지 의문이었다.

크루트는 고요해진 자리의 분위기를 바꾸기 위해 화제를 전환했다.

"그, 그건 그렇고 곧 시엘이 돌아오겠네. 유년학교를 무사히 졸업해서 다행이야."

이 자리에 없는 가족 이야기를 꺼내자, 에크스나 남작이 쓴웃음을 지었다.

크루트의 배려를 알아차렸을 것이다.

"그 아이가 돌아오면 가족이 다 모이는구나."

에크스나 남작가에게는 평온한 아침 식사 시간……일 터였다.

방문을 난폭하게 열어젖힌 기사가 뛰어 들어오기 전까지는.

"아침 식사 중에 실례합니다! 수도성에서 황태자 전하의 축하 선물을 가져온 함대가 본 가문의 우주항에 도착했습니다!"

크루트는 보고를 듣고 미간을 찌푸렸다.

(선물을 보내셨을 뿐인데 왜 허둥대는 거지? 무슨 일 있었나?)

바로 에크스나 남작이 자리에서 일어섰다.

"진정해라, 왜 그렇게 당황한 거냐?"

"죄, 죄송합니다. 실은 그 함대의 규모가 이상합니다."

"어떻길래 그러나?"

에크스나 남작은 규모라는 말을 듣고 경계했다.

에크스나 남작가의 우주항은 수용에 한계가 있다. 대규모라면 전부 수용하지 못할 수도 있다.

더구나 축하 선물을 가져온 상대에게 정비 비용이나 보급 요금을 곧이곧대로 청구할 수도 없는 노릇이다.

크루트도 그다지 규모가 크지 않길 빌고 있으니, 기사가 말했다.

"대략 3만 척입니다. 한데, 이상하게도 상대가 전투태세입니다."

"뭐라고?!"

전투태세를 유지하고 있다는 말을 듣고 에크스나 남작은 방에서 뛰쳐나갔다.

자리에서 일어나 뒤를 쫓으려고 하는 크루트의 팔을 세실리아가 붙잡았다.

"크루트 님, 뭔가 착오가 있는 건 아닌가요?"

"……저도 그렇게 생각해요. 확인해 봐야겠네요. 세실리아 님은 어머니와 리리와 함께 안전한 곳에 계세요."

크루트는 그렇게 말하고 방에서 나와 에크스나 남작을 쫓았다.

◇◆◇◆◇

크루트가 에크스나 남작과 함께 우주항에 들어섰는데, 그곳에서는 처참한 현장이 기다리고 있었다.

군인은 물론 기사들마저 쓰러져 있었고, 대신 수상한 녀석들이

서 있었다.

"검귀 씨, 찾던 녀석들이 온 것 같은데요."

"조금은 즐길 수 있겠지?"

"벼락부자치고는 제법 잘난 차림이군."

침입자들은 새로 받은 기사복을 각자 개조해서 입은 탓에, 기사보다는 해적에 가까운 복색이었다. 그중에 기모노를 입은 눈에 띄는 남자가 있었다.

칼을 어깨에 걸치고 있는데 칼날에서 피가 뚝뚝 떨어지고 있었다.

머리를 덥수룩하게 기르고 수염을 아무렇게나 기른 그가, 크루트 일행을 돌아봤다.

눈동자는 거무튀튀했고 눈에는 심한 다크서클이 드리워 있었다.

크루트는 어떤 식으로 살면 눈이 이렇게 되는가 싶어 경악했다.

그 사이에 에크스나 남작이 먼저 움직였다. 검을 뽑아 크루트 앞으로 나와서 남자와의 사이에 들어와 보호했다.

그러자 두 사람을 호위하던 기사와 군인들도 무기를 들었다.

"크루트, 넌 물러나라."

"하지만!"

"상대를 봐라! 놈은 우리보다 강하다."

에크스나 남작은 한눈에 남자의 역량이 자기들보다 뛰어나다는 걸 간파했다.

기모노를 입은 남자뿐만이 아니라, 나머지도 평범한 기사 수준은 넘은 듯이 보였다.

에크스나 남작을 본 남자는 깊은 한숨을 쉬더니 칼을 들고 자세를 잡았다.

"소생에게 승부를 걸었으니 죽을 각오는 있겠지? 정말 좋군. 고상한 검술만 아는 애송이들인 줄 알았더니, 실전으로 갈고 닦은 냄새가 풀풀 나. 피와 내장의 냄새가 말이야."

검귀라 불린 남자는 칼을 들고 자세를 잡더니 양쪽 입꼬리를 올리고 웃었다.

에크스나 남작이 식은땀을 흘리면서 크루트에게 말했다.

"……크루트, 탈출해라."

"네?!"

"동맹에 적이 쳐들어왔다고 알려라. 이 상황을 밖에 전해야 한다!"

에크스나 남작은 그 말을 마지막으로 검귀에게 달려들었다.

강검이라 부르기에 걸맞은 일격이었으나, 검귀는 간단히 피하고 가벼운 공격을 반복했다.

검귀가 에크스나 남작을 비웃었다.

"좀 더 재밌게 해보라고! 소생의 갈증은 이 정도로 해소되지 않는다!"

크루트는 흥분한 검귀에게 혐오감을 느끼면서 뛰어서 그 자리에서 벗어났다.

호위 기사와 병사들도 검귀의 부하와 전투를 시작했다.

모두를 버리는 것 같아 마음이 괴로웠지만, 여기서 모두 죽으면 의미가 없다.

우주항에 정박한 굴베이그에 뛰어들려고 하자, 호위 기사들을 쓰러뜨린 적이 크루트를 방해했다.

"어디 가는 거냐, 도련님!"

옷차림이 해적 같은 두 기사가 끼어들어서 크루트는 바로 검을 뽑고 두 사람 사이로 빠져나갔다.

"비켜라!"

순식간에 두 사람을 벤 크루트의 기량을 보고 검귀가 약간 아쉬워했다.

"젊은 나이치고 좋은 실력이군. 서로 죽어라 싸우면 재미있겠는데."

"어딜 보느냐!"

크루트를 쫓지 못하게 하기 위해 에크스나 남작이 검귀에게 달려들었다.

칼로 튕겨낸 검귀는 에크스나 남작을 핏발 선 눈으로 봤다.

"걱정 마라. 그대를 두고 쫓지는 않을 테니. 그러니 어디 열심히 소생을 즐겁게 해봐라!"

◇◆◇◆◇

굴베이그에 뛰어든 크루트는 곧장 격납고로 향했다.

격납고에는 어제부터 바나디스의 장비를 교체하고 있는 메이슨 일행이 있었다.

크루트의 초조한 모습을 보고 메이슨이 빠른 걸음으로 다가왔다.

"무슨 일 있습니까?"

함내에 있어서 긴급 사태인 걸 몰랐던 모양이다.

승조원은 대부분 이미 하선한 상황이므로, 굴베이그로 우주항을 빠져나가기는 어려울 것 같았다.

"우주항에 적이 쳐들어왔습니다."

"적? 적이라고요?! 어떻게 그런?!"

보통 우주항에 쳐들어오기 전에 충돌하기 마련이니, 메이슨이 놀라는 게 당연했다.

"저도 아직 자세한 상황은 몰라요. 황태자 전하의 이름을 써서 다가온 함대가 이미 본성을 포위했습니다. 분명 제국군의 신호였는데……."

해적도 아닌데 이런 짓을 하는 이유를 모르겠다.

메이슨이 눈을 휘둥그레 뜨니, 크루트가 그를 보챘다.

"지금 당장 원군을 불러야 합니다. 그러니 워프 장치가 달린 셔틀의 발함 준비를 도와주세요."

도와달라는 부탁을 받은 메이슨은 제6병기공장에서 데려온 스태프들에게 말했다.

"바나디스의 장비 교체는 끝났나?"

"작업은 끝났습니다만, 테스트가 끝나지 않았습니다."

장비 교체가 끝난 것을 확인한 메이슨은 크루트에게 바나디스를 타도록 재촉했다.

"그럼 크루트 님, 바나디스 버니에 타십시오."

이번엔 기동기사에 타라는 말을 듣고 크루트가 놀랐다.

"아뇨, 기동기사를 탈 시간은 없습니다."

"저희 제6병기공장이 새로 개발한 바나디스의 옵션 파츠, 버니호퍼에는 워프 장치가 탑재되어 있습니다."

"예?! 기동기사에 워프 장치를? 그, 그거 괜찮은 건가요?"

"조건 여하에 따라 안정성이 떨어질 수는 있습니다만, 이곳에서 탈출하는 정도는 가능합니다. 다행히도 테스트용 핀을 이 행성에서 멀리 떨어진 항로에 설치했으니, 구난 신호를 보내면 도움을 받을 수 있을 겁니다."

그의 설명을 따르자면, 워프를 위해서는 목적지에 핀을 설치해야 하는데, 이번에는 테스트를 위해 미리 설치해 둔 게 있는 듯했다.

크루트가 애기(愛機)인 바나디스를 올려다보니, 평소에 사용하던 추가 장갑이 제거되어 있었다.

바나디스의 본체는 여성형 외관을 지니고 있다.

평소에는 옵션 파츠로 가리고 다녔는데, 이번에 새로 단 추가 장갑은 여성형을 살리는 디자인이었다. 곳곳에 워프 발동을 위한 크리스탈이 탑재되어 있었다.

뒤쪽에도 추가 장갑이 붙었는데, 마치 꼬리처럼 보였다.

머리에도 센서를 강화 파츠인지, 토끼의 귀 같은 게 추가되었다.

리리가 토끼라고 평한 건 이 때문일 것이다.

사전에 홀로그램으로 완성형을 봤는데, 크루트는 실물을 직접 보자 뒷걸음질 쳤다.

"……저더러 이걸 타라고요?"

"서두르세요! 적이 오고 있잖아요?"

"아니, 그러면 여러분은 어쩌고요?"

"그들이 정말 제국 군인이라면 병기공장 관계자를 해치지는 않을 겁니다. 그러니 크루트 님은 어서 탈출하세요. 앞으로도 저희 제6병기공장을 잘 부탁드립니다."

메이슨이 머리를 숙이자, 크루트는 쓴웃음을 지으면서 콕핏으로 향했다.

바나디스의 우측 흉부…… 가슴 부분이 열렸다. 그곳이 콕핏이다.

"감사합니다."

크루트가 콕핏에 오르고 기동하니, 평소와 반응이 달랐다.

"새 시스템으로 바뀐 영향인가? 평소보다 기동이 느린데……."

『트윈 시스템 기동…… 에러 발생. 재시행 개시…… 클리어.』

전자 음성이 새 시스템의 오류를 알렸으나, 수십 초 만에 금방 문제없이 기동됐다.

크루트가 바나디스를 움직여 기동기사용 해치에서 나가려고 하지── 무장 집단이 격납고에 몰려들었다.

한 남자가 바나디스를 올려다보며 말했다.

"이만 포기하시지요. 본인도 더 이상 귀찮은 일을 늘리고 싶지 않거든요."

파티 회장에서 봤던 그 이질적인 남자였다.

쳐들어온 패거리는 제6병기공장 관계자에게 무기를 겨누고 있었다.

메이슨이 양손을 들고 외쳤다.

"대, 대체 왜 이러시는 겁니까?! 저희는 제6병기공장의 스태프라구요!"

이질적인 남자는 제6병기공장을 적으로 돌릴 거냐는 위협을 무시하고 크루트에게 말했다.

"본인은 빌리 세라 시네스…… 이 행성에 지방관으로 파견된 사람이거든요. 가능하면 원만하게 영지를 대신 관리하고 싶어요."

지방관이라는 말을 듣고 크루트가 미간을 찌푸렸다.

"여긴 에크스나가가 제국의 허가를 받아 정당하게 통치하는 행성이다! 무슨 권리로 지방관을──."

빌리는 귀찮아하면서 크루트의 의문에 답했다.

"귀찮지만 이런 게 정치란 거겠죠? 빨리 항복해야 저희가 편하니, 조금 거칠게 하겠습니다."

빌리는 권총을 꺼내더니 메이슨을 향해 발포했다.

"힉?!"

총알이 메이슨의 얼굴 옆을 지나가자, 메이슨이 선 채로 기절했다.

다음엔 빗맞히지 않는다는 의사 표시인지 빌리는 메이슨의 이마에 총구를 갖다 댔다.

"자 이제 투항하시죠? 안심하세요. 가족분들은 무사하니까요. 검귀가 인사를 조금 거칠게 해서 놀라신 모양인데, 해할 생각은 없습니다."

눈앞에 있는 남자는 이번에야말로 정말로 쏜다.

그런 확신이 있었던 크루트는 바나디스의 해치를 열고 밖으로 나왔다.

양손을 들고 그대로 콕핏에서 뛰어내려 바닥에 착지했다.

그러자 무장한 병사들이 크루트를 둘러싸고 총구를 겨눴다.

빌리는 권총을 품에 집어넣고 손뼉을 치며 크루트에게 다가왔다.

"역시 당신은 생각했던 그대로군요. 청렴결백하고 따뜻한 마음을 가진 좋은 청년 말입니다. 이런 일에 엮이지 않았다면 훌륭한 영주가 될 수 있었을 텐데, 아쉽군요."

빌리의 말을 듣고 크루트는 험악한 눈빛으로 봤다.

"결국 우리를 처리할 생각이로군."

빌리의 말은 크루트 일행에게 미래가 없다고 말하는 것이나 마찬가지였다.

쓴웃음을 지은 빌리는 말했다.

"그러게 순순히 황태자 전하의 권유에 응하셨어야죠."

“……미안하지만 난 그 사람의 권유에 응할 바에는 죽음을 택할 거야.”

크루트가 리리의 정체를 떠올리고 혐오감을 드러냈다.

빌리는 조금 의외인 듯했지만, 뜻을 바꾸지는 않았다.

“그거 아쉽군요. 끌고 가라.”

“예!”

병사들이 크루트를 끌고 가려는 순간, 갑자기 격납고가 진동했다.

“뭐야?!”

크루트가 주위를 둘러보니 바나디스가 기동하고 있었다.

빌리가 당황해서 황급히 피난했다.

“다른 파일럿이 타고 있었나?! 전원, 당장 격납고에서 대피! 제6의 스태프도 챙겨라. 버리면 나중에 귀찮아진다.”

크루트는 끌려가면서도 놀라움을 표했다.

“대체 무슨 일이지?! 바나디스에는 아무도 없을 텐데?”

무인으로 움직이기 시작한 바나디스는 크루트 일행이 격납고에서 탈출하자, 해치를 억지로 열고 우주 공간으로 날아가 버렸다.

빌리는 부하들에게 지시를 내렸다.

“누가 탈출한 건지는 모르겠지만, 함대에 연락해서 빨리 격파하라고 해라.”

“예!”

이들 목적은 크루트였으므로, 기동기사에 누가 타고 있는지는 중요하지 않았기에 파괴 지시를 내렸다.

◇◆◇◆◇

굴베이그에서 빠져나간 무인 상태의 바나디스는, 이내 곧 행성을 포위 중이던 함대에 둘러싸였다.

바나디스의 아몬드 모양 트윈아이가 녹색으로 발광해 주위 상황을 바로 확인하고 최적의 탈출 코스를 산출했다.

바나디스의 왼쪽 가슴…… 거기서 느닷 없이 여성의 목소리가 흘러나왔다.

“코스 확인…… 워프 준비 개시…… 이제 시간을 벌기만 하면 돼.”

바나디스가 가속하자, 적 함대에서는 기동기사가 잇따라 출격했다.

적기는 차세대 기체 후보 중 하나인 와일더. 양동이를 뒤집어 쓴 듯한 머리가 특징적인 기동기사로, 제1병기공장의 자랑이다.

차세대 기체를 운용한다는 점에서, 적은 상당한 수준임을 알 수 있었다.

기동기사를 이끄는 대장이 부하들에게 지시를 내렸다.

『기동기사치고는 퍽 귀엽게 생겼군. ——전원, 적기 파괴에 주력하라.』

『예!』

적기들은 바나디스를 포위하듯이 산개했다.

제국군의 주파수를 따라 통신 회선이 열렸다.

통신에서 적 대장이 놀란 얼굴이 비쳤다.

『허, 여자가 타고 있었나?』

무인기일 가능성도 있다는 연락을 받았지만, 막상 실상을 확인한 적 대장은 '그럼 그렇지' 하는 표정으로 넘겨버렸다.

바나디스가 더 가속하자 와일더들이 무기를 들고 공격하기 시작했다.

바나디스는 사방에서 총격당했지만, 날씬한 기체답게 섬세한 기동으로 회피했다.

일류 기사에 맞먹는 기동에 적 대장이 살짝 당황했다.

『꽤 하는군. 상대를 얕보지 마라! 전력으로 격파해라!』

적기의 공격이 더욱 거세지자, 바나디스도 차츰 피탄하기 시작했다.

한 번 명중하니 두 번, 세 번 잇따라서 명중했다.

바나디스는 탄환을 맞아 너덜너덜해졌지만, 움직임은 멈추지 않았다.

"아직 끝나지 않았어!!"

여자의 목소리가 울려 퍼지자, 바나디스의 추가 장갑에 달린 크리스탈이 빛을 뿜었다.

적 대장이 눈을 크게 떴다.

『뭣?! 도약 반응이라고?! 설마 기동기사로 워프한단 말이냐!!

이런, 휘말리기 전에 거리를 벌려라!』

와일더들이 워프에 휘말리지 않도록 거리를 벌리자, 바나디스 앞에 커다란 마법진이 전개되었다.

그 마법진에 바나디스가 빨려 들어가는 순간, 주위가 일그러져 보였다.

적들은 당혹스러워했다.

『기동기사로 워프를 견딜 수 있을 리가 없을 텐데.』

『성공하더라도 얼마 가지도 못한다. 개죽음이군.』

『죽을 거면 적어도 격추 스코어가 되면 좋을 것을.』

바나디스가 마법진에 빨려 들어갈 때 콕핏에서는 기체가 삐걱거리는 소리가 들렸다.

"너무 많이 맞았어. 잘못하면 기체가 못 버텨…… 그래도 반드시 가야만 해."

여성 파일럿은 도약의 부하에 기체가 부서져 가는 모습을 보았지만, 멈추지 않았다.

"내가…… 내가 모두를 구하는 거야!!"

전장에 발생한 마법진이 사라졌고, 거기에 바나디스의 형체는 남아있지 않았다.

◇◆◇◆◇

한 우주 선단이 항로를 따라 나아가고 있다.

상인의 대형 수송선을 중심으로 호위하는 군함이 따르고 있었다. 군함에는 번필드 공작가의 문양이 있었다.

수송선의 귀빈실에서는 선단의 주인과 손님이 소파에 마주 앉아 대화 중이었다.

낮은 테이블 위에는 마실 것과 과자가 놓여있었다.

손님은 바로 이제 막 유년학교를 졸업한 시엘이었다.

사복 차림의 시엘은 유년학교 입학 전보다 좀 더 어른스러워 보였다.

"토마스 님, 데리러 와주셔서 정말 감사합니다. 폐가 되지는 않나요?"

시엘을 대접하고 있는 사람은 번필드가의 어용상인인 '토마스 햄프리'였다.

그는 햄프리 상회의 당주로, 뚱뚱한 악덕 상인 같은 외모지만, 리암이 번필드가를 계승했을 때부터 교류한 성실한 상인이다.

여기서 말하는 상인이란 행성 간 교역을 할 수 있는 무역상이다.

토마스를 비롯한 상인들은 대부분 귀족의 후원을 받아 행성을 오가며 장사한다.

무역의 이익은 막대하며, 이들은 약소 귀족들이 발끝에도 미치지 못할 재산을 갖고 있다.

마찬가지로 토마스의 위상에 비교하자면, 에크스나 남작가는 작고 하찮은 가문이었다.

하지만 토마스는 시엘을 깔보지 않았다.

"저도 에크스나 남작가에 보낼 축하 선물이 있으니, 결국 한 번은 방문할 예정이었습니다. 그건 그렇고, 시엘 님이야말로 오랜만이시겠군요. 지난 6년간 한 번도 돌아가지 않았다고 들었습니다만?"

토마스가 걱정스럽게 물어서 시엘은 대답하기 난처해졌다.

(그건 내가 저지른 일 때문에 한동안 돌아오지 말라는 말을 들어서 그랬던 건데……. 이번은 오라버님의 결혼식이라서 예외였지만.)

얼마 전, 시엘은 번필드가의 군사에 개입해 자신의 의견을 이것저것 밀어붙였다. 그게 번필드가의 분노를 사서 에크스나 남작가가 손이 닳도록 사죄한 경위가 있다.

이유는 몰라도 리암이 필사적으로 중재해서 사건이 무사히 마무리됐지만…… 시엘은 가족의 신뢰를 배신해서 취급이 안 좋아졌다.

"그…… 집에 돌아가면 마음이 해이해질 것 같아서요."

"그렇습니까. 그런데 크루트 님의 결혼식이 끝나면 다시 번필드가에서 견습 시녀로 일한다면서요? 너무 몸을 혹사하시는 것 같은데, 한동안 쉬시는 건 어떻습니까?"

악의 같은 건 전혀 없는 토마스의 눈동자를 본 시엘은 얼굴을 돌리고 입가에 손을 댔다.

(말 못 해! 리암의 악행을 막기 위해 옆에서 감시한다고 말하면 분명 날 싸늘한 눈으로 볼 거야! 다들 그 녀석을 너무 믿고 있어.

사실은 나쁜 놈인데 왜 이렇게 따르는 건지 모르겠어!)

시엘이 번필드가에서 일하는 이유는 리암의 악행을 막기 위해서다.

그리고 사랑하는 오라버님—— 크루트를 언니로 만들지 않기 위해서이기도 하다.

시엘은 인정할 수 없었다.

이상적이고 정말 좋아하는 오빠가, 리암을 사랑해서 성전환하여 접근했다니!

그 사실을 받아들일 수 없어서 리암에게 반항심을 불태우는 것이다.

"그렇네요. 가끔은 쉬는 것도 괜찮겠죠. 이제 오라버님도 결혼하는 모양이고."

"네? 아아, 네."

오빠의 결혼이 휴가와 무슨 관계가 있는 걸까? 토마스는 그런 의문을 품은 듯했지만 깊이 추궁하지는 않았다.

시엘은 안도했다.

(그래도 정말 다행이야. 아무리 오라버님도 황녀 전하와 결혼하면 성전환은 그만두겠지? 그렇지?)

여기까지 와서도 걱정이 완전히 떠나질 않았지만, 괜찮을 거라고 스스로 납득했다.

그때, 귀빈실 모니터에 햄프리 상회의 간부 여성의 당황한 얼굴이 비쳤다.

긴급한 용건이라는 걸 알아차린 토마스가 부하에게 물었다.

“무슨 일이지?”

『구난 신호를 포착했습니다.』

“흠? 별일이군. 바로 구조하게. 우주를 헤매는 건 가혹하니까.”

구조가 올지 안 올지 모르는 상황에 우주를 표류하는 건, 토마스와 같은 뱃사람에겐 공포다.

토마스는 상인으로서, 뱃사람으로서 구조하는 게 당연하다고 생각했다.

하지만 간부의 태도가 이상했다.

『그, 그것이 문제가 아니라, 구난 신호를 보낸 기체가, 제6병기 공장의 바나디스입니다.』

간부는 모니터 한쪽에 반파된 바나디스의 모습을 비췄다.

『이 기체는 제국에서도 숫자가 많지 않습니다. 심지어 기체 번호가 에크스나 남작가의 크루트 님과 일치합니다…….』

본가와 오빠의 이름을 듣고 시엘이 펄쩍 뛰듯이 자리에서 일어났다.

“오라버님이 위험하다고요?! 토마스 님, 저도 구조 현장에 나가겠습니다. 유년학교에서 기초 교육은 받아서 돕는 정도는 할 수 있어요!”

토마스는 시엘이 가족을 걱정하고 있다는 걸 이해했지만 현장에서 문제가 생기면 곤란하니 완곡하게 거절했다.

“저희를 믿어주시지요. 혹여 아가씨께 만에 하나 문제가 생기면 제가 리암 님을 뵐 낯이 없습니다."

시엘은 물고 늘어지려고 했지만, 모니터에 있는 간부가 먼저 말했다.

『아직 보고가 남았습니다. 기체 번호는 크루트 님이지만, 바나디스의 파일럿은 크루트 님이 아니라 신원 불명의 여성이었습니다. 본인은 에크스나가에서 왔다고 주장합니다만…….』

"엑?!"

여자라는 말을 듣고 시엘은 이상한 목소리를 내고 말았다.

설마 하는 안 좋은 예감이 들었기 때문이다.

하지만 여기서 끝나지 않았다.

『더욱 이상한 점은, 기체 내부에 생체 반응이 없습니다.』

이번엔 토마스가 난처한 목소리를 냈다.

"그건 무슨 소린가? 사람이 있는데 왜 반응이 없어? 파일럿이 중상이라도 당한 건가?"

간부도 난감한 표정을 짓고 있었다.

『저희도 원인을 파악하지 못했습니다. 심지어 해당 파일럿은 에크스나 남작가가 알 수 없는 적에게 포위당했다고 같은 주장을 반복하고 있을 뿐이라…….』

"뭐라고요?! 이게 무슨 상황이죠?! 본가는 제압당했고, 바나디스에는 여자가 타고 있지만, 사람이 없다니요?! 무슨 수수께끼냐고요!!! 어떻게 된 거야아아아아아!"

잇따르는 충격적인 소식에 시엘이 소리를 질러대기 시작했다.

"시엘 님?! 진정하십시오! 시, 시엘 님을 의무실로 모셔가라아아아!"

에크스나 남작가를 제압한 빌리는 바로 저택에 관계자를 모았다.
다친 에크스나 남작을 아내가 치료하고 있고, 그 옆에는 수갑을 찬 크루트가 서 있었다.
"대체 무슨 꿍꿍이냐."
저택은 고요했다. 빌리가 지방관의 권한으로 고용인들을 전부 해고한 탓이었다.
이제 저택에 남아있는 건 빌리의 부하들뿐이었다.
"그렇게 화내지 마시죠. '본인'은 완력에 자신이 없는지라, 당신 같은 달인이 위협하면 겁먹어서 목소리가 안 나오거든요."
말은 그렇게 했지만, 빌리는 전혀 겁먹은 기색이 아니었다.
빌리 옆에 에크스나 남작을 쓰러뜨린 검귀가 있기 때문이었다.
검귀는 어이가 없다는 투로 중얼거렸다.
"뻔뻔하기는. 힘은 없어도 이곳을 관리하는 건 그대일 텐데."
"이런 게 특기라서요. 이번에는 에크스나 남작가가 죄를 짊어질 차례인 거죠."
그 말에 에크스나 남작이 상처투성이인 몸을 일으켰다.
"죄라고? 우리에게 무슨 죄가 있지? 혹시 황태자 전하의 손을 뿌리친 게 죄라고 할 셈인가?"
에크스나 남작가의 말에 빌리는 작게 고개를 저었다.
"그게 죄는 아니지만, 원인이라고 할 수는 있겠군요. 뭐, 그건 다른 건입니다. 당신들은 악질적인 귀족이라는 오명을 쓰게 될 겁니다."

크루트가 움직이려고 하자 빌리 옆에 서 있던 검귀가 칼자루에 손을 뻗었다.

섣불리 움직이면 벤다는 암시였다.

크루트는 어금니를 꽉 깨물었다.

(이 남자, 실력이 상당해. 시기를 잘 탔으면 검성이 될 수도 있었겠어.)

일섬류가 세상에 나오지 않았다면 이 남자가 제국의 검성이 됐을지도 모른다── 크루트는 그 생각이 납득됐다.

그만큼 검귀의 실력은 대단했다. 물론 그 삶의 방식은 인정하고 싶지 않았지만.

빌리가 말했다.

"당신들에게 죄가 있다면, 그건 약하다는 것이죠. 언제까지고 번필드가가 통할 줄 알았나요?"

크루트는 여유를 보이는 빌리에게 말했다.

"이런 짓이 그에게 통할 리가 없어."

"네, 일반적인 상황이라면 그렇겠죠. 하지만 이번에는 통할 수밖에 없다고 할지, 통하게 했다고 해야 할지? 아무래도 당신들은 이 상황을 정확하게 파악하지 못한 것 같군요."

빌리는 이 자리에 있는 모두에게 검지를 세우며 계획을 이야기했다.

"첫째. 세실리아 황녀 전하와의 결혼식은 번필드 파벌을 제외하고 황태자파가 거행할 겁니다. 여러분은 번필드를 배신했다는 오명을 얻겠죠."

다음으로 중지를 세웠다.

"둘째. 황태자파가 에크스나가에서 금지된 식물을 재배하는 정황을 발견. 여러분은 신분을 박탈당하고 모두 처형되는 겁니다."

빌리의 계획에 크루트는 씁쓸한 표정을 지었다.

"어이가 없군."

"그 어이없는 계획이 현실이 될 겁니다. 번필드가를 배신한 후에 누가 여러분을 돕겠습니까?"

지금까지 신세 지던 번필드가를 배신하면 에크스나 남작가는 고립된다.

황태자파로 갈아타지도 못하고, 그들의 책략을 알면서도 거역할 수도 없다.

빌리는 웃음을 짓고 있었다.

"개인적으로는 리암에게 하는 소소한 복수이기도 합니다. 당신들이 번필드가를 배신하면 리암의 인망에 흠집이 생길 테니까요. 번필드가를 초기부터 지지하며 협력했던 충신 가문이 돌아선다고 하면, 리암도 타격이 크겠죠."

리암을 괴롭히는 정도의 복수를 할 수 있으니까 이 계획을 실행하고 있다고 말하는 것이나 마찬가지였다.

크루트는 빌리라는 남자가 이해되지 않아 당황했다.

"고작 그런 이유로?"

"악당은 체면이 중요합니다. 얕보이면 끝이거든요. 그런데 리암에게 복수할 기회를 준다지 않습니까. 황태자 전하께 협력해서 참 다행이죠?"

혼자 즐거운 듯한 빌리 옆에서는 검귀가 재미없다는 듯이 있었다.

"소생은 야스시의 제자를 베지 못하는 게 불만이다만?"

"그건 지금이 아닐 뿐이지, 언젠가 기회가 올 거야. 자, 여러분…… 오명을 쓰고 처형당할 그날을 기대하시길."

빌리는 그렇게 말하고 검귀를 데리고 방에서 나갔다.

◇◆◇◆◇

에크스나가에 있는 통신실.

거기엔 수도성에 장거리 통신을 하는 세실리아가 있었다.

방 안에는 여기사들이 호위와 감시를 겸해 배치되어 있었다.

크루트와 가족들과는 달리 세실리아는 정중한 대우를 받고 있었다.

그게 세실리아의 불만이었다.

무엇보다도 세실리아가 용납이 안 되는 건——.

"왜 이러는 거죠, 클레오?"

——이번 일의 주모자가 뜻밖에도 가족이었기 때문이다.

세실리아와 통신하는 클레오는 작게 한숨을 쉬었다.

그 옆에서는 리시테아가 어쩔 줄 몰라 했지만, 대화에는 끼지 않았다.

클레오가 말했다.

『누님을 위해서입니다.』

"날 위해서라고요? 나는 이런 걸 바란 적이 없어요!"

평소에는 온화한 세실리아가 목소리를 떨며 말했다.

하지만 클레오는 듣지 않았다.

『누님은 황태자의 혈족이란 걸 잊지 마시지요. 결혼하더라도 격이 맞아야 하는 법입니다.』

클레오의 말을 듣고 세실리아는 눈을 크게 떴다.

"……못 본 사이에 아주 변했군요. 예전의 당신은 이런 사람이 아니었을 텐데요?"

『…….』

"우리가 살얼음판 위에서 하루하루 연명하던 시절에 손을 내민 건 번필드 공작뿐이었어요. 그런데 당신은 황태자가 됐다고 그를 배신하고 저와 제 남편까지 함부로 대하는군요. 언제부터 그렇게 안하무인인 사람이 됐나요?"

『사람과 환경은 늘 변하기 마련입니다. 중요한 건, 제가 제국의 황태자라는 점이죠. 만일 누님 이외에 누군가가 그런 소리를 했다면, 저는 용납하지 않았을 겁니다.』

"전 크루트 님을 사랑해요. 이 결혼에 아무런 불만이 없다고요.

그러니 진정 날 생각한다면 당장 이들을 물리세요.”

클레오는 세실리아의 부탁에도 차갑게 대꾸했다.

『누님께서 제 배려를 이해하실 날이 오리라 믿습니다. 리시테아 누님, 뒤를 맡기겠습니다.』

불만스러운 듯이 자리에서 일어난 클레오는 뒷일을 리시테아에게 맡기고 자리를 떴다.

리시테아가 세실리아에게 미안해했다.

『이렇게 되어서 미안해, 언니. 나도 말려봤지만 듣질 않더라. 정치가 얽힌 중요한 일이라 물러설 수 없대.』

아무래도 클레오는 리시테아가 정치에 어두운 점을 이용하여 설득한 것 같았다.

세실리아의 눈에서 눈물이 뚝뚝 떨어졌다.

“그렇게나 착한 아이가 어쩌다가…….”

◇◆◇◆◇

에크스나가의 영지에서는 제국에서 파견된 제국군의 함대가 지상 부대를 보내 백성들을 위압하고 있었다.

“현 시간부로 이 행성의 모든 권한은 지방관님에게 귀속된다! 더 이상 에크스나가의 규칙이 아님을 명심하라!”

무장한 병사들을 뒤에 나란히 세운 한 군인이 백성들 앞에서 외쳤다. 계급장은 대령이었다.

그들 외에도 지상 병기가 속속 강하 중이었고, 기동기사들이 상공을 여기저기 날아다녔으며, 그 위로는 전함이 대기 중이었다. 거리 위에 전함을 배치한 건 일종의 협박이었다.

백성들은 당연히 혼란스러울 수밖에 없었다.

"제국군이라고?"

"영주님이 있는데, 왜 지방관이 나와?"

"분위기가 이상하게 살벌한데?"

대령이 불안해하는 백성들을 향해 말했다.

"우리에게 거역하는 것은 곧 제국에 거역하는 것과 같다! 반항하는 자는 처형할 것이니, 명심하라!"

대령은 환대받지 못할 걸 알기에 처음부터 백성들을 설득할 생각이 없었다.

백성들은 두려워하면서도 군인에게 반항적인 시선을 향했다.

한 집단이 인근 건물에서 그 모습을 내려다보고 있었다. 에크스나가에서 쫓겨난 후 잠적한 기사와 병사들이었다.

그들의 얼굴에는 씁쓸함이 감돌았다.

"이제야 영지가 좀 발전하나 싶었더니만, 아주 제멋대로군."

젊은 병사가 몸을 들썩거리자 노련한 기사가 나무랐다.

"진정해라. 지금 움직여도 놈들에게 잡힐 뿐이야."

"저걸 어떻게 보고만 있습니까!"

그는 에크스나가의 영지에서 태어나고 자란 사람이라 더욱 고향의 참상을 보기 어려웠다.

그때 느닷없는 폭발음이 울려 퍼졌다.

모두가 숨을 죽이고 조심스럽게 밖을 살폈다. 멀리서 흙먼지가 피어오르고 있었다.

"무슨 일이지?!"

기사가 망원경으로 보니, 기동기사들이 도시 한 쪽을 파괴하고 있었다.

그 상황을 본 병사가 중얼거렸다.

"저 자식들, 일부러 도시를 파괴하는 건가?!"

광장에 모인 백성들도 당황한 분위기가 역력했다.

연설하던 대령은 뻔뻔한 태도로 모른 척하고 있었다.

"문제없다. 지상 부대 기지를 건설하기 위해 방해되는 건물을 철거했을 뿐이다. 이후로도 군사 행동에 방해되는 요소는 철저히 제거할 예정이다. 이에 협조하지 않는 자는 반항의 뜻으로 보아 처벌할 것이다."

기사가 살며시 입술을 깨물었다.

"여기까지 어떻게 발전시킨 도시인데, 이걸 이런 식으로……."

파견군은 제국소속이라 에크스나가의 행성을 발전시켜도 얻을 게 없다. 그렇기에 굳이 남의 사정을 봐줄 이유도 없는 것이다.

어느 병사가 말했다.

"젠장, 근처에 번필드가만 있었어도……."

기사는 미간을 찌푸렸다.

"이제는 움직이더라도 제때 올 수 있을지 의문이군……. 적의 목적을 모르는 상황에선 할 수 있는 게 없어. 일단 정보를 모아야 한다. 다들, 사소해도 좋으니, 정보를 모아오도록."

지방관과 파견군이 왜 에크스나가를 제압했는가? 기사와 병사들은 알지 못해 움직일 도리가 없었다.

◇◆◇◆◇

외진 행성 개발에 힘쓰는 나는 아르고스의 집무실에서 보고회를 소집했다.

소집된 사람은 홀로그램으로 출석한 클라우스, 티아, 마리, 세 명이다.

첫 번째 보고는 티아였다. 그녀는 자신감에 찬 표정이었다.

『전 노덴 남작가의 영지 개발은 순조롭습니다. 이전부터 본 가문에서 관리했던 만큼 개발 속도가 빨라, 지금은 우주항을 건설하는 중입니다. 내년에는 소행성을 이용한 군사 기지 건설에 착수할 예정입니다.』

예전의 내 종자——제국 귀족이긴 하지만 나에게 도움을 받는 부하 같은 존재였다——녀석이 나를 거슬러서 노덴 남작가는 없애고 영지는 몰수했다.

이후로는 번필드가에서 관리하면서 본격적으로 개발한 덕에 예상 이상의 속도로 발전했다.

나로서는 기쁜 보고지만, 마리는 티아의 자랑하는 듯한 태도가 마음에 안 드는 모양이었다.

『가만히 둬도 발전할 행성에서 발전을 못 하면 무능한 게 아닌지? 오히려 이 정도로 자신만만한 당신이 부럽사와요.』

티아의 홀로그램이 엉터리 아가씨 말투를 쓰는 마리와의 거리를 좁히고 노려봤다.

『그렇게 큰소리치는 넌 어떨까? 응당한 실적이 있으니 그런 소리를 지껄이는 거겠지?』

그러자 마리가 씁쓸한 표정을 지으면서 보고했다.

『……리암 님, 샤를로 행성은 기초를 다지는 과정에서 난항을 겪고 있사와요. 개척은 무사히 완수했지만, 개발이 예정보다 늦어지고 있어요.』

상세한 데이터를 보니 티아보다 진행이 2할 가까이 늦는 상황이었다.

이건 마리가 능력이 부족해서 일어난 일이 아니다. 굳이 따지자면 티아가 이런 분야에 좀 더 특화되어 있기 때문이다.

평소에 바보 같은 짓을 해서 그렇지, 둘 다 능력은 출중하다. 다만 능력의 방향성이 서로 조금 다르다.

티아는 만능형이라 무슨 일을 시켜도 높은 성과를 내지만, 마리는 전투에 특화되어 있다.

대함대를 통솔하면 티아가 더 뛰어나지만 수만 척 규모라면 마리가 더 뛰어나다.

마리의 능력을 생각하면 오히려 열심히 한 편이다.

“샤를로 행성은 내가 개인적으로 좋아하는 곳이야. 그래서 신중하게 개발하라고 한 거고. 전 그린 남작의 황폐한 영지까지 맡긴 걸 생각하면 잘한 편이겠지. 하지만 늦어지고 있는 것도 사실이야. 이쪽에서 인력과 전력을 더 보내줄 테니 어떻게든 만회해라.”

기뻐하지도 화내지도 않고 담담하게 말하자 마리가 굳은 표정을 지었다.

『말씀은 감사하나, 그리하면 리암 님 곁에 둘 전력이 부족하지 않겠습니까?』

틀린 말은 아니다. 지금도 전력은 아슬아슬하고 개발에 쓸 인력도 부족하다.

하지만 굳이 따지자면 마리에게 맡긴 영지의 발전이 더 중요하다.

“그건 신경 쓰지 마라. 마지막으로 클라우스. 상황을 보고해라.”

지금까지 조용히 우리의 이야기를 듣고 있던 클라우스에게 시선을 던지자, 그는 군말 없이 보고를 시작했다.

『예. 개발 관련 물자 수송은 순조롭습니다. 인재 육성 측면 또한, 군사학교와 기사학교를 확충했으니, 수년 후에는 성과가 나올 겁니다.』

클라우스가 보낸 데이터를 대조한 결과, 그의 말 대로 진행되고 있었다.

셋 다 위조한 흔적은 조금도 보이지 않았다.

이들이 내게 거짓말을 할 인물들은 아니지만, 그래도 성과를 조금은 부풀릴 수는 있겠다 싶었는데, 그런 기색도 없었다.

"여전히 빈틈없고 확실하군."

좀 지나치게 착실한 게 문제지만, 난 클라우스의 성과에 미소를 지었다.

티아와 마리가 질투의 시선을 던졌다.

클라우스는 이를 가볍게 무시하고 대답했다.

『부하들이 이루어 낸 성과입니다. 가능하시면 통신이라도 좋으니, 리암 님께서 직접 칭찬해 주시기를 바랍니다.』

그래, 바로 이런 점이다.

티아와 마리는 끝까지 자기 공을 내세우기 바쁘지만, 클라우스는 자신보다 부하들의 성과를 자랑스러워한다.

그리고 우수한 부하가 있으면 나에게 꾸준히 소개하려고 한다.

잘못하면 클라우스 아래에 있는 사람을 내가 뽑아갈 가능성도 있는데 말이다.

우수한 부하들을 자신을 위해서가 아니라 나와 영지를 위해 내어놓는 게 클라우스다.

아울러 번필드가의 급선무인 인재 육성 면에서도 두루 날 도와주고 있다.

역시 필두기사다.

너무 믿음직해서 내 안에서 티아와 마리의 공적이 희미해지고 말았다.

"네 부탁이라면 당연히 해줘야지."

『감사합니다. 다들 우수한 이들입니다. 앞으로 번필드가의 발전에 크게 기여할 겁니다.』

"네가 그렇게까지 말한다면 기대하지. 좋아. 이번에는 여기까지 하겠다."

보고회가 끝나 바로 통신을 끊은 나는 앉아있던 의자에 등을 기댔다.

"……이런 식으로 전력 차이를 어디까지 메울 수 있을까."

이후의 일을 생각하며 천장을 보고 있으니 문득 크루트의 얼굴이 떠올랐다.

그러고 보니 그 녀석의 결혼식이 얼마 안 남았었다.

"아무리 바빠도 크루트의 결혼식에는 참석해야지. 지금부터 계획을 세우면 그때쯤 휴가를 쓸 수 있겠지?"

이것저것 생각하고 있으니, 집무실에 암부가 나타났다.

바닥에서 머리부터 천천히 솟아올라, 완전히 나온 순간 무릎을 꿇고 머리를 숙였다.

쿠쿠리가 이끄는 암살 집단은 지금은 번필드가의 첩보나 그런 일들을 도맡는 만능 일족이다.

……일을 너무 많이 맡겨서 조만간 파업하지 않을까 내심 전전긍긍하고 있다.

쿠쿠리와 암부가 모조리 배신해도 난 지지 않겠지만, 번필드가 운영은 상당한 타격을 받을 것이다.

어떻게든 그들의 부담을 덜어주고 싶지만, 상황을 생각하면 그것도 어렵다. 쿠쿠리와 암부가 해줬으면 하는 일이 산더미처럼 있으니까.

한창 어수선한 번필드가는 인재의 배신을 반드시 피해야만 했다.

"쿠나이인가? 무슨 일이지?"

모습을 보인 암부 사람은 내가 이름을 준 '쿠나이'였다.

마스크를 쓰고 있어서 맨얼굴은 안 보이지만 날씬한 몸과 포니테일이 특징이다.

"바쁘신 와중에 죄송합니다. 동료로부터 에크스나 남작가가 제국에서 파견된 함대에 제압당했다는 급보가 왔습니다."

"……뭐?"

◇◆◇◆◇

"상황을 보고해라."

난 아르고스의 집무실에서 응접용 소파에 걸터앉아 다리를 꼬고 있었다.

통신 상대는 본성에 있는 '브라이언 보몬트'다.

번필드가의 저택을 관리하는 집사로, 아마기와 함께 오랫동안 날 섬겼다.

전투 면에 뛰어난 것도 아니고, 첩보 등 정보 면에서 뛰어난 것도 아니다.

하지만 내가 브라이언에게 원하는 것은 그런 게 아니다.

공중에 투영된 브라이언은 하얀 손수건으로 땀을 닦고 있었다.

『여기도 정보가 뒤섞여 혼란스러운 상황입니다. 토마스 공이 시엘 공과 바나디스를 회수했다는 연락을 보냈는데, 아직 조사가 끝나지 않아 뭐라 드릴 말씀이 없습니다.』

"그건 다른 녀석에게 조사를 맡겨놨다. 너는 이 상황이 귀족 사회에서 어떤 영향을 줄지를 말해봐라."

난 전생이 있는 인간이다.

전생의 가치관을 다 버리지 못했기 때문에, 이쪽의 상식에 어두운 면이 있다.

상식이라 믿던 게 실은 아니었던 경우도 많았다.

그런 이세계의 상식. 특히 귀족 사회의 상식을 물을 때는 브라이언이 최적이었다.

브라이언은 잠시 생각한 후에 천천히 말하기 시작했다.

『이 브라이언도 뭐가 어떻게 된 건지 잘 모르겠습니다. 현시점에서 사실로 판명된 정보들만으로 말씀드려도 되겠습니까?』

"상관없어. 네 생각을 가르쳐줘."

『예. 황태자 전하께서 에크스나 남작가를 제압을 명하셨는데, 이는 귀족 사회에서도 아주 좋지 않은 행동입니다. 제국이 인정한 영주 귀족의 권리를 침해하는 일입니다.』

"클레오가 그것도 모르는 어리석은 놈이었다는 이야기는 아닐 테고?"

설령 클레오는 어리석어도, 그 주위에 있는 사람까지 똑같을 리는 없다.

『네…… 제가 생각하기에는 크루트 님과 세실리아 님의 결혼식을 탈취하는 게 목적이 아닐지 싶습니다.』

“결혼식을 탈취해? 뭘 노리는 거지?”

『아마 무력을 앞세워 본 가문과의 연을 끊도록 강요하지 않았나 싶습니다. 이번 결혼으로 에크스나가는 황태자 전하와 가족이 되는 것이니, 포섭을 시도하는 건 당연한 일입니다.』

“앞으로 친하게 지내자는 말을 보통 총구를 겨누면서 하나?”

너 앞으로 친척이 되지? 친하게 지내자! 라면서 총을 들이대다니 제정신이 아니다.

브라이언은 그로 인해 클레오가 얻을 이익을 설명했다.

『친하게 지내는 데 목적이 있지 않아서 그럴 겁니다. 에크스나가가 본 가문을 배신하고 황태자 전하의 편을 들면 결과적으로 리암 님의 평판이 떨어질 테니까요.』

나에게 가망이 없어 관계를 끊고 클레오에게 붙는다? 그러면 나는 인망이 없다는 말을 들을 수는 있겠지만…….

“……그게 다인가?”

그 외에도 뭔가 있나 싶었는데, 브라이언의 이야기를 들어보면 내 평판이 깎이는 게 전부였다.

브라이언이 땀을 닦으면서 말했다.

『애초에 이러한 폭거를 저지르는 이유를 알 수 없으니 예상 정도밖에는……. 상식적으로 이해하기 어려운 일들이 벌어지고 있는 건 사실입니다.』

내 평판이 다소 떨어진다 해도, 난 얼마든지 만회할 자신이 있다.

"그러면 이 바보 같은 짓을 하는 이유가, 고작 내 평판을 떨어뜨리기 위해서라고? 거긴 멍청이들밖에 없는 건가?"

내가 적을 얕보자, 집무실에서 날 위해 녹차를 끓이던 '아마기'의 빨간 눈동자가 내게로 향했다.

"상대가 그런 이유만으로 움직였다고 생각하기는 어렵습니다. 다른 책략이 더 있을 것으로 예상됩니다. 주인님께서는 너무 방심하지 않길 바랍니다."

아마기가 경계하라고 조언하자 브라이언도 동의했다.

『세리나의 정보로는, 궁정에는 이런 정치적인 술수에 뛰어난 자가 많아, 가끔 무모한 행동도 통하는 기묘한 일이 일어난다고 합니다. 이 브라이언도 이 아래 다른 의도가 숨어있으리라 추측합니다.』

"안 그래도 바쁜데 귀찮게 굴기는……. 어쩔 수 없지. 크루트가 어려움에 빠졌다니 도와주는 수밖에."

소파에서 일어나자, 브라이언이 나에게 충고했다.

『리암 님, 정말로 에크스나 남작가를 도우실 겁니까?』

"왜?"

그건 마치 에크스나가를 돕지 말라는 말처럼 들렸다.

『본 가문은 개발 추진으로 여력이 없습니다. 이런 상황에 적과 싸우는 건 상책이 아닙니다. 무엇보다도 저희가 얻을 것이 거의 없습니다. 이는 리암 님도 아시지 않습니까.』

브라이언이 하고자 하는 말은 에크스나 남작가를 구해서 얻을 게 별로 없다는 것이다.

난 브라이언에게 미소를 지으며 말했다.

"브라이언, 날 시험하는 건가?"

『……실례했습니다.』

브라이언이 머리를 깊이 숙이는 걸 보니, 아무래도 진심으로 에크스나가를 버리라고 할 생각은 없는 듯했다.

"잘 들어, 난 착한 사람도 아니고 명군도 아니야. 가문의 이익을 따져가며 영단을 내릴 사람도 아니고. 난 내가 원하는 대로, 하고 싶은 대로 할 거다!"

전생에는 남의 눈치를 보며 살아왔다.

내 멋대로 하지 않는 게 좋다고 생각해 왔다.

하지만 그렇게 산 나는 전생의 마지막 순간에 깨달았다.

다른 사람을 위해 사는 건 어리석은 짓이다. 자신이 하고 싶은 것을 우선했어야 했다.

이번 생에도 그런 후회를 하지 않기 위해 난 하고 싶은 대로 한다!

브라이언에게 주먹을 내밀고 선언했다.

"이 리암 세라 번필드 공작이! 작은 이익 때문에 악덕 영주 동료를 버릴 줄 알았나? 반드시 구할 것이다."

『그 마음가짐을 기억하신다면, 이 브라이언도 더는 아무 말 하지 않겠습니다. 리암 님께서 바라시는 대로 하시지요.』

브라이언과 통신이 끝나자, 난 아마기에게 말했다.

"미안하지만 계획을 변경해야겠다, 아마기. 당장 가용한 전력을 모아서 에크스나가의 행성으로 가자."

"몹시 서두르시는군요. 시간을 들여서 전력을 갖추는 편이 좋지 않을지요?"

"클레오가 뭘 꾸미고 있는지 모르겠지만, 손쓸 틈도 없이 때려 부술 거야. 크루트의 결혼식 전에 일을 끝내고, 클레오 앞에 아무 일도 없었던 것처럼 태연하게 나타나자고."

무슨 생각으로 이런 폭거를 저질렀는지 궁금하지만, 일이 놈들의 생각대로 굴러가는 건 마음에 안 든다.

그런 내 생각을 듣고 아마기는 머리를 깊이 숙였다.

"그게 주인님의 바람이라면."

"……미안해. 또 당분간 떨어져 있어야겠네."

아마기가 고개를 들었는데 날 보는 시선이 조금 싸늘했다.

"지금도 결혼하신 지 얼마 안 되어 로제타 님과 떨어져 있는 상황입니다. 잊으셨나요?"

"그, 그건 언젠가 해결해야지……."

"부디 그럴 날이 오기를 기다리겠습니다. 그리고, 최근 공작이라는 단어를 언급하는 횟수가 급증하였습니다만, 이유가 있습니까?"

그야, 무려 공작이라고! 백작보다 위잖아?! 계속 말하고 싶어진단 말이다.

"머, 멋지다고 생각해서……."

"그렇습니까. 주인님의 그런 부분은 예전과 그다지 변함없네요."

살짝, 그래도 누가 봐도 알 수 있을 정도로 미소를 짓는 아마기한테서 난 얼굴을 돌렸다.

"옛날이야기는 하지 마. 낯간지러우니까."

바나디스를 회수한 햄프리 상회의 선단은 에크스나 남작가의 사정을 알고 예정을 변경해 번필드령으로 향했다.

향한 곳은 번필드 공작가의 본거지가 있는 하이드라 행성이다.

대량의 화물이 실린 수송선의 격납고 안, 급하게 공간을 만든 곳에 반파된 바나디스가 보관되어 있었다.

파츠는 최대한 회수되었지만, 재사용은 어려울 것 같았다.

시엘은 험악한 표정으로 바나디스의 콕핏 해치를 열었다.

"이런 건 절대로 인정 못 해. 인정할 수 있겠냐고!"

그렇게 말하면서 콕핏에 들어가니 신기하게도 조종석 왼쪽에 또 하나의 조종석이 있었다.

다가가서 손을 뻗으니 왼쪽 조종석과의 사이에는 보이지 않는 벽이 있었다.

그 벽의 정체는 모니터였고, 왼쪽 조종석에 앉아있는 건 길고 파란 머리카락이 특징적인 여자였다.

하얀색을 기조로 한 간소한 파일럿 슈트를 입고 있었는데 몸매가 다 드러났다.

파일럿 슈트에 필요한 기능이 있는지 의심스러울 정도로 얇고 단순했다.

그리고 무엇보다도 용납할 수 없는 건 에크스나가 일족이 하는 독특한 땋은 머리다.

머리의 왼쪽 옆을 작게 땋았는데 오빠인 크루트가 머리를 땋은 위치와는 반대였다.

그런 그녀는 조종석에 무릎을 안고 앉아있었다.

시엘은 화가 난 듯이 언성을 높였다.

“왜 바나디스를 타고 있는 게 너인 거야, 릴리에!”

파란 머리 파일럿의 정체는 ‘릴리에’였다.

하지만 그건 크루트가 성전환을 한 게 아니라, 기동기사 내부에 만들어진 데이터였다.

모니터를 사이에 두고 만질 수 없는 것도, 이게 영상에 불과하기 때문이다.

릴리에가 반대편에서 일어나 모니터에 손을 대서 시엘의 손과 자기 손을 겹친 것처럼 보이게 했다.

“계속 설명했잖아, 시엘. 에크스나 남작가가 누군가의 습격을 받아 제압당했어. 아버님도 어머님도, 그리고 세실리아와 리리도…… 진짜 나도 잡혀 버렸어. 그래서 이렇게 내가…… 내가 도움을 구하러 온 거야.”

시엘은 몇 번이나 한 설명을 반복하는 릴리에에게 화가 나서 성난 목소리로 소리쳤다.

“멋대로 가족처럼 굴지 마! 너는 오라버님도 아니고, 내 가족도 아니야! 애초에 리리는 또 누구야?”

상대는 크루트가 아니라 오빠의 성전환 모습을 한 다른 사람, 게다가 데이터상의 존재다.

시엘에게는 친하게 지낼 이유가 하나도 없는 상대였다.

"오라버님은 이제 겨우 결혼해서 자리를 잡으려는 차였는데, 너 같은 게 튀어나오면 폐라고!"

세실리아와의 결혼을 앞두고 있는데, 릴리에가 이런 형태로 현실에 간섭하는 건 시엘에겐 악몽이었다.

자칫 잘못하면 세실리아와의 혼인이 위태로워질 뿐만 아니라, 에크스나가와 번필드가 사이에서도 분쟁이 일어날 가능성이 있다.

시엘은 릴리에에게 손가락질하며 명령조로 말했다.

"아무튼 절대로 바깥에 나오지 마! 네 존재 자체가 우리에게 폐가 되니까!"

시엘에게 존재를 부정당한 릴리에는 한순간이지만 슬픈 표정을 지었고…… 바로 표독한 표정을 지었다.

"……내가 존재하는 건 크루트 본인 안에 릴리에라는 존재가 남아있었기 때문 아니야?"

"뭐어? 당연히 아니지! 오라버님은 결혼을 앞두었다고!"

"결혼하는 게 뭐 대수라고? 고작 그런 일로 내 안에 있는 리암을 향한 마음은 사라지지 않아……. 오히려 숨기려고 할수록 불타올라서 더 강한 자아를 가진 거야."

자랑인 오빠의 속내를 들은 시엘은 얼굴을 빨갛게 물들이고 릴리에를 손가락질하는 손을 휘둘렀다.

"야! 오라버님은 그런 말 안 해!"

"이것도 따지고 보면 네가 멋대로 오라버니에게 이상을 강요하는 것뿐이잖아?"

"뭐야?! 시스템이 만들어 낸 데이터가 뭘 안다고 그런 말을 해?!"

"어떻게 태어났는지가 무슨 상관이야. 너야말로 멋대로 바나디스에 들어오지 말아 줄래? 난 다른 사람이 콕핏에 들어오는 게 싫거든?"

시엘은 타인 취급당하자 화내면서 반박했다.

"이건 오라버님의 기동기사고, 난 오라버님의 동생이야!"

"혈연이랑은 상관없잖아. 그보다 미안. 나…… 네가 좀 싫을지도."

릴리에가 웃으면서 싫다고 말해 시엘은 주먹을 쥐고 떨었다.

떠는 건 슬퍼서가 아니라 분노했기 때문이다.

"뭐래, 나도 너 싫거든?!"

◇◆◇◆◇

"자, 어디서 전력을 빼내야 하나……."

에크스나가를 구출하기 위해 출격하기로 정한 것까지는 좋았으나, 문제는 출격할 전력이 없다.

지금 번필드가에는 다른 일을 할 여력이 없다. 원래 개발도 여력 없이 빡빡하게 진행할 일이 아니지만, 내 목표를 생각하면 항상 전력을 다해야만 했다.

의자의 등받이에 몸을 맡기고 생각하고 있으니, 아마기가 녹차와 양갱을 준비해서 다가왔다.

“주인님의 전함인 아르고스는 이 항성계를 개발하기 위해서는 빼놓을 수 없습니다. 함선을 움직이는 건 좋은 방책이 아니에요.”

섣불리 아르고스를 움직이면 새로 손에 넣은 항성계 개발에 지장이 생긴다. 빈틈을 노리고 우주 해적 놈들이 들끓을 수도 있고.

“내가 현시점에 운용할 수 있는 전력은 어느 정도지?”

아마기에게 물어보니 바로 대답이 돌아왔다.

“주인님의 신변 경호를 담당하는 로열 가드와 특무육전대, 그리고 수백 척의 규모의 함대가 최선입니다. 그 이상은 개발에 차질이 생깁니다.”

“여기저기에 손을 뻗은 대가를 이런 식으로 치를 줄이야.”

티아와 마리도 바쁘니 불러내서 합류시키는 것도 어렵다.

무리하면 불러낼 수 있지만, 여기서 뒤처지면 장래에 치명적인 문제가 될지도 모른다.

생각에 잠긴 나에게 아마기가 조언을 해줬다.

“본성에 있는 사매님들을 불러보는 건 어떤가요?”

“……걔들이 있었군. 지금도 일 없이 스승님의 저택에 눌러앉아 있는 모양이던데. 가끔은 일을 시켜야겠어.”

“에렌 님은 어떻게 하시겠습니까?”

“걔는 아직 성인이 되지 않았으니 너무 일러. 슬슬 그 아이의 장래를 진지하게 고민해 봐야 하는데 말이지.”

이미 일섬류 검사를 자칭할 실력은 있다.

하지만 번필드가의 현재 상황을 생각하면 에렌을 놀게 두는 건 아깝다.

기사로 키우면 틀림없이 전력이 될 것이다. 하지만 그 아이가 그걸 바랄지는 모르는 일이니, 쉽지 않은 문제였다.

"에렌의 장래에 대해서는 보류해야겠군. 달리 쓸 전력은 또 없나?"

"번필드가의 본성에서 전력을 빌리는 건 어떨까요?"

"지금도 클라우스의 손발이 되어 줄 전력을 너무 많이 끌어왔어. 이 이상 그 녀석에게 부담을 주는 건 그다지 내키지 않는군."

여차하면 티아와 마리를 호출할 수도 있지만, 클라우스만은 안 된다.

그 녀석을 본성에서 움직이면 번필드가 전체에 지장이 생긴다.

아마기도 클라우스의 전력을 빼 올 생각은 없는 듯했다.

"클라우스 님의 전력이 아니라, 독자적으로 행동하는 소규모 함대가 존재합니다."

"……치안 유지 부대 말이로군. 활동에 지장 없는 범위에서 차출하지."

가끔 일각을 다투는 판단이 필요한 때에 대비해 번필드가의 지시를 기다리지 않고 움직일 수 있는 녀석들을 편성해 치안 유지를 맡겨두었다. 그게 바로 치안 유지 부대다.

아마기와 이야기하니 서서히 생각이 정리됐다.

“내가 움직일 수 있는 전력은 전부 데리고 가겠지만, 이 이상은 클라우스와 상담해야겠군.”

“주인님의 명령이라면 모두가 협력하지 않겠습니까?”

“무리해서 협력하겠지. 특히 티아와 마리는 자기도 참전하겠다고 말할지도 몰라. 그러면 이후에 지장이 생기잖아? ——제국과 싸우려면 준비를 대충 할 여유는 없어.”

지금 나에게 제국이란 쓰러뜨려야 하는 적에 불과하다.

하지만 공작이 되었다고는 해도, 번필드가 단독으로는 초대국인 알그란드 제국과 싸움이 안 된다.

지금은 정성 들여 힘을 기를 때다.

아마기를 보니 왠지 걱정스러운 표정을 짓고 있었다.

“주인님, 너무 무리하시면 좋지 않습니다. 제국과의 관계가 나빠진 건 사실이지만, 외교로 해결할 수도 있는 일입니다. 반드시 전투를 고집하지 않아도 되지 않습니까?”

아마기의 부탁이라도 이것만큼은 들어줄 수 없다.

제국은—— 황제는 안내인이 가르쳐준 진정한 적이니까.

“싸워서 쓰러뜨린다. 이미 정한 일이야. ……클라우스한테 연결해.”

“……네.”

아마기는 내가 부탁을 들어주지 않는 걸 알자 약간 슬픈 듯이 머리를 숙였다.

◇◆◇◆◇

리암에게 사정을 들은 클라우스는 자신의 집무실에서 머리를 싸매고 있었다.

어느샌가 필두기사의 집무실이 차츰 넓어지더니, 이제는 호화로운 가구와 집기가 갖춰졌다.

클라우스는 나날이 자신의 평가가 좋아지는 것에 공포를 느끼고 있었다.

그는 주변에 아무도 없는 걸 확인하고 속마음을 털어놨다.

"나에 대한 주위 사람들의 평가가 너무 부담스러워! 대체 리암 님은 전력 편성을 왜 나에게 의논하시는 거냐고……. 크리스티아나 공이 가장 잘하는 일 아닌가?"

번필드가에서 가장 믿음직한 사람은 크리스티아나라는 게 클라우스의 평가였다. 무슨 일을 맡겨도 모든 일에서 성과를 내준다는 건 큰 도움이 된다.

마리도 믿음직하지만, 능력이 전투 쪽에 특화되어 있으니 이런 경우엔 반드시 크리스티아나에게 맡겨야 한다.

하지만 리암이 '그 녀석들의 부담을 늘리고 싶지 않다'고 말한 이상 그럴 수는 없다.

두 사람의 업무량은 클라우스가 봐도 상당했다. 너무 부담을 주면 어딘가에서 파탄 날 가능성도 있다.

"어떡하지? 난 어떡하면 좋지?! 우수한 부하들을 잔뜩 추천해서 나에 대한 기대가 조금은 약해질 줄 알았는데, 그렇지도 않았고."

클라우스가 계속해서 우수한 부하들을 리암과 만나게 해서 얼굴을 기억하게 만든 건 추천하기 위해서였다. 리암의 마음에 들면 스카우트된다는 걸 알고 하는 일이었다.

그 모든 게 자신에게 향하는 주위의 기대를 줄이기 위해서였다. 인재가 나오면 자연스럽게 자신은 밀려나서 사라지지 않을까? 그런 어렴풋한 기대를 한 결과다.

"그리고 전력을 긁어모은다 해도 무리가 가지 않는 범위라는 주문은 어떻게 생각해야 하지? 정말로 무리가 가지 않는 범위에서 모으면 수천 척이 고작일 텐데."

리암의 주문에 어떻게 응해야 할지 생각하니 속이 쓰렸다.

바로 책상 서랍에서 위장약을 꺼내 익숙한 손놀림으로 재빠르게 입에 머금고 삼켰다.

클라우스는 숨을 내쉬었고, 냉정해졌다.

"개발을 멈추지 않는 게 전제라고 하셨으니 만 단위로 짜내면 문제가 되겠지. 그러면 정말로 수천 척이 한계라는 뜻인데……. 3만 척 규모의 적을 이 병력으로 어떻게 하려면…… 역시 지휘관의 능력에 의존할 수밖에 없나?"

수는 적이 압도적으로 유리하다.

그렇기에 클라우스는 이 차이를 뒤집을 열쇠가 양보다는 질에 있다는 생각에 다다랐다.

애초에 이런 상황에는 전쟁을 하지 않는 게 최선이지만, 그런 말을 할 상황도 아니었다.

"유능한 녀석들을 모은다 해도, 누가 지휘를 하지? 리암 님은 무슨 일이 있으면 기동기사로 나가실 테니, 그걸 생각하면——."

가신들은 리암이 기동기사로 출격하는 걸 그만두길 원했다.

하지만 리암을 먹을 수 있을 정도의 권력과 실력을 갖춘 사람이 없다.

"내가 따라가도 방해만 되겠지. 차라리 젊은이에게 맡겨볼까?"

클라우스는 몇 분 생각하고 어느 인물을 집무실에 불러냈다.

◇◆◇◆◇

몇 분 후, 그 인물이 아주 서둘러서 집무실에 들어왔다.

"필두기사께서 굳이 저를 부르시다니, 어떤 용건이죠?"

상관 앞에서도 태도가 좋지 않은 이 남자 기사의 이름은 '아델버트 세라 파니발'.

긴 갈색 머리카락을 등 부근까지 길렀으며, 키가 크고 날씬하지만, 몸은 단련되어 있었다.

헤어스타일에 고집이라도 있는지 정수리 부분을 세워서 볼륨감을 냈다.

아델버트는 자신감 넘치는 야심가…… 주위 사람들이 경계하는 인물이기도 했다.

"리암 님께서 작전에 데려갈 함대와 기함을 요청하셨다. 함대

규모는 커도 5천 척에 못 미칠 거다. 반면에 적의 수는 약 3만 척이지. 아델버트——."

클라우스가 말을 끝내기 전에 아델버트는 웃음을 띠고 말했다.

"그 중대한 임무를 저한테 맡기고 싶다고요? 그러시죠, 그럼."

"설명을 들은 게 맞나?"

"그 정도 전력 차이는 제 실력으로 뒤집어 보이죠. 리암 님이 직접 가신다면, 우리 측 전력은 모두 정예일 테니, 승산은 충분합니다."

아델버트는 건방진 태도를 보였지만, 클라우스 안에서는 평가가 좋았다.

(자신감이 과한 부분은 흠이지만, 그의 능력은 믿을만하다. 무엇보다 내 마음에 드는 건——.)

아델버트는 클라우스 앞에서 선언했다.

"그리고 만일 이 임무에서 성과를 내면, 저는 당신이 앉아있는 자리에 한 걸음 가까워질 수 있겠지요. 전 반드시 당신한테서 필두기사 자리를 빼앗을 겁니다."

그는 클라우스를 앞에 두고 당당하게 필두 기사 지위를 얻겠다고 단언했다.

자신감 넘치는 야심가인 동시에 능력도 출중하다.

주위 사람들은 아델버트를 경계했지만, 클라우스에게는 상관없는 일이었다.

(그래! 이거야 이거! 난 너 같은 인재를 기다리고 있었어!)

클라우스는 속으로 기뻐하면서도 냉정한 태도를 잃지 않았다.

"의욕 넘쳐서 좋군. 그러면 가는 걸로 알고 리암 님께 추천하겠다. 바로 출발할 수 있도록 준비해라."

"말 안 해도 할 거예요. 전 언젠가 필두기사가 될 남자니까요."

아델버트가 방에서 나가서 클라우스는 그의 등을 향해 말했다.

"난 너에게 기대하고 있다."

"그거 고맙습니다. 기대 이상의 활약을 보여드리죠."

아델버트가 방에서 나가자, 클라우스는 안도의 한숨을 쉬었다.

어쩐지 속쓰림이 완화된 느낌이 드는 건 위장약의 효과 때문만은 아닐 것이다.

"자신감 넘치고 거만하게 구는 면이 있지만 동시에 실력도 있어. 무엇보다 야심이 왕성해서 내 지위를 노리는 게 개인적으로 마음에 들어. 애초에 나보다 능력 있고 유능한 일꾼이니까, 리암 님도 분명 만족하실 거야."

아델버트의 야심가 기질을, 클라우스는 신경 쓰지 않았다.

오히려 허상만 커지는 자신의 평가를 신경 쓰지 않고, 아까 전과 같은 태도로 대해주는 게 호감이 갔다.

야심은 마음에만 두고 입 밖에 꺼내지 않으면 좋겠다는 생각은 좀 들지만.

그렇게 했으면 틀림없이 지금보다 더 출세했을 것이다.

"아델버트, 난 너에게 진심으로 기대한다. 빨리 출세해서 날 앞질러다오."

◇◆◇◆◇

번필드가에는 특무육전대라는 조직이 있다.

이 부대는 사실 리암의 취미 때문에 설립됐다. 우주 해적의 본거지를 제압했을 때, 보물찾기하는 리암을 호위하는 게 목적이기 때문이다.

악당들이 모은 보물을 챙기는 것뿐이라면 필요 없었을 테지만, 그런 곳에는 으레 함정이 많다.

그래서 함정으로부터 리암을 지키기 위해, 호위는 물론이고 특수한 기술을 갖춘 병사들을 모았다.

어떠한 전장에 투입되어도 보물을 챙겨 생환하는 그들을 아군은 '트레저'라 불렀다.

그 특무육전대 기지에서 지금, 리암이 전력을 구한다는 소식에 출격 준비가 한창이었다.

우주복에 파워드 슈트 기능이 추가된 특수 슈트를 입은 강인한 연대장이 세 개 대대를 앞에 두고 입을 열었다.

"리암 님의 특별 명령이다. 친구분에게 싸움을 건 멍청이들에게서 인질을 무사히 구출한다. 새삼스럽게 말할 필요도 없겠지만, 우리가 투입되니 간단한 임무가 아니다."

리암이 데리고 다니다가 어느샌가 늘어난 트레저들.

정신을 차리고 보니 사단 규모까지 커져 있었다.

"그리고 안타까운 소식이다. 이번엔 임무 사정상 보물찾기는 없다."

연대장의 농담에 부하들이 웃었다.

"여느 때와 같다. 리암 님의 명령에 전력으로 응해라!"

"예!"

부하들이 일제히 경례하는 걸 보고 연대장이 헬멧을 썼다.

부하들에게 들리지 않도록 중얼거렸다.

"자, 이번엔 어떤 무모한 전장에 투입될는지. 옛날부터 참 한결같으신 영주님이란 말이지."

처음 우주 해적들의 전함에 투입된 뒤부터 쭉 트레저로서 살아온 군인은 기쁜 듯이 웃었다.

◇◆◇◆◇

어느 어두운 곳.

시야가 안 좋아 아무것도 안 보이는데도, 수많은 가면만은 희미하게 떠오른 듯이 보였다.

그 수많은 가면들은 으스스한 분위기 속에 원형으로 진을 만들고 있었다.

그중 가면 하나는 쿠나이였다.

"——이상이 리암 님의 현재 상황입니다. 두령, 어떻게 하시겠습니까?"

쿠나이가 리암의 행동을 보고하자 모든 가면의 시선이 한 가면으로 향했다. 바로 암부를 통솔하는 쿠쿠리의 가면이었다.

"이 상황에 일을 너무 벌였다고 직언을 드리고 싶긴 하군."

암부 사람들은 소곤소곤 이야기했다.

"큰일을 앞두고 이런 소요를 신경 쓸 필요는 없다. 에크스나가와 관계를 끊도록 진언하는 건 어떤가?"

"제국 타도라는 대망을 달성하려면 어쩔 수 없는 희생이다."

"우리 주인은 목적과 무관한 일에도 바라는 게 과하게 많다. 두령의 충고를 들어야 한다."

쿠쿠리와 암부는 2,000년 이상 전의 황제에게 석화당한 원한이 있다. 석화와 동시에 축복을 받아 2,000년 동안이나 정신이 망가지지 않도록 처리되었다.

상상을 초월하는 고통에, 쿠쿠리와 암부는 당시의 황제뿐만 아니라 제국마저 원망했다. 실컷 부리다가 배신한 증오스러운 존재…… 일족의 적으로서.

회의에서는 비판적인 의견이 많았지만, 그래도 그들은 리암에 대한 충성심은 있었다.

다만 제국 타도를 앞두고 옆길로 새지 않았으면 한다는 암부의 의향이 있어서 순순히 따르지 못하고 있었다.

그런 회의장에서 쿠나이가 의견을 말했다.

"……실례입니다만, 리암 님께서는 제국 타도를 포기하지 않으셨습니다. 그 증거로 병력 동원을 최소한으로 조정하려고 애쓰고 계시죠."

쿠나이의 의견에 가면들이 일제히 비난했다.

"누가 네 의견을 구했지?"

"이름을 받아서 거만해졌나? 넌 아직 의견을 낼 처지가 아니다."

"주군에게 부정한 감정을 품고 하는 조언인가? 두령, 이 자를 처리하고 쿠나이의 이름은 다른 자가 잇게 해야 합니다."

회의장이 시끄러워졌지만, 쿠쿠리가 발언하려고 하자 자연스럽게 조용해졌다.

"흐음…… 그다지 반가운 일은 아니지만, 리암 님이 친구분을 구하고 싶으시다면 우리도 도와야 한다."

가면 중 하나가 쿠쿠리의 판단에 난처해했다.

"괜찮겠습니까?"

난처해하는 이유는 암부에 뛰어난 자의 수가 적다는 결점이 있기 때문이었다.

번필드가가 크게 움직이고 있으니 당연하게도 쿠쿠리와 암부도 바쁘다.

암부의 일은 산더미처럼 있는데, 거기서 인력을 나눠주면 다른 자의 부담이 커지고 만다.

쿠쿠리는 큭큭거리며 웃었다.

"바쁘기는 리암 님도 마찬가지. 주인이 몸이 가루가 되도록 일하는 모습을 구경하기만 하면 아무래도 기분이 안 좋거든."

바쁜 암부가 봐도 지금 리암의 업무량은 방대했다.

쿠쿠리의 말을 듣고 다른 가면들도 입을 다물었다.
다른 자들도 몸소 솔선해서 제국 타도를 위해 업무에 임하는 주인의 부탁을 들어주고 싶을 것이다.
쿠쿠리가 쿠나이에게 말했다.
"어떻게든 두 명 정도 준비하죠. 쿠나이, 네가 이끌고 리암 님을 도와라. ——다른 자들에게 뒤지지 마라."
쿠쿠리는 마지막에만 위압감이 느껴지는 목소리를 냈는데, 쿠나이는 성과를 내라는 뜻으로 받아들여 머리를 깊이 숙였다.
"분부대로."

◇◆◇◆◇

번필드가 본성에는 로열 가드의 기지가 있다. 이곳은 공작가 수호 임무를 맡고 있기 때문에, 풍부한 예산이 투입된다.
다만 조직의 규모가 큰 건 아니다. 로열 가드 입대 조건이 너무 엄격한 탓이었다.
실력은 기본이고 공작가에 대한 강한 충성심이 있어야 한다.
그 로열 가드를 총괄하는 사람은 초대 단장인 '리즈 세라 페건'이다.
빨갛고 아름다운 생머리를 두껍게 땋아서 어깨에 걸친 그녀는, 안경형 단말기를 애용했다.
글래머러스한 체형과 평소의 차분한 분위기에서 포용력이 느껴지지만, 로열 가드를 통솔하는 여기사가 온순하기만 할 리는 없다.

"어머나, 리암 님은 이번 작전에 크리스티아나와 마리는 안 쓰시네. 현명한 판단이야."

말투는 부드러웠지만, 그 말투에서는 확실히 티아와 마리에 대한 경쟁심이 느껴졌다.

보고자는 멀리 떨어진 항성계에 있는 에셀이었다.

『놈들에게 알리면 임무를 내버리고 급히 올지도 모른다며 걱정하셨습니다.』

"틀린 말은 아니네."

리즈는 볼에 손을 대고 작게 한숨을 쉬었다.

애초에 로열 가드가 설립된 건 크리스티아나와 마리가 자주 폭주하기 때문이다.

그런 망나니 녀석들에게 번필드가의 기사단을 맡겨둘 수 없다고 결심하여 새로 기사단을 설립한 사람이 바로 리즈였다.

현재는 로열 가드로서 소수 정예를 이끌고 있지만, 원래는 서서히 기사단을 장악해 나갈 예정이었다. 클라우스가 필두기사로 임명되면서 허사가 되고 말았지만.

"클라우스 공이 움직이고 있지만, 병력 동원에 애먹고 있어. 그야 기사도 기동기사도, 어디든 서로 쟁탈 중이니 남는 게 없겠지."

리즈의 이야기를 들은 에셀은 씁쓸한 표정을 지었다.

『다른 부대를 돌릴 순 없나요?』

로열 가드는 1번 부대부터 4번 부대까지 있다.

에셀이 거느린 건 1번 부대다.

"대기 중인 2번 부대를 보내죠. 그리고 이번에 한해서 특수기를 받는 것 같으니까, 수령하면 조정하세요."

『특수기를요? 서, 설마…….』

"외부에 드러낼 수 없는 기체지만 이번은 어쩔 수 없어. 필사적으로 설득해서 전함이랑 세트로 허가를 받았어."

난감하다는 표정을 짓고 있던 리즈는 에셀을 응시하며 명령했다.

"에셀, 리암 님의 신뢰를 쟁취하세요. 번필드가의 기사가 무능하지 않다는 걸 증명하는 거야."

『물론이죠. 그 바보들한테는 안 져요.』

◇◆◇◆◇

번필드가의 저택에 있는 '유리시아 모리시르'의 작업실에 리암과 결혼한 '로제타 세레 번필드'가 찾아왔다.

그녀는 결혼 후에도 변함없이 풍성한 금발은 세로 롤 스타일을 유지하고 있었다.

다만 최근엔 신혼인데도 리암을 보지 못해 쓸쓸한지, 약간 살이 빠져 허리가 쏙 들어갔다.

이상하게도 가슴이나 엉덩이는 놔두고 배부터 살이 빠진다……는 게 본인의 이야기였다.

물론 성간 국가의 깃 기술력이 존재하는 세계에서 외모쯤이야 얼마든지 조정할 수 있으므로, 이런 이야기를 해도 부러워할 사람은 별로 없지만.

로제타가 유리시아를 찾아온 건 리암 때문이었다. 리암이 운용할 전력을 요구한다는 소식을 듣고 어떻게 도울 방법이 없을지 상담하러 온 것이다.

"유리시아 씨, 실은 전력에 대해 상담할 게…… 아니, 뭐 하는 거예요?!"

로제타는 입실 허가를 받고 문을 열어 안에 들어가자, 비명을 질렀다.

무슨 일인가 싶어 호위 여기사들이 떼 지어서 방을 들여다봤다.

그리고 모두 말문이 막혔다.

방의 주인인 유리시아는 흐트러진 머리카락이 방해되어서 거칠게 묶고 있었다.

일하는 중인지 책상 주변에 수많은 화면이 투영되어 있었다.

유리시아는 그 많은 화면을 동시에 처리하는 건지, 화면이 빈번하게 전환되었다. 몹시 바쁜 듯이 보였다.

하지만 로제타가 놀란 건 그런 이유가 아니었다. 유리시아가 속옷 차림으로 일하고 있었기 때문이었다.

그녀는 의자 위에 양반다리를 하고 앉아 인스턴트 면을 후루룩거리며 먹고 있었다.

"아, 죄송합니다. 식사 중인 걸 잊고 방에 불러버렸어요."

유리시아는 사과했지만, 너무 바빠서 비틀거렸다.

로제타가 다가가 양어깨를 잡고 흔들었다.

"정신 차려요! 식사 중이라 놀란 게 아니야. 당신 모습도 심각하지만 애초에 방이 너무 지저분하잖아?! 대체 언제부터 이러고 지낸 거야?!"

"그게…… 기밀 사항을 취급하느라 사람을 못 들여서……. 어, 어라? 지금 며칠이죠?"

로제타는 깊은 한숨을 쉬었다.

"안 되겠어요. 조금 쉬어요. 누가 유리시아 씨를 욕실로 옮겨 줘. 간이 세정으로는 긴장 풀고 쉴 수 없겠어."

"예!"

여기사들이 더러운 방에서 유리시아를 끌어냈다.

◇◆◇◆◇

"전…… 흑! 열심히 하고 있다고요! 그런데 리암 님은 방치하고…… 흑! 대량의 업무를 처리하는 사이에 왠지 자신이 일을 처리하는 기계가 된 것 같은 기분이 들어서……."

목욕 후, 마음이 진정된 유리시아는 담요를 뒤집어쓰고 울고 있었다.

리암이 맡긴 대량의 업무를 처리하려고 일만 하는 나날을 보내고 있었던 모양이다.

로제타가 동정했다.

"괜찮아. 울어도 괜찮아. 나도 나중에 달링에게 주의를 줄게."

"부탁드려요! 진짜 좀 부탁드려요! 저한테 잘해달라고 전해주세요오오오오~……."

로제타는 흐느껴 우는 유리시아의 등을 부드럽게 쓰다듬었다.

그리고 한바탕 울고 기분이 풀린 유리시아가 말을 꺼냈다.

"흑…… 그래서 전력 건이었죠?"

"맞아! 내 친위대는 수가 많으니까, 만 척 정도라면 움직여도 괜찮을 것 같은데, 어떨까?"

온통 바쁜 번필드가에서 로제타의 친위대만은 평시처럼 운용되고 있었다.

물론 이유가 있다.

"당연히 안 되죠."

"어, 어째서?"

"친위대는 애초에 번필드의 군사 체계와는 전혀 다른 생태잖아요. 서로 다른 애들을 모아놓아봤자, 원래부터 하나부터 열까지 서로 통하는 게 없으니, 혼란만 생길 거예요."

번필드가의 군대는 리암이 운용하고 키워왔다. 하나부터 열까지 번필드의 방식이 철저하게 적용되어 있다. 그러나 로제타의 친위대는 상식적인 군대다. 번필드가가 로제타의 친위대를 이용하지 않는 건, 서로 말이 안 통하기 때문이다.

"그래? 그럼 내 친위대는 어떻게 하면 좋을까?"

"지금까지 하던 대로 본성 방위를 맡아야죠. 2만 척의 방어 함대가 가벼운 숫자는 아니니까요."

"움직이지 않는 편이 좋구나……."

리암을 도울 수 없다는 걸 깨달은 로제타는 약간 충격을 받은 얼굴이었다.

그걸 본 유리시아는 로제타에게 업무에 시달린 개인적인 원한을 담아 조언했다.

"하지만…… 조금 정도는 보내도 괜찮을지도 몰라요. 한 수백 척 정도? 그 왜, 로제타 님의 친위대에 그 사람 있잖아요? 일도 안 하고 틀어박혀 있는 친위대 기사가!"

자기도 바쁘게 일하고 있는데 틀어박혀 있는 기사가 있다니, 용서할 수 없다. 오로지 그런 사적인 원한을 담은 추천이었다.

로제타는 누구를 가리키는 말인지 알아차리고 손뼉을 쳤다.

"비비안 말이지! 걔는 금방 틀어박히니까 어떻게 할지 고민이었어. 잘됐네, 차라리 달링을 도우라고 해야겠다."

로제타는 자신을 지키는 소중한 기사를 리암에게 보내기로 정했다.

◇◆◇◆◇

"싫어어어어! 방에서 나가고 싶지 않아아아아! 난 방종하게 살고 싶다고오오오!!"

로제타의 기사, '비비안 세라 샌더스'의 비명이 울려 퍼졌다.

곱슬거리는 녹색 머리카락을 가진 키 큰 여기사는 창피함도 체면도 신경 쓰지 않고 문에 매달렸다.

동료 친위대 기사들이 붙어서 그녀를 떼어내려고 했다.

"네가 틀어박혀 있으니까, 이런 일을 받는 거잖아!"

"친위대장이 주인을 놔두고 처박혀 있는 것부터가 말이 안 된다고!!"

"이 도움 안 되는 구부정 대장 때문에…… 반드시 끌어내서 일하게 해주겠어!"

여기사들이 비비안에게 욕을 퍼부으면서 끌고 갔다.

그 광경을 본 다른 기사들은…… 로제타의 친위대는 무시무시하다고 생각했다.

◇◆◇◆◇

번필드 본성에는 야스시가 사는 저택이 있다.

정원이 딸린 훌륭한 저택으로, 고용인들도 있다.

리암은 더 훌륭한 저택을 짓고 싶었지만, 야스시의 아내인 '니나'가 자신이 유지할 수 있는 규모를 희망했다. 그 이유는 자신의 급여로 야스시를 부양하고 싶다는 개인적인 희망 때문이었다.

그 저택에 리암의 제자인 '에렌 타일러'가 방문했다.

그녀는 고용인들의 안내를 받아 야스시가 있는 방을 찾아갔다.

"실례합니다. 스승님께 리호 님과 후우카 님을 데려오라는 명을 받아서 왔습니다."

에렌은 일섬류의 문하생이긴 하지만, 직계 스승은 리암이다.

야스시와는 직접적인 관계가 없기에 그 실력을 의심했다.

일단 대우는 해주고 있지만, 야스시를 보는 시선은 언제나 험악했다.

에렌이 방에 들어가니, 거기에서 '하즈키 리호'와 '시시가미 후우카' 두 사람이 한 남자아이를 두고 쟁탈전을 벌이고 있었다.

"야스유키~, 리호 누나가 좋지? 같이 놀자~."

"야스유키, 이도류가 더 좋아! 후우카 누나가 가르쳐줄게!"

쟁탈전의 대상이 된 남자아이는 야스시와 니나의 아이인 '야스유키'였다.

야스유키는 에렌을 보자마자 자세를 바로하고 인사했다.

"에렌 씨! 오랜만이에요."

예의 바른 야스유키를 본 에렌은 살짝 경계했다.

"네, 오랜만이에요."

(스승님은 야스유키 군을 제자로 들이지 않는다고 했지만…… 이 아이가 흥미를 보이면 내 사제가 될지도 몰라.)

정말 좋아하는 스승님의 제자는 자기 하나로로 충분! 스승님은 자기만 봐줬으면 좋겠다! 이런 아이 같은 욕구가 에렌에게 아직 남아있었다.

일섬류 검사로서 제자를 세 명 육성해야 하는 관습은 알지만, 아직 리암에게 어리광 부리고 싶은 나이였다.

야스유키가 에렌에게 흥미를 보이자, 리호와 후우카가 재미없다는 듯이 에렌에게 다가왔다.

리호가 말을 걸었다.

"에렌이 여길 오다니 별일이네. 혹시 스승님한테 볼일 있어? 공교롭게도 외출해서 저녁까지 안 계셔."

"……아까 전했듯이, 스승님에게 여러분을 데려오라는 명령을 받았어요. 그보다 번필드가가 바쁜데도 이 저택에 눌러앉아 있다는 소문이 사실이었네요."

어이없어하는 에렌에 비해 후우카는 부끄러워하는 기색도 안 보였다.

"우린 사형의 가신이 아니니까! 멋대로 해도 괜찮아."

틀린 말은 아니지만……. 에렌은 작게 한숨을 쉬었다.

"바로 그 스승님이 가끔은 일하라고 호출했어요. 바로 출발 준비를 해주세요."

그러자 리호가 고개를 갸웃했다.

"사형이 호출? 무슨 일 있었나?"

항상 야스시의 집에 눌러앉아 있어서 외부 정보에 어두워진 모양이다.

에렌이 소리를 질렀다.

"긴급사태에요! 아무튼 서둘러주세요!"

두 사람을 재촉해 준비시킨 에렌은 깊은 한숨을 쉬면서 자신의 진로를 진지하게 생각했다.

(스승님에게는 검사로서 인정받았지만, 미래를 생각하면 난 기사가 되는 길을 선택하는 게 좋을지도 몰라. ……두 사람처럼 검사 신분에 만족하면 스승님을 도울 수가 없는걸.)

칠칠치 못한 두 사람을 보고 에렌은 진지하게 기사가 되는 길을 걷기로 정했다.

두 사람이 준비하기 위해 방에서 나가자, 야스유키가 에렌에게 말을 걸었다.

"저기, 에렌 씨."

"왜 그러시죠?"

"기사가 되려면 어떻게 하는 게 좋을까요?"

"네?"

햄프리 상회에 신세 지는 중인 시엘은 토마스에게 이후의 예정에 대해 듣고 있었다.

"번필드가가 에크스나가를 구조한다고요? 정말인가요?!"

가문을 구하기 위해 번필드가가 움직인다는 소식을 듣고 시엘은 활짝 웃음 지었다.

개인적으로 리암은 싫지만, 그래도 번필드가가 믿음직하다는 사실은 변하지 않는다.

그리고 번필드가에는 로제타를 비롯해 시엘도 아주 좋아하는 사람들이 많이 있다.

가문 자체에 안 좋은 이미지는 없었다.

하지만 토마스의 표정은 좋지 않았다.

"급하게 전력을 재편성 중이라고 합니다. 저희에게도 보급 물자 요청이 왔습니다. 그런데, 보급 물자의 규모를 보아하니, 구조대는 5천 척 정도인 것 같습니다."

"겨, 우 5천이요?!"

적은 숫자는 아니지만, 적이 최소 3만 척이니 부족하게 느껴지는 건 어쩔 수 없었다.

특히 시엘은 유년학교에서 군사교육을 받은지 얼마 안 됐다. 이런 전력차가 절망적이라는 걸 가장 생생하게 느끼는 시기였다.

토마스는 말했다.

“번필드가는 강하지만 상대도 만만치 않은 모양이더군요. 이번엔 고전을 면하기 어렵겠습니다.”

“그런가요…….”

시엘은 가족의 무사를 빌 듯이 손을 맞잡았다.

◇◆◇◆◇

햄프리 상회는 딱히 시엘만 맡고 있는 게 아니었다. 부서진 바나디스도 보관되어 있었다.

시엘이 상황을 설명하기 위해 콕핏에 탔는데, 아니나 다를까, 릴리에와 말싸움이 터지고 말았다.

“위험하니까 가지 말라고? 난 여기 있으라는 거야?!”

“있고 말고를 떠나서, 바나디스가 망가졌으니까 어쩔 수 없잖아. 이런 고급 기체를 완전히 수리하는 게 얼마나 어려운지 알아?”

릴리에는 무슨 당연한 이야기를 하냐며 어이없어하는 시엘의 말을 물고 늘어졌다.

“난 사람들을 구하고 싶다고! 이런 창고에 갇힌 채로 구경만 하는 건 싫어!”

“하아…… 네가 그렇게 떼를 써도 방법이 없다니까. 애초에 넌 기사 명부에도 없는 존재잖아. 아무도 안 탄 기동기사를 어떻게 내보내?”

릴리에의 존재는 리암에게는 비밀로 하고 있었다.

그걸 밝혀봤자 릴리에와 시엘에게 별로 좋을 일이 없기 때문이다.

"……그러면 네가 타."

"뭐? 싫어!"

시엘이 바로 거절하자 릴리에는 눈을 휘둥그레 떴다.

"내가 타협했는데, 왜 거절하는 거야?!"

"타협이라니, 무슨 소리야! 애초에 이 사람들은 날 위험한 곳에 보내주지도 않을 거야. 너랑 마찬가지로 여길 지키는 신세라고."

그러자 릴리에가 터무니없는 짓을 했다.

"안 데려가겠다면, 나한테도 생각이 있어."

"데이터 주제에 뭘 하겠다는 거야? 말해두겠는데, 격납고에서 날뛰어도 소용없어. 애초에 바나디스는 부서져서 움직일 수 없거니와, 그마저도 고정되어 있다고."

시엘이 아쉽게 됐네요~ 하고 비웃자, 릴리에가 자기 가슴에 손을 대고 소리를 질렀다.

"리암이 좋아!"

"자, 잠깐?! 야, 너! 무슨 소리야?!"

"난 크루트를 복제한 존재지만, 그렇기에 본체의 마음을 누구보다도 잘 이해하고 있어. 이건 거짓 없는 크루트…… 나의 마음이야."

"그만둬! 오라버님의 마음을 날조하지 마!"

시엘은 정말 좋아하는 오라버님의 이미지가 붕괴한다며 양손으로 자기 귀를 막았다.

눈앞에 있는 릴리에가 자신의 오라버님이 아니라고 생각하면서도 동일시하고 있다는 증거였다.

시엘의 모습을 본 릴리에는 더더욱 기세를 몰았다. 콕핏의 음향을 조정해 귀를 막아도 목소리가 들리게 했다.

"솔직히 이제 여자로 살아도 된다고 생각하고 있어!"

"황녀 전하와 결혼하는데, 무슨 소리를 하는 거야! 오라버님은 그런 무책임한 사람이 아니야!"

"그리고 넌 솔직히 마음에 안 든다고 생각해!"

"오라버님은 동생을 좋아하는 착한 오빠야! 멋대로 오라버님의 마음에 대해 말하지 마!"

둘이 콕핏 안에서 꽥꽥대며 떠들기를 잠시, 결국 시엘이 끈기에서 졌다.

"알았어. 알았다고! 일단 합류할 수 있는지 확인해 줄게!"

릴리에는 시엘을 못 믿는지 의심스러운 시선으로 바라봤다.

"일단? 필사적이지 않은 것 같네. 좋아, 그럼…… 나, 리암을 보고 흥분할지도 몰라."

"그만해! 오라버님은 절대로 그런 말 안 해! 언니는 안 될 거라고! 아, 알았으니까…… 합류할 수 있도록 할 테니까 더 이상 오라버님의 이미지를 망치지 마……."

울상을 짓는 시엘 앞에서 릴리에는 가슴을 펴고 이겼다며 우쭐거렸다.

"나한테 이기려고 하다니, 100년은 이른 것 같네 동생아. 앞으로는 언니라 부르면서 공경해."

"……동생이라고 부르지 마. 난 너를 절대로 인정하지 않을 거니까."

끈기에 지긴 했지만 절대로 언니라 부르지 않기로 맹세하는 시엘이었다.

◇◆◇◆◇

"어비드를 실전에 내보내요? 무리에요. 당연히 무리죠!"

니아스는 내 요망을 전력으로 거부했다.

아르고스 함내에는 어비드 전용 격납고가 마련되어 있었다.

그런 곳에서 응급 수리를 끝낸 어비드가 암에 고정되어 매달려 있었다.

한쪽 팔과 한쪽 다리가 날아가 어비드의 특징인 큰 방패도 지금은 하나뿐이다.

머신 하트 덕분에 머리는 기동되고 있으며 트윈아이가 우리를 보고 있었다.

"어떻게든 해서 쓸 수 있게 해."

다시 명령을 내리자, 니아스는 고개를 저었다.

"이런 상태로 출격이라니 말도 안 돼요. 다른 기동기사를 쓰세요."

"어비드의 몸통은 무사해. 팔다리만 어떻게 하면 뒷일은 내가 커버하지."

부서진 어비드를 출격시키는 이유는, 이런 상태라도 다른 기동기사보다 강하기 때문이다.

니아스도 그건 이해하는 듯했지만, 기술자의 자존심이 용납하지 않는 것 같았다.

"확실히 응급 수리만 해도 활약은 하겠지만, 평소의 성능은 못 내요. 공간 마법도 만족스럽게 쓸 수 없는 상태고, 성능도 만전인 상태와 비교하면 5할이 될까 말까……."

"그래도 다른 기동기사보다 강하잖아? 니아스, 난 네가 부활시킨 어비드를 믿고 있어."

성격에는 문제밖에 없지만, 니아스는 유능하다.

니아스가 부활시킨 어비드는 지금까지 내 기대에 몇 번이나 보답했다.

이번에는 중요한 싸움이기에 더욱 어비드를 타고 싶었다.

어쩌면 이번이 마지막이 될지도 모르고.

니아스는 잠시 망설인 후에 깊은 한숨을 쉬었다.

"……진짜 치사하네요. 말해두겠는데 시간 여유도 없어요. 정말 움직이기만 하는 팔다리를 다는 게 고작이에요. 그 외에는 아무것도 못 해요."

난 거듭 주의하는 니아스에게 씨익 웃어 보였다.

"충분해."

어비드 문제가 정리되자 격납고에 아마기가 왔다.

무중력 상태인 격납고에서 벽을 차 내가 있는 곳으로 천천히 날아오는 아마기의 메이드복 스커트가 흔들렸다.

"주인님, 슈바르츠 포겔이 도착했습니다. 그리고 제6병기공장이 후방 지원을 지원하고 있습니다."

아마기에게 오른손을 내밀자, 내 손을 잡고 공중에서 멈췄다.

큰 리본과 포니테일이 파도에 일렁이듯이 움직이는 가운데, 아마기는 나에게 맞춰 자세를 바로잡았다.

바닥에 착지하자 감사합니다, 라고 말하고 가볍게 인사했다.

"제6이 왜 나오지?"

"에크스나 남작가의 결혼식에 참석하기 위해 영업직과 정비 스태프가 갔다고 합니다."

아마기의 이야기를 듣고 가장 먼저 납득한 사람은 내가 아니라 니아스였다.

니아스는 무슨 일이 일어났는지 대강 파악하고 있는 모양이다.

"휘말렸군요. 이거, 제6 녀석들은 상층부를 포함해서 분개하고 있는 거 아니에요? 제국 내의 분란에 말려들었을 때는 병기공장 관계자는 안전을 보장하는 게 불문율이니까요."

"그러면 너희가 황위 계승권 싸움에 휘말렸던 건 뭐였는데?"

"일이 그렇게까지 커지면 무효 취급인 거겠죠. 뭐, 속마음을 말하자면 속이 뒤집히는 것 같았어요."

얼마 전에 칼뱅과 클레오의 계획에 말려든 니아스는, 겉으로 드러내지 않을 뿐이지 그들에게 반감이 있다고 나에게 폭로했다.

나를 신뢰해서 이런 말을 하는 거 같은데, 너무 부주의한 것 같다.

나도 결국 악당이니까.

그건 그렇고.

"제6이 협력하는 건 좋지만, 우리의 주력은 제3과 제7인데. 뭘 거들게 해야 좋은지……."

니아스는 제6 녀석들을 의심하고 있는 듯했다.

"이때다 싶어서 번필드가에 생색내고 상품 구매로 연결할 셈이에요. 매정한 태도로 대하면 돼요."

아마기도 제6의 지원은 골치가 아픈 것 같았다.

"제6의 기동기사를 햄프리 상회가 맡고 있지만, 다른 건 없으니까요. 제6의 기동기사나 함정을 현장에 투입해도 혼란이 생길 가능성이 높을 것으로 보이고."

"크루트의 바나디스인가…… 그러고 보니 토마스가 맡고 있다고 했었지. 그러면 정비 지원을 맡길까. 크루트를 구출했을 때 완전한 상태로 돌려주고 싶으니까."

내 결정을 듣고 아마기가 가볍게 한 번 인사했다.

"알겠습니다. 그렇게 준비하겠습니다."

이야기가 마무리되려던 때였다.

"그런데 리암 님."

"공작님이라 불러."

"슈바르츠 포겔이 뭐죠? 말씀하시는 걸 들어보면 셔틀이나 함정인 것 같은데?"

니아스가 내 모함이 궁금한 모양이다.

"제3에 발주한 만능 모함이다. 지금까지 아마기한테 몰수당해서 못 썼어."

원망스러운 시선으로 보자 아마기는 무표정으로 대답했다.

"쓸데없는 구매는 하지 않겠다고 약속하신 건 주인님이었어요. 이번엔 비상사태라서 사용 허가를 내렸지만요."

아마기의 표정은 못 말리겠다는 듯하면서도 약간 즐거운 듯이 보였다. 아마 못난 아이를 꾸짖는 기분일 것이다.

아니, 확실히 그런 약속을 했지만!

그러자 니아스가 외쳤다.

"그런 재밌는 발주를 제3에 하다니, 너무해요! 왜 저한테 말하지 않은 거죠?!"

"내가 너희한테서 병기를 얼마나 사들이고 있는지 아냐? 뭐든 과하게 욕심내면 호되게 당할 거다."

난 아마기의 손을 쥐고 바닥을 박차 격납고에서 나갔다.

니아스가 우리를 향해 외쳤다.

"리암 님한테 그런 말 안 듣고 싶거든요!"

"공작님이라 불러!"

◇◆◇◆◇

햄프리 상회에서 맡고 있던 바나디스는 제6병기공장에서 온 스태프들에게 정비를 받았다.

그 상황에 시엘이 당황했다.

"어떻게 된 거야? 그야 나가고 싶다고 부탁했지만, 일이 너무 빠르잖아. 왜 이렇게 빨리 정비가 시작되는 거야."

정비가 진행되는 바나디스 앞에서 멍하니 서 있는 시엘에게 제6의 여자 스태프가 다가왔다.

줄무늬 정장을 입은 여자는 왁스로 머리카락을 딱딱하게 고정하고 있었다.

그녀가 손에 들고 있는 것은 여성용 파일럿 슈트였다.

"당신이 파일럿입니까?"

"네? 아, 네."

여자는 반사적으로 대답한 시엘에게 파일럿 슈트를 내밀었다.

"제6병기공장은 이번 작전을 전력으로 지원하겠습니다."

"가, 감사합니다?"

파일럿 슈트를 받은 시엘에게 여자는 허리에 손을 대고 포즈를 취하듯이 바나디스를 올려다보며 말했다.

"수리는 물론이고 추가 옵션도 풀로 준비했습니다! 부디 악한 놈들로부터 저희 제6병기공장의 동료들을 구해주십시오!"

시엘은 파일럿 슈트와 여자를 번갈아 보면서 당황했다.

(어? 이거 내가 파일럿으로 결정된 거야? 아니, 확실히 내가 타

는 편이 좋긴 하지만.)

릴리에의 존재를 다른 사람에게 알릴 수는 없다.

시엘은 토마스에게도 누가 타고 있었는지 가르쳐주지 않았다.

시엘은 정비가 끝나고 추가 장갑을 장착하는 바나디스를 올려다봤다.

크리스탈을 아낌없이 사용한 버니 타입의 추가 장갑에 더해 등에는 꽃이 핀 듯한 형태의 추가 부스터가 장착되어 있었다.

허리에도 장갑이 추가되어, 바나디스 본래의 모습을 살린 디자인이 되었다.

"추가 옵션이라기보다…… 기동기사용 드레스 같네."

시엘의 솔직한 감상을 들은 여자가 끄덕였다.

"확실히 드레스 같은 모양이네요. 좋습니다, 이 옵션은 드레스 사양이라고 명명하지요."

여자가 마치 백합이 핀 듯한 등에 달린 추가 부스터에 관해 설명하기 시작했다.

"추가 장갑에 대해 설명드리자면, 워프 장치를 탑재하여 워프를 구현한 버니 타입과 달리, 이 드레스 사양은 다른 장비의 조력 없이 솟 워프가 가능합니다."

기동기사의 단거리 도약을 실현한 장비라 듣고 시엘은 눈을 휘둥그레 떴다. 유년학교를 졸업한 시엘이 그게 얼마나 어려운 기술인지 이해했기 때문이다.

"기동기사가 혼자서 워프를 할 수 있어요?! 그러면 무적이잖아요?!"

적의 본거지에 워프해 사령부를 격파…… 그런 전법이 통하는 것이다. 아무리 병력을 준비해서 방어를 굳혀도 바나디스 한 기만 있으면 적의 사령관을 치는 게 가능하다.

하지만 현실은 그렇게 만능은 아닌 것 같았다.

여자가 팔짱을 끼고 고민스러운 표정을 지었는데, 그 포즈까지 왠지 거드름 피우는 것처럼 보였다.

"단거리 도약 실험은 성공했습니다만, 사람을 태우고 실행한 적은 없습니다. 아직 도약이 안정적이지 않으니, 절대로 시도하지 마십시오."

기동기사 단독으로 워프는 성공했지만, 안정적이라고 하진 않았다. 즉, 아직 쓸 수 없는 기술이었다.

시엘은 굳은 표정을 지었다.

"쓸 수도 없는 걸 떠넘기면 어떻게 해요?"

"도약만 쓸 수 없을 뿐이지, 전투력은 보증합니다. 대형 라이플과 대형 실드도 준비했습니다. 마음껏 날뛰십시오."

시엘도 다시 바나디스를 올려다봤다.

지금 바나디스의 모습은 순백의 드레스를 입은 것 같았다.

시엘에게는 괜히 더 불길한 느낌이었다.

"뭐라 말하면 좋을까. 타이밍이 좋은 것 같기도 하고 안 좋은 것 같기도 한데?"

(안에 있는 그 녀석은 크게 기뻐하고 있을 것 같아.)

◇◆◇◆◇

왼쪽 가슴의 가상 콕핏에서는 하얀 드레스를 입은 바나디스를 보고 릴리에가 얼굴을 빨갛게 물들이고 있었다.

(리암이 보낸 제6의 사람들이 바나디스에 드레스를 입히고 있어……! 그럴 리는 없겠지만, 괜히 의미심장하게 느껴져!!)

아니라는 걸 알면서도 기대감이 부풀었다.

다만 넋을 잃고만 있지는 않는 게 크루트── 릴리에다.

머리를 흔들고 바로 추가 옵션을 다루는 법과 성능을 체크했다.

"기본 무장은 대형 블레이드와 라이플인가…… 둘 다 다룰 때 조심해야겠네. 추가 장갑의 기능은 마음에 들어."

바나디스의 추가 장갑은, 워프 기능은 어찌 됐든 방어 성능 향상 외에도 다양한 기능이 있었다.

워프를 위해 장착된 크리스탈에는 에너지가 내포되어 있어서 전투 지속력 향상으로 이어졌다.

등에 장착된 추가 부스터도 추진력이 대폭 향상된 데다가 방향 전환도 기민하게 될 것 같았다.

하지만 기본 장비가 전부 대형이라 위력은 있어도 다루기가 어려울 듯했다.

"평소와는 다른 전투 방식이 필요한데…… 모두를 구하기 위해서라도 하는 수밖에 없어."

릴리에는 드레스 사양 바나디스로 효과적으로 싸우는 방법을 모색했다.

에크스나가의 본성에서는 별택에 잡혀있는 세실리아가 정원에 나와 있었다.

호위와 감시를 겸한 여기사들이 세실리아 근처에 있었다.

"황녀 전하, 곧 산책 시간이 끝납니다. 저택 안으로 이동하시지요."

여기사들은 정중한 말투를 쓰며 세실리아를 소중히 대했다.

황태자 클레오가 그녀를 따르기 때문에, 다른 사람들도 함부로 대하지 못하는 것이다.

세실리아는 그걸 이용해 일부러 언성을 높였다.

"당신들한테 에워싸인 생활은 숨이 막혀! 이 정도 자유조차 허용하지 않는다면 거칠게 대했다고 클레오한테 보고할 건데 괜찮겠지?"

클레오의 이름을 꺼내자, 여기사들이 깜짝 놀라 약간 거리를 벌렸다.

혹여나 기분을 상하게 해서 클레오의 노여움을 사는 것을 두려워한 것이다.

여기사들이 소곤소곤 이야기했다.

"빌리 공은 절대로 자유롭게 두지 말라고 했는데, 어떻게 하시겠습니까?"

"……그 범죄자보다 황태자 전하의 뜻이 우선이잖아? 다소의 억지는 들어드려야지."

여기사들이 딱 한순간 세실리아에게서 시선을 돌렸다.

그때 세실리아는 스커트 속에 감추고 있던 기록 매체를 땅에 떨어뜨렸다.

잔디 속에 떨어져 감춰진 그 매체를 숨기듯이 위에 서서 기분이 안 좋은 듯이 일부러 한숨을 쉬어 여기사들의 시선을 모았다.

"수다스럽네. 하지만 안 보이는 곳에서 욕하는 것보다는 호감이 가."

세실리아에게 대화가 들렸다는 걸 알고 여기사들이 황급히 사죄했다.

"시, 실례했습니다!"

"……이제 됐어. 저택에 돌아가죠. 차를 내줄래? 그리고 목욕도 하고 싶으니까 준비해."

이것저것 지시하자 여기사들이 눈살을 찌푸렸다.

"저희는 호위입니다. 그런 지시는 다른 자들에게 해주십시오."

"……싫어?"

세실리아가 위압하자 몇 명이 떨떠름해하며 저택 안으로 들어갔다.

짜증 나는 아가씨를 연기 중인 세실리아는, 여기사들이 생각한 대로 움직여서 안도하여 가슴을 쓸어내렸다.

세실리아가 남은 사람들과 함께 따라서 저택에 들어가자, 정원의 수풀이 살짝 움직였다.

세실리아가 보니, 땅이 떨어뜨린 기록 매체가 사라졌다.
(착한 아이구나.)

◇◆◇◆◇

슈바르츠 포겔이 합류 포인트에 도착했는데, 다른 부대는 이미 도착해 있었다.

오랜만에 온 브릿지에서 딱 버티고 앉은 나는, 만일을 위해 시간을 확인했다.

합류 예정 시간에는 아직 여유가 있었다.

"내가 마지막인가. 꼭 지각한 것 같군."

푸념하자 옆에 있던 기사── 아델버트가 연극 배우처럼 행동했다.

"늦게 등장하는 것은 거물이라는 증거입니다. 리암 님이 신경 쓰실 필요 없습니다."

날 공경하고 이래저래 긍정하는 아델버트.

그는 클라우스가 내게 추천한 기사다.

확실히 유능한 건 내 취향이지만…… 내가 발안한 작전에 내가 지각하다니, 이래저래 맥이 빠진다.

"이번에는 정해진 시간 전에 온 부하들을 칭찬할까."

"관대한 마음에 이 아델버트는 감탄했습니다!"

아델버트는 일일이 호들갑스럽지만, 보고 있으면 재밌는 녀석이다.

내가 하는 일을 항상 긍정하고 나름대로 실력도 있다.

하지만 클라우스와는 성격이 제법 다르다.

클라우스는 과묵하고 일을 철저하게 처리하며, 나에게 언제나 당당하게 의견을 말한다.

그 점이 마음에 안 들긴 하지만, 잘못되지 않았으니 믿음직하다.

그에 비해 아델버트는 내 비위를 맞추려고 한다.

개인적으로는 악덕 영주로서 좋아하는 타입이지만, 이번 같은 경우에는 적재적소라 하기 어려웠다.

"너 진짜 클라우스의 추천을 받은 게 맞냐? 클라우스와는 성향이 너무 다르잖아."

그렇게 말하자 아델버트는 대담한 웃음을 지었다.

"이 아델버트, 언젠가 클라우스 공을 앞질러 필두기사 자리에 오를 남자입니다. 클라우스 공도 제 능력을 높이 평가하고 있다는 증거겠지요."

"네가 클라우스한테서 필두기사 자리를 빼앗겠다고?"

"네. 클라우스 공의 은퇴를 기다리는 방법도 있겠지만, 역시 필두기사 자리에는 그에 걸맞은 능력을 지닌 자가 있어야 합니다. 전 당장이라도 교대해도 상관없습니다."

클라우스를 경질하고 자기를 필두기사로 삼아라, 이건가.

내가 인정한 필두기사보다 자신이 걸맞다고 대놓고 말할 줄은 몰랐다.

뭐랄까…… 건방진 신입사원? 아니, 건방진 후배라 해야 하나?

전생에도 이런 신입을 교육하는데 고생했고, 건방진 후배한테는 애도 많이 먹었다.

내가 아델버트를 보는 눈이 자연스럽게 매서워졌다.

"제법 큰소리치는구나. 네가 이번 작전에서 유능함을 발휘하지 못하면 난 그 자리에서 널 평기사로 격하시킬 거다."

실패하면 용서하지 않겠다고 말하는데, 아델버트는 겁먹지도 않았다.

"걱정할 필요 없습니다. 이 아델버트의 실력을 지켜보십시오."

……이 녀석, 멘탈이 강하네.

건방짐, 유능, 강한 멘탈…… 절대로 부하나 후배로 두고 싶지 않은 타입이다.

클라우스 녀석, 방해되는 녀석을 떠넘기려고 나한테 추천한 거 아니야? 하는 생각이 잠시 들었지만, 평소 클라우스의 태도를 보면 있을 수 없는 일이다.

슬슬 인재가 바닥나기 시작한 건가, 아니면 문제아이긴 하지만 이번 작전에 적합하다고 판단한 것인가…….

브릿지의 통신사가 우리에게 보고했다.

"작전에 동원되는 모든 함선의 합류를 확인했습니다. 또한 햄프리 상회의 수송선이 본함에 물품 전달로 접근 허가를 요청했습니다."

"토마스도 시간 전에 왔나. 여전히 성실한 녀석이야. 이쪽으로 보내라.”

햄프리 상회의 수송선이 접근하는 가운데, 아델버트는 보급 물자 리스트를 확인하고 있었다.

“……리암 님, 수취 리스트에 바나디스가 있습니다.”

그가 재빠르게 리스트를 확인하고, 예정에 없는 기동기사의 존재를 알아차렸다.

“수리가 끝났나? 격납고에 여유는 있지만 지금 받을 필요는 없겠지.”

단시간에 수리를 끝내다니, 제6 녀석들이 제법 노력했다.

하지만 아델버트는 이를 수상하게 여겼다.

“그게, 파일럿 등록도 되어 있습니다. 탑승자는 시엘 세라 에크스나. 에크스나가의 아가씨인데, 정말 괜찮습니까?”

“……토마스를 불러라. 그리고 시엘도 데려와.”

그 바보, 왜 이런 곳에 온 거지?

◇◆◇◆◇

격납고에 이동한 나는 장비를 교체해 외형이 바뀐 바나디스 앞으로 향했다.

그리고 시엘의 볼을 잡고 잡아당겼다.

“이 바보야! 이제부터 전장에 가는데 왜 네가 여기 있어!”

“아파, 아파! 이, 이래도 유년학교에서 기동기사 조종을 제대로 배웠거든!"

무슨 소릴 하나 싶었는데, 유년학교를 졸업했으니 전력이 될 거라고 착각한 모양이다.

난 손가락에 힘을 더 줘서 시엘이 울상을 짓게 했다.

"그 정도로 전력이 될 거로 생각하다니, 머리가 좀 모자란 모양이군. 난 너의 바보 같은 부분을 좋아하지만, 전장에 나오는 건 도를 넘었어. 빨리 돌아가!"

"싫어! 안 돌아가! 지금 돌아가면……."

뭔가 말하고 싶은 듯했지만, 시엘은 입을 다물어버렸다.

소란을 피우는 우리를 앞에 두고 토마스가 허둥거리며 중재했다.

"시엘 님은 바나디스를 크루트 님께 전해주겠다고 했습니다. 리암 님, 시엘 님도 집이 걱정되는 겁니다."

"이 녀석을 전쟁터에 내보냈다가 죽으면, 내가 에크스나가를 볼 면목이 없잖아!"

시엘이 작전에 나가는 건 절대로 인정 못 한다! 그렇게 생각하고 있는데 내 손가락에서 도망친 시엘이 손으로 볼을 문지르면서 말했다.

"나도 가벼운 마음으로 전쟁터에 나간다고 하는 게 아니야! 나한테는 싸워야 할 이유가 있어!"

시엘의 의지가 담긴 강한 눈빛에 나는 조금 놀랐다.

유년학교에 입학하기 전에는 아직 어렸던 이 녀석도 조금은 성장한 것 같았다.

애초에 이 녀석한테는 소중한 가족을 구하는 일이기도 하고.

"……마음대로 해라."

난 내치듯이 말하고 그 자리에서 떠났다.

◇◆◇◆◇

리암이 떠나자, 시엘은 마음속으로 안도했다.

(다행이다. 이제 전장에 나갈 수 있어. 여기까지 와서 제외되면 릴리에가 무슨 말을 할지 모르니까.)

릴레에는 크루트의 마음을 폭로하겠다면서 자꾸 오라버님에게 어울리지 않는 말과 행동을 반복했다.

그걸 들을 때마다 시엘은 마음이 깎여나가는 기분이 들어서 정말 싫었다.

그리고 한편으로는 진심으로 가족을 구하고 싶었다.

리암이 허가하자, 토마스가 안도한 표정을 지었다.

"본인은 젊을 때부터 무모한 일을 하셨는데, 시엘 님에겐 엄격하군요. 오히려 본인이 고생했기 때문에 그러시는 걸까요?"

토마스도 리암을 올바르게 평가하지 않는 인물 중 하나라 생각하는 시엘은 쓴소리했다.

"그 사람은 거기까지 생각하지 않았을 거예요."

토마스는 그런 시엘에게 쓴웃음을 지었다.

"전 리암 님이 어렸을 때부터 교류하고 있는데, 그분도 상당히 고생하고 계십니다. 시엘 님이 생각하시는 것보다 더 많은 것을 생각하고 계십니다."

시엘은 그런 말을 들어도 납득이 안 됐다. 리암이 시엘에게 지신이 악당이라고 공언했기 때문이다.

"전 그렇게 생각하지 않는데요."

시엘이 납득하지 않아 토마스는 난처한 얼굴을 했다.

"리암 님을 대단히 의심하시는군요. 지금도 에크스나가를 위해 고생하고 계시지 않습니까?"

"……그건 감사하고 있어요."

(감사는 하고 있지만, 오라버님을 위해서라도 난 리암을 인정할 수 없어!!)

시엘도 리암이 에크스나가를 구하기 위해 애쓰는 건 알고 있다. 얼마나 무모한 작전에 임하려고 하는지 알 만한 지식을 유년학교에서 얻었다.

아무리 감사해도 감사한 마음을 다 전할 수 없고, 사실은 솔직하게 고맙다고 하고 싶다.

하지만 그것과 이건 얘기가 다르다.

정말 좋아하고 이상적인 오라버님인 크루트가 리암을 위해 성전환을 생각하고 있으니까…….

누구에게도 말할 수 없는 사정 때문에 시엘은 주위 사람의 이해를 얻지 못했다.

◇◆◇◆◇

슈바르츠 포겔은 600m급 전함으로, 다른 전함과 비교해도 작은 편이었다.

하지만 다른 전함보다 작다고 얕볼 수는 없다.

불필요한 공간과 장식을 과감하게 버리고, 소형이면서도 뛰어난 만능 모함을 지향하여 개발했기 때문이다.

……지금 생각하면 설계 사상은 제3보다 제7 취향에 가까웠다. 다만 제7에는 없는 디자인성이 매우 마음에 들었다. 특히 검은 새와 닮은 외관이 개인적으로 흡족했다.

난 슈바르츠 포겔의 브릿지에서 집결한 함대를 바라보며 작전 개시 전의 연설을 했다.

내가 있는 브릿지는 작전에 참여하는 모든 함선의 모니터에 비쳤다.

이 자리에 모인 장성부터 일개 병사에 이르기까지 내 연설을 듣고 있을 것이다.

"가혹한 임무에 지원한 너희를 난 자랑스럽게 생각한다. 이번 임무는 번필드가와 우호 관계를 맺고 있는 에크스나가 구출이다. ……아니, 이건 표면적인 명분이지. 확실하게 말해두겠다. 내 친구가 잡혔다. 그러니 구출 작전을 실행한다."

이번 작전은 개인적으로 친한 에크스나가를 구하기 위한 싸움이다.

작은 남작가…… 차라리 연을 끊고 버려도 문제없다. 다소의 손실은 입겠지만, 큰 영향은 없을 것이다.

그렇기에 나도 차마 그런 사정을 알리지 않고 작전에 끌고 나갈 수는 없었다. 당장의 번필드가는 내 방침으로 인해 한창 바쁜 상황이었으니까. 그런 마당에 없는 전력을 긁어모아 개인적인 이유로 전쟁에 나선다. 원치 않게 휘말린 사람은 분개할 만할 일이다.

그러나 난 가신들을 괴롭히고 싶은 게 아니다. 악덕 영주라고 해도. 아니, 악덕 영주이기에 가신들이 분노를 폭발시키지 않는 아슬아슬한 선을 판별해야만 한다.

"여기 모인 너희는 번필드가 안에서도 정예다. 혹독한 훈련을 버티고, 실전을 경험하고, 이제는 도망치지 않고 가혹한 전장에 임하려 하고 있다. 에크스나가와의 우호에 목숨을 거는 너희의 충성심을 난 기쁘게 생각한다."

브릿지에는 아델버트 외에도 에셀도 와있었다.

브릿지 승조원들은 똑바로 서서 긴장한 모습으로 날 봤다.

에셀은 내 연설을 듣고 두 손으로 깍지를 껴 기도하는 듯한 동작을 했다.

그녀가 조용히 눈물을 흘리는 모습을 보고 옆에 있던 아델버트가 기겁했다.

아델버트도 처음엔 내 연설에 감동한 척을 했지만, 옆에 진짜로 감동한 녀석이 있을 줄은 몰랐을 것이다.

……나도 에셀에겐 좀 기겁해서 아델버트에게 친근감이 생겼다.

"그런 너희가 이곳에 모인 동료를 믿고 어려운 임무를 완수할 것이라고 나는 믿고 있다. 그리고 하이드라에 개선하는 그때까지…… 우리가 번필드가 최강의 함대다!"

주먹을 들어 올리자, 브릿지 승조원들이 일제히 경례했다. 공중에 투영된 각 부대의 영상에서도 전원이 경례하고 있었다.

"승리를 쟁취해라! 출격!"

슈바르츠 포겔이 전진하자 함대가 움직이기 시작했다.

영상이 끊기고 평소의 브릿지로 돌아오자, 아델버트가 달려왔는데―― 에셀이 뒤에서 걷어차는 바람에 넘어졌다.

아델버트를 제치고 내 옆에 뛰어든 에셀은 무릎을 꿇고 머리를 숙였다.

"훌륭한 연설이었습니다! 리암 님의 마음은 분명 장병들에게 통했을 겁니다."

"……그, 그러냐."

그럴듯한 연설을 했을 뿐인데 에셀에겐 눈물을 흘릴 만한 시로 들렸던 걸까?

일어난 아델버트가 에셀에게 불만스러운 표정을 지으면서 나에게 이후에 관해 이야기했다.

"지금부터 장거리 게이트를 사용해 에크스나가 본성으로 향합니다. 하여 작전은――."

"맡기겠다. 난 클라우스의 추천을 믿는다."

"오오! 절 믿어주셔서 정말 감사합니다!"

고맙다고 하는 아델버트를 보고 난 작게 한숨을 쉬었다.

"내가 믿는 건 클라우스야."

내 말을 들어도 아델버트의 자신감은 흔들리지 않는 듯했다.

"곧 절 믿게 되실 겁니다."

"그러면 좋겠는데."

젊고 자신의 힘을 과신하는 구석이 있지만, 아델버트에겐 더 부족한 것이 있다.

그걸 깨닫지 못하면 클라우스에게서 필두기사 자리를 빼앗는 건 불가능하다.

통신사가 자리에서 일어나더니 나에게 달려왔다.

"리암 님, 베르만 님이 긴급한 용건으로 대화를 하고 싶다고 합니다."

"……통신실로 가겠다. 아델버트, 내가 없을 때는 네가 지휘해라."

그렇게 말하자 아델버트가 훌륭한 경례를 했다.

"맡겨주십시오."

함대를 지휘하는 게 기뻐서 참을 수가 없는 것 같았다.

◇◆◇◆◇

통신실에 이동한 나는 수도성에 있는 에일라와 오랜만에 대화했다.

"에일라, 오랜만이네. 긴급한 용건이라면서? 수도성에서 뭔가 알아냈어?"

수행 시절을 함께 보낸 친구인 에일라는 지금은 수도성에서 관료로 일하고 있다.

가끔 이렇게 수도성의 정보를 가르쳐주는데, 친구라고 보수도 받지 않았다.

이렇게 보면 에일라도 귀한 친구다.

『연락했더니, 작전 중이라 들어서 놀랐어. 설마 벌써 크루트 군을 구하러 갔을 줄이야.』

이런 비상시에도 에일라의 분위기가 일상적인 대화를 하는 듯해서 난 쓴웃음을 지었다.

"결혼 전이잖아? 모처럼의 경사니까, 그 전에 끝내자고 생각했을 뿐이야."

내가 농담하자 에일라는 모니터 너머에서 날 똑바로 바라봤다.

『……리암 군의 감이 아직 살아있는 모양이네. 그게 이번엔 아주 좋게 작용했어.』

"무슨 일인데?"

『황태자 전하가 에크스나가를 습격한 이유가 판명됐어. 그 녀석들의 목적은 리암 군의 발목을 잡는 거야. 이참에 아주 욕보이려고 작정한 거지. 에크스나가는 그냥 말려들었을 뿐이야.』

"……자세히 가르쳐줘."

『에크스나가를 황태자파로 포섭해서 리암 군의 인망이 없는 것을 어필! 그러는 김에 황태자 전하 대단해~! 이후에 에크스나가를 조사했더니 불법 식물을 재배하고 있었다고?! 이 녀석은 용서할 수 없으니, 세실리아 황녀와 이혼시킨 후에 에크스나가 관계자 일동은 처형! 어쩌면 뒤에서 번필드가가 암약하고 있었을지도? 이건 조사가 필요하다! ……뭐 그런 시나리오랄까?』

에일라가 장난스럽게 자세한 내용을 알기 쉽게 가르쳐줬는데, 내용이 너무 심각해서 표정이 굳어졌다.

내 평판을 내리면서 자기 평판을 올리고 싶다고?

더구나 에크스나가는 불법 식물을 재배하지도 않고, 내가 지시를 내리지도 않는다.

확실히 그 녀석들도 악당이긴 하지만, 그런 위험을 감수하는 타입은 아니다.

결국은 증거를 날조하겠다는 뜻이다.

군이 함대를 파견해서까지 뭘 하나 싶었는데, 번거롭고 멍청한 짓이었다.

"그런 치졸한 계획을 실행한다고 해서 누가 믿지? 되려 창피를 당하는 거 아닌가?"

기막혀하는 나와는 대조적으로 에일라는 아주 진지했다.

『리암 군의 말대로 조잡한 계획이지만, 황태자 전하가 실행하면 얘기가 달라. 그리고 진실이 뭐인지는 중요하지 않아. 성공하면 그게 진실이 되니까. ……뭐, 이번엔 너무 억지스러워서 웃음이 나올 지경이지만.』

아무리 치졸한 계획이더라도 통하면 덤터기를 쓰는 모양이다.

권력을 쥔 클레오가 아주 하고 싶은 대로 하고 있구나.

『솔직히 제국 전체로 보면 작은 남작가 하나가 망할 뿐이니까. 진실 운운하기 이전에 다들 금방 잊어버리고 리암 군이 나쁜 짓을 했을지도? 하는 의혹만 남지 않을까?』

제국은 넓다. 너무 넓다.

그렇기 때문에 에크스나가와 같은 작은 남작가가 누명을 쓰고 제거당해도 잊힐 뿐이다.

매일 각지에서 수많은 사건이 일어나기에, 이미 그런 식의 정보가 넘쳐난다.

제국에 있는 수많은 사람에게는, 이번 계획이 성공해도 에크스나가를 금방 잊어버릴 것이다.

반대로 나처럼 눈에 띄는 존재가 불법 식물 재배를 지시했다는 뉴스는 진실이 아니라 하더라도 이후에도 오점으로 계속 남을 것 같다.

실로 화가 치밀어 오르는 일이다.

"날 깎아내리려고 에크스나가를 제거한다고? 클레오는 세실리아 황녀 전하가 시집간 곳이 에크스나인 걸 잊어버렸나?"

『불확실한 정보지만, 누나의 결혼 상대가 남작이면 격이 떨어진다고 불평했다는 이야기가 있어.』

"그 녀석이 할법한 말이네."

『세실리아 황녀 전하는 황태자 전하가 따르는 누나니까. 경력에 다소 흠이 생겨도 결혼을 원하는 신분 높은 귀족들이 많지 않겠어?』

클레오의 해코지로 내가 이렇게까지 곤란해지다니, 참 화나는 일이다.

짜증이 표정에 드러났는지 모니터 너머에 있는 에일라가 웃었다.

『하지만 리암 군은 크루트 군을 버리지 않을 거잖아? 그래서 최고라는 거야. 이야~, 남자의 우정은 멋지네. 이익을 도외시한 관계는 소중하지.』

에크스나가를 버렸으면 나중에 귀찮아질 뻔했다.

나에게 별로 큰 타격은 아니지만, 이 바쁜 때에 발목을 잡히는 건 사절이다.

"반드시 클레오가 피눈물을 흘리게 해주겠어. 에일라, 정보 고마워. 네 덕분에 내 행동에도 대의명분이 생겼어."

대화를 끝내려고 했지만, 에일라가 제지했다.

『바쁜 건 알지만, 이야기는 끝까지 들어. ──사실은 말이야, 황태자 전하의 행동은 궁정에서도 그리 반기지 않아. 이번에는 그레이 존을 벗어났다는 거지.』

궁정에서 일하는 궁정 귀족들이 봐도 클레오의 이번 행동은 용납이 안 되는 모양이다.

"그거야 항상 있는 일이잖아? 그리고 부조리가 통하는 게 궁정이고."

브라이언이 세리나에게 들은 이야기로는, 이런 바보 같은 이야기라도 누명이 씌워진다고 한다. 절실히 성가신 놈들이다.

난 누명을 쓰는 게 아주 싫다!

그러자 에일라는 어린 시절에 보여주지 않았던 웃음을 지었다. 다양한 경험을 했는지 어른스러운 분위기와 아울러 색기를 띠게 되었다.

『이런 일은 미리미리 손을 쓰지 않으면 나중에 발목을 잡히기 마련이지. 비용은 제법 들겠지만, 리암 군이 괜찮으면 내가 손을 써줄게.』

수도성 생활을 오래 한 에일라는 나보다 더 궁정 사정에 밝다.

세리나도 잘 아는 편이지만, 에일라는 독자적인 인맥이 있을 것이다.

"궁정 여론 공작도 가능한 건가? 그래. 뇌물, 좋지. 필요한 돈은 다 대줄게. 물론 이번 일의 보수도."

『엥~, 크루트 군이랑은 존엄한 사이인데, 내가 보수를 받는 건 너무 욕심을 내는 게 아닐까? 보수는 됐으니까, 크루트 군을 무사히 구출해. 아, 덤으로, 에크스나가에 파견된 군인 녀석들은 훈련만 해본 게 전부인 것 같더라. 아마 실전 경험이 부족하지 않을까?』

에일라가 가져다준 정보에 무심코 웃음이 났다.

에크스나가에 파견된 건 제국 방위를 맡은 함대 일부였다.

다만 배치된 곳은 국경이 아니라 수도성 근처…… 실전 경험이 부족한 함대다.

"그 정보만으로도 크다. 고마워, 에일라."

『그럼 다행이고~. 결혼식 때 보자~.』

통신 회선이 끊어지고 에일라와의 대화가 끝났다.

"그래. 결혼식에서 보려면 빨리 끝내야겠군."

그건 그렇고 또 보수를 거절하다니, 여전히 욕심이 없는 녀석이다.

"욕심이 너무 없는 것도 문제라고 생각하는데. 정말 귀중한 친구들이야. 이것도 안내인 덕…… 가만? 월레스는 뭐 하고 있더라?"

친구와의 인연에 감사하고 있으니, 월레스의 존재를 잊고 있다는 걸 깨달았다.

바빠서 그 녀석이 뭘 하고 있는지 신경도 안 쓰고 있었다.

"……뭐, 됐나. 월레스니까."

제 9 화 ➤ 속공 전술

에크스나가의 항성계에 있는 장거리 워프 게이트에서 번필드가의 함대가 차례차례 모습을 드러냈다.

"매복은 없는 것 같군."

워프 게이트에서 나오자마자 포격을 맞는 건 사양이다.

브릿지의 전용 시트에 앉아 중얼거린 말에 아델버트가 대답했다.

"여기서 전투하면 이 항성계에 바로 고립되는 꼴이니까요. 아무리 유리한 작전이라도 스스로 돌아갈 길을 파괴하지는 않겠죠."

같은 성간 국가에 소속된 자들끼리 최소한의 규칙은 지키는 것이다.

장거리 워프 게이트를 파괴했다가는 당분간 그 워프 항로를 못 쓰게 된다.

에크스나 남작가의 영지는 크게 발전한 편도 아니고, 워프 게이트를 여러 개 마련할 재력도 없으며, 그럴 필요성도 없었다.

그러니 딱 하나 있는 워프 게이트 근처에서 싸우는 건 적에게도 부담이란 뜻이다.

"뭐, 이 녀석들도 날 욕하려면 결혼식을 진행해야 하니, 워프 게이트를 건드리면 곤란하겠지."

"결혼식? 설마 이 녀석들이 이러는 이유가 결혼식을 위해서였습니까?"

아델버트가 당황한 걸 보고 난 미소를 지었다.

"너도 저 멍청이들의 발상이 이해가 안 되지? 안심해라, 나도 실상을 알기까지는 이런 바보 같은 일이 일어날 줄은 상상도 못 했다."

"그, 그렇습니까."

난 납득하지 못하는 아델버트를 방치하고 명령을 내렸다.

"작전 개시. 속공으로 결판낸다. 늦어지면 우리가 쫓기는 꼴이 되니까."

이번에는 적이 방어인 데다 숫자도 더 많다. 싸움이 길어지면 우리만 더 불리해진다.

아델버트도 잘 알고 있을 터다. 그가 큰 목소리로 우리의 목표를 말했다.

"목표는 세실리아 황녀 전하와 에크스나 남작가의 구출이다. 적의 악행을 백일하에 드러내면 우리의 승리다!

함대가 일제히 이동을 시작해 단거리 워프 준비에 들어갔다.

이걸로 에크스나가의 본성 앞까지 단숨에 뛰어들 생각이다.

과연 적이 어떻게 배치되어 있을지.

함대 전방에 전함의 수와 똑같은 수만큼 마법진이 전개되어 아군이 차례차례 날아들었다.

◇◆◇◆◇

에크스나가 본성 주변에 포진 중이던 함대가 워프 반응을 포착했다.

기함의 통신사가 놀란 소리를 냈다.

"제국 소속 함대의 단거리 워프 반응! 번필드가입니다!"

진짜로 올 줄은 몰랐는지 브릿지에 초조함이 감돌았다.

함대 사령관은 진공 포장된 커피를 마시고 있었는데, 그 보고를 듣자마자 단숨에 들이마시더니, 쓴맛에 얼굴을 찌푸렸다.

"쯧, 역시 커피는 직접 끓이는 게 최고군. 다들 훈련받은 대로 행동해라. 적 규모는?"

평소 집무실이나 개인실에서 사치를 부리기를 좋아하던 사령관은 이런 일에 끌려 나온 게 영 못마땅했다.

(나 참, 제국군의 임무는 제국의 적을 물리치는 것이거늘, 귀찮게 이게 뭐 하는 짓거리람.)

이들은 국경 수비대와 달리 제국령 내부를 방어하는 일종의 상비군으로, 경험이라고는 훈련이 전부였다. 그런 탓에 함정도 실리를 따지는 전선과 달리, 디자인을 중시한 제3병기공장제가 대부분이었다.

상황이 이러니 클레오의 명령으로 동원됐다고는 하나, 아무도 전투를 예상하지 않았다.

통신사의 목소리가 침착함을 되찾았다.

"약 5천 척. 다른 세력은 없습니다."

그 말에 사령관의 입꼬리가 올라갔다.

"그 유명한 번필드가도 지금은 겨우 5천이 고작인가. 아무래도 뭔가 사정이 있는 모양이군. 좋아. 번필드가를 쓰러트렸다고 하면 좋은 평가가 나오겠지. 실전 경험이 없다고 얕보는 놈들에게 우리의 힘을 보여줄 기회다."

승산이 커지자, 그는 전투에 대한 긴장감보다 승리 후에 쌓을 공적에 정신이 팔렸다.

그간 훈련만 할 뿐 도움도 안 되는 함대라고 무시당했지만, 그 유명한 번필드가를 쓰러뜨리면 가치를 증명할 수 있을 거다. 숫자 차이 따위는 사소한 요소다.

사령관이 뻗은 오른손을 옆으로 휘두르고 지시를 내렸다.

"구형 진형으로 변경. 지금부터 적 함대와의 놀이를 시작한다. 놈들에게 함대의 묘기를 보여줘라."

함대 전투는 포진만으로 복잡한 수 싸움이 오가기 때문에, 실제 충돌이 발생하기까지는 시간이 상당히 소요된다. 적어도 사령관이 겪은 전투들은 여지없이 전부 그러했었다.

그러자 참모를 맡은 부관이 아첨했다.

"침착하시군요. 덕분에 승무원들도 평상심을 되찾았습니다."

"이 정도로 허둥대서야 사령관이라 할 수 없지."

사령관은 그렇게 말하면서도 내심 기분이 좋았다.

하지만 정작 현실은 그의 예상과 다르게 돌아가고 있었다.

웅성거림이 커지는 와중에 누군가가 소리쳤다.

"적함, 급접근 중!"

사령관은 작게 한숨을 쉬었다. 아무래도 승조원들이 이론으로 전투를 배운 탓에, 조금의 이변에도 지나치게 당황하는 듯했다.

"진정해라. 변칙적인 움직임으로 우리를 당황하게 하려는 거다. 진형을 펼쳐 놈들을 감싸듯이 움직여라. 그러면 놈들도 망설일 거다."

(이런 일로 놀라서는. 아직도 훈련이 부족해. 돌아가면 엄격하게 굴려야겠어.)

사령관은 낙담하며 딴생각을 품는 와중에도, 상황을 계속 흘러갔다.

"……이, 이상한데? 왜 멈추질 않지?"

부관이 황급히 번필드가의 전투 이력을 살펴보았다.

"번필드가의 특기는 돌격인 듯합니다. 혹시 곧장 포격전에 들어갈 생각인지도 모릅니다."

"바보 같은 소리 하지 마라! 전력 차가 이렇게 나는데, 그런 미친 짓을 누가 해?! 돌격이 얼마나 위험한 짓인지 사관학교에서 배우지 않았나? 기초 중의 기초다! 그냥 허세 부리는 거야."

그러나 이번에도 사령관의 예상을 비웃듯, 번필드가는 유효 거리에 도달하자마자 선제 포격을 시작했다.

사령관은 절규했다.

"진짜로 돌격한다고?! 아, 안 돼! 어서 대응 사격해라!"

우주에서 함대전이 시작됐다.

◇◆◇◆◇

난 슈바르츠 포겔의 브릿지에서 우왕좌왕하는 적 함대를 보고 큭큭 웃어댔다.

“실전도 없이 훈련만 반복했다더니, 꼴사납군.”

번필드가의 특기인 돌격으로 적이 우주쓰레기로 변하는 광경은 실로 기분이 상쾌했다.

에셀도 아군의 활약에 기뻐했다.

“선봉을 맡은 함대가 대단하군요. 어디의 함대인가요?”

그러자 아델버트가 대신 답했다.

“본성의 치안 유지를 맡은 독립 함대에요. 이름은 분명 예거…….”

멋대로 떠들던 아델버트가 도중에 입을 다물었다.

나와의 대화를 방해받은 에셀이 핏발 선 눈으로 아델버트를 째려보고 있었기 때문이다.

에셀이 당장이라도 무기를 들고 달려들 것 같이 노려보자, 아델버트도 식은땀이 멎지 않는 듯했다.

뭐 다소 재미있는 구경거리지만, 안타깝게도 지금은 한눈을 팔 시간이 없다.

“적이 완전히 대응하기 전에 다음 단계로 들어간다.”

아델버트가 에셀의 시선에서 도망치듯이 나에게 경례했다.

“예! 함대를 돌파하여 에크스나가의 본성으로 강하합니다!”

아델버트가 업무로 도망치는 모습을 보며 난 혼자 생각했다.

아무리 실전 경험이 없어도 수적 차이로 밀어붙이면 된다는 걸 깨닫는 건 금방일 거다.

오히려 혼란이 잦아들면 훈련대로 능숙하게 움직일 테니, 되려 위험하다.

"늦기 전에 나도 준비할까."

◇◆◇◆◇

번필드가의 함대가 왔다는 연락을 받은 빌리는 콧방귀를 끼며 식사를 이어갔다.

스테이크를 포크와 나이프로 우아하게 썰어 먹은 후, 종이 냅킨으로 입가를 닦았다.

"진짜로 쳐들어오다니, 대담하군."

대수롭지 않게 구는 빌리와는 달리, 검귀는 초조한 표정으로 칼을 들고 방 안을 돌아다니고 있었다.

"놈이 온다, 놈이 온다, 놈이 온다, 놈이, 놈이, 야스시의 제자가아아아!"

일섬류 앞에서 검사로서 마음이 한 번 꺾인 검귀는 리암과 재대결에 기뻐하는가 싶더니, 이제는 되레 겁이 난 모양이었다.

빌리는 일어나서 검귀에게 말했다.

"진정해라. 적함도 고작 5천이라지 않나. 포위망을 뚫고 들어오기조차 힘든 수준이야."

"그 정도로 쉽게 당할 놈들이면 나도 이러지 않는다! 소생은 계속 조사했다. 놈들은 불리한 상황을 몇 번이나 뒤집었고, 그때마다 성장했다. 이번에도 꺾지 못하면 한층 더 강해지겠지!"

투쟁심과 두려움이 뒤섞인 탓에 검귀는 정서불안에 빠졌다.

빌리는 검귀를 달랬다.

"설령 운 좋게 지상에 내려오더라도 달라지는 건 없다. 괜히 에크스나가의 방위 설비를 장악한 줄 아나?"

"그런 건 놈들에게 아무 의미도 없어!"

빌리는 큰소리치는 검귀를 보고 쓴웃음을 지었다.

"설령 놈들의 구출 작전이 성공했다 해도 말이야. 그들은 가족의 정을 쉽게 끊을 수는 없을 거다. 뭐, 본인은 쉽게 버려버렸지만."

빌리가 세실리아를 화제로 꺼냈다.

세실리아에게도 클레오와 가족의 정이 있으니 쉽사리 배신할 수 없을 것이란 말이었다.

가족의 정에 대한 이야기를 꺼내자 검귀가 멈춰 서서 미간을 찌푸렸다.

"소생조차 그딴 건 아주 오래전에 버렸거늘, 그게 무슨 의미가 있나!"

"너는 그렇겠지. 하지만 착한 사람은 이걸 쉬이 버리지 못한다. 그 황녀 전하도 예외는 아니겠지."

빌리가 무슨 말을 하고 싶은 건지 이해하지 못한 검귀는 바로 다시 방 안을 돌아다니기 시작했다.

그때 두 사람이 있는 방에 병사가 뛰어 들어왔다.

"크, 큰일입니다! 백성들이 봉기했습니다! 에크스나가를 해방하라면서 소란을 피우고 있습니다!"

그러자 빌리의 미간이 살짝 찌푸려졌다.

이 봉기가 단순한 불만으로 일어난 게 아님을 간파했기 때문이다.

"시기가 참 절묘하네. 에크스나가의 가신들이 벌인 짓인가?"

병사는 침착한 빌리에게 매달리는 듯한 시선을 보냈다.

"어떻게 대응합니까?"

이 병사는 여기에 파병되어 왔을 뿐이니, 이런 사태는 상정하지 않았을 것이다.

"뭐, 지방관 권한으로 움직이면 되겠지. 기사와 병사들을 내보내 진압해라. 두엇 정도는 본보기로 처리해도 돼."

빌리의 명령에 병사가 눈을 크게 떴다.

"그래도 괜찮습니까?"

"소란을 진압하는 것뿐이다. 다소의 사고는 어쩔 수 없지."

"아, 네!"

병사가 방에서 뛰쳐나가자 검귀가 빌리를 노려봤다.

"너무 방심한 것 아닌가? 지방관 권한이면 방지할 수 있는 사태였는데."

빌리는 머리를 긁적이고 조금 부끄러워했다.

"본업에만 너무 열중해 버렸군."

"불법 식물 재배였나? 그런 일에 열중하는 그대의 생각을 알 수가 없군."

"그건 본인도 마찬가지야. 검에 목숨을 바치다니, 본인은 절대로 못 한다. 하지만 꽃은 달라. 팔면 엄청난 돈이 들어오거든."

클레오와 교섭해서 모든 일이 끝나면 에크스나가의 본성에서 재배한 불법 식물을 빌리가 전부 관리할 수 있다는 계약을 맺었다.

빌리는 이번 일이 끝나면 다시 어둠의 세계로 돌아갈 수 있다고 기대했다.

물론 그러려면 우선 번필드가를 어떻게 해야겠지만.

"자, 번필드가가 어떻게 움직이려나."

에크스나가에서 해고당한 기사와 병사, 그리고 저택에서 일했던 자들은 폐허의 은신처에 숨어있었다.

은신처 밖에서는 백성들이 지방관에게 항의하는 소리가 연신 들렸다.

저들이 단결한 건 지금까지 에크스나가가 선정을 베풀었기 때문이다.

에크스나가에서 일했던 이들이 여기 남아서 암약 중인 게 그 증거였다.

이들은 나무상자 위에 통신기 등의 도구를 두고 밖에서 무슨 일이 일어나고 있는지 조사했다.

파견군이 전투에 들어갔다는 정보를 도청한 병사가 말했다.

"번필드가가 우세한 것 같습니다."

그러자 기사가 기뻐했다.

"그거 놀랍군. 대함대를 끌고 온 건가?"

"아뇨. 규모는 5천 척 정도인 듯합니다. 소수 함대로 큰 타격을 주는 모양입니다."

수는 적지만 그래도 맹활약 중이라는 말에, 주위 사람들이 안도했다.

기사가 말했다.

"어떻게든 이곳 상황을 전할 방법 없겠나?"

통신기를 다루는 병사는 미안한 듯이 말했다.

"여기 있는 장비로는 어렵습니다. 번필드 측에 에크스나가의 관계자가 한 명이라도 있었으면 좋았을 텐데."

그들은 입수한 정보를 전할 수 없는 것을 분하게 여겼다.

기사는 마음을 다잡고 모인 동료들에게 계획을 실행하라고 말했다.

"그러면 우리가 번필드가의 인물들에게 찾아가는 수밖에. 자, 우리가 나설 차례다. 백성에게만 맡겨둘 수는 없지."

모두가 무기를 들었다.

그중에는 리리의 모습도 있었다.

기사가 리리에게 다가가 몸을 굽히고 눈높이를 맞췄다.

"큰 공을 세웠어요, 리리 님. 덕분에 저희는 계획을 실행할 수 있습니다."

리리는 풀이 죽어있었다. 모처럼 가족이 된 에크스나가 사람들이 잡혀서 만날 수 없게 되었기 때문이다.

리리가 무사한 이유는 빌리 일행이 리리를 에크스나가 관계자로 인식하지 않았기 때문이다.

그래서 리리도 다른 자들과 마찬가지로 저택 밖으로 쫓겨났다.

"모두와 다시 만날 수 있겠지?"

리리가 걱정스럽게 그렇게 말하자 기사는 웃음을 지었다.

"물론입니다. 저희가 반드시 구출하겠습니다."

기사가 일어서려고 하자, 밖에서 감시하고 있던 전 병사가 뛰어 들어왔다.

"큰일입니다! 놈들이 백성들을 상대로 기동기사를 꺼냈습니다!"

그 말을 듣고 기사가 바로 말했다.

"우리도 숨겨둔 기동기사를 꺼내라! 백성들을 지켜!"

기사가 주위에 지시를 내리는 가운데 리리도 소리쳤다.

"저도…… 싸울래요!"

◇◆◇◆◇

번필드가의 함대는 적에게 큰 타격을 줬지만, 수 차이를 극복하지 못하고 기세가 줄어들고 있었다.

슈바르츠 포겔의 브릿지에서 아델버트가 잇따라서 지시를 내렸다.

"적이 진영을 회복하게 두지 마라! 지휘선들을 찾아 효율적으로 쳐라! 놈들의 기함 격파는 아직인가?!"

전투를 관측하는 오퍼레이터가 아델버트의 말에 반응했다.

함선이 가끔 흔들리고 사방에서 급박한 목소리가 오가는 탓에 자연스럽게 보고하는 목소리도 커졌다.

"적 기함을 노릴 수가 없습니다! 전함과 실드함, 정예 기동기사가 너무 많아 방어를 뚫지 못하고 있습니다!"

기함을 잃으면 지휘가 무너지니 당연히 철저하게 보호한다.

그러나 아델버트는 그걸 알면서도 무모한 지시를 내렸다.

"지상 제압을 위해 남겨둔 기동기사 부대를 투입해라."

브릿지 승조원들이 깜짝 놀랐다.

"그러면 지상 제압은 어쩌실 겁니까?"

어차피 적 기함을 공략하지 못하면 패배하므로 우선순위를 변경한 듯했다.

"여기서 시간을 낭비하고 있는 게 더 문제다. 당장 보내!"

나는 화력이 부족하다고 예정을 변경하는 아델버트를 보고 한숨이 나왔다.

옆에 있던 에셀이 내 반응을 보고 아델버트를 째려봤다.

내 기대에 부응하지 못했다고 생각해 짜증이 난 듯했다.

나는 딱히 아델버트가 잘못했다고 생각하진 않는다.

아직은 우세하고, 적은 병력으로 잘 싸우고 있다.

"클라우스가 추천할 만하다만, 필두기사를 맡기에는 아직 멀었군."

난 에셀에게 지시했다.

"리호와 후우카에게 출격을 준비하라고 해."

에셀은 두 사람의 이름을 듣고 눈을 크게 떴다.

"그분들은 지상에 투입할 계획이 아니었습니까?"

지상에는 소수를 투입할 예정이었기 때문에, 리호와 후우카에게 그 일을 맡겼다.

둘은 군사교육을 받은 적이 없지만, 그래도 일섬류 검사라서 기동기사 조종이 뛰어나다.

전술과는 거리가 멀지만, 각자 일기당천의 활약을 보여줄 것이다.

에셀은 그런 둘을 여기서 출격시켜도 되는지 물었다.

두 사람의 기체는 테우멧사 커스텀기다. 그 아이들의 전투 방식이면 일섬을 사용하지 않아도 한 번의 전투로 기동기사가 너덜너덜해질 것이다.

즉 이번 전쟁에서 한 번만 쓸 수 있는 카드란 뜻이다.

저번에 노획한 가짜 어비드가 있으면 좋았겠지만, 아직 제7병기공장에서 수리 중이라 어쩔 수 없었다.

"아델버트의 말대로, 여기서 더 시간을 버릴 순 없어. 뭐, 클라우스였다면 이렇게 되기 전에 손을 썼겠지만……."

우수하긴 하지만 클라우스보다는 못하다── 그게 내가 내린 아델버트에 대한 평가다.

난 전용 시트에서 일어나 아델버트에게 말했다.

"아델버트, 지상에 쓸 전력을 투입하는 건 보류해라."

"네? 아니, 하지만!"

놀라서 항의하는 아델버트. 만약 클라우스였다면 내가 무슨 생각을 하고 있는지 단번에 헤아렸을 텐데, 참 아쉽다.

"클라우스와 비교하는 건 가혹하지만, 역시 넌 필두기사가 되기에는 부족한 부분이 너무 많아."

"?!"

클라우스와 비교당해 분해하는 아델버트에게 명령을 내렸다.

"리호와 후우카를 투입해라."

"그, 그건…… 리암 님께서 허가하신다면 도움이 되겠습니다만……."

아델버트가 망설였다. 리호와 후우카의 실력을 믿지 못하는 것이다.

"내 사매들을 믿어라."

웃음을 짓고 말하자, 아델버트는 떨떠름해하면서도 납득하고 명령을 실행했다.

"……알겠습니다. 둘의 출격 준비를 서두르겠습니다."

◇◆◇◆◇

리호와 후우카를 위해 커스텀된 테우멧사가 슈바르츠 포겔에서 출격했다.

리호의 테우멧사는 칼집에서 뽑은 나기나타를 들고, 등에는 예비 블레이드를 달고 있었다.

"지상에서 싸운다고 들었는데 예정 변경이라니, 사형도 참 제멋대로네~."

파일럿 슈트를 입은 리호가 콕핏 안에서 침착한 표정으로 말했다. 이미 주위에서는 격렬한 전투가 벌어지고 있는데도 그녀는 여유로워 보였다.

나란히 함께 전장을 나는 후우카의 테우멧사는 양손에 일본도를 모방한 블레이드를 든 이도류 스타일이었다.

후우카는 적기를 스쳐 지나가듯 양단하면서 말했다.

『파일럿 슈트는 몸을 압박해서 싫어. 특히 가슴이 답답해서 말이지. 리호, 너도…… 어이쿠, 미안. 넌 이 답답함을 모르구나~.』

후우카는 파일럿 슈트의 압박감이 신경 쓰였는데 가슴 크기로 리호를 놀리기 시작했다.

리호는 이에 눈을 크게 떴다.

"뭐? 왜 내 가슴이 답답하지 않다고 생각하지? 애초에 온몸을 압박하는데 가슴이 무슨 상관이야? 오히려 그렇게 큰 가슴을 자랑하는 게 즐거워? 그건 그냥 지방 덩어리잖아. 움직이기 불편해서 난 싫어. 그리고 따지자면, 요즘 같은 시대에는 얼마든지 가슴을 크게 만들 수 있는데, 크기가 무슨 소용이지? 그런 것도 모르는 불쌍한 머리부터 어떻게 하지 그래?"

가슴과 관련된 이야기로 말수가 많아진 리호의 반응을 보고 후우카는 웃기 시작했다.

그때 두 사람의 테우멧사에게 적의 기동기사 부대가 접근했다.

중대 규모에 수는 30기 이상.

적은 연계하면서 두 사람에게 육박했다.

『겨우 둘이 너무 깊이 들어왔다.』

『길을 잃었나? 그거 안 됐군.』

『어이, 이거 신형기잖아. 격추하면 자랑거리가 되겠어.』

같은 제국 계통이라서 통신 회선이 열려있었다.

둘은 애초부터 신경 쓰지 않아서 회선을 열어둔 채로 있었다.

나타난 적기를 신경 써야 하는데, 후우카는 리호를 비웃기 바빴다.

『그렇게 일일이 반응하는 게 신경 쓴다는 증거잖아. 그리고 난 알고 있다고. 너, 순진하고 귀여운 척하면서 방송하지? 그래서 섣불리 가슴을 키우면 가짜 취급을 당하고 난리가 나니까 크게 못 키울 뿐이잖아.』

후우카의 테우멧사는 다가온 적기들의 공격을 회피하고 블레이드로 베어서 격파해 나갔다.

그 와중에도 의식은 리호에게 쏠린 그대로였다.

리호도 나기나타로 적기를 반으로 가르고 다리에 부착해둔 투척나이프를 뽑아 던졌다. 던진 나이프는 적기에 박혀 기체를 폭파시켰다.

"……난 가슴이 안 커도 너와는 달리 귀엽거든! 그렇게 평생 가슴 크기나 자랑해!"

『뭐라고?!』

정색하는 후우카를 보고 속이 후련해진 리호는 그제야 의식을 적에게 돌렸다.

그 무렵에는 적 기함을 지키던 기동기사 부대를 돌파해 있었다.

"어이쿠, 사형이 말했던 적함 발견! 아하핫, 그렇게 깊숙한 곳에서 보호받고 있으니…… 겁먹은 게 여기까지 느껴지네!"

다수의 전함과 실드함의 보호를 받는 초노급 전함을 앞에 두고 먼저 달려든 건 후우카였다.

『1등은 내 거다!』

둘은 집중포화를 당했지만, 탄환 사이를 누비듯이 날아 초노급 전함에 다가갔다.

전혀 공포를 느끼지 않는 둘의 움직임에 적 사령관이 경악했다.

『이런 바보 같은?! 기동기사로 들이박기라도 할 생각인가?! 빨리 격추해!』

아군을 향해 호통치는 게 열린 통신 회선으로 다 들렸다.

후우카의 테우멧사가 기함에 육박하자 두 자루의 칼이 빛을 발했다. 블레이드의 성능을 높이기 위해 빔 칼날을 발동한 것이다.

『이런 포격으로 격추당하겠냐!』

테우멧사가 두 칼을 휘두르자, 빔 칼날이 나와 선체의 표면을 갈기갈기 찢었다.

선체 표면에 설치된 요격 장치도 날아가 그곳만 공격에 구멍이 뻥 뚫렸다.

그걸 놓칠 리호가 아니었다.

"길을 열어주느라 수고했어. 뭐, 개막 공연으로는 봐 줄 만했어."

선수를 빼앗겨 분했지만 그래도 싸우기 쉬워진 건 사실이다.

리호의 도발에 약이 오른 후우카가 소리쳤다.

『야, 너?!』

리호는 나기나타를 휘둘러 선체를 절단했고, 그 절단된 곳으로 기체를 억지로 집어넣었다.

"실례합니다~. 아핫, 한 번 뚫리면 끝이라고. 난 마음껏 날뛸 수 있거든!"

테우멧사 두 기에 침입당한 적 기함은 소란스러워졌다.

통신회선으로 들려오는 목소리는 탈출이네 뭐네 하는 지시가 난무했다.

후우카의 테우멧사가 함내를 갈가리 찢었다.

『사령관이 도망치기 전에 이 커다란 걸 파괴한 쪽이 이기는 거 어때?』

후우카가 갑자기 승부를 걸자 리호는 작게 한숨을 쉬었다.

"너 유치한 놀이 참 좋아하네. ……뭐, 나도 싫어하진 않지만. 이걸 격파하고 사형에게 상을 받는 건 나야."

희희낙락하며 날뛰는 테우멧사 두 기에 의해 적의 초노급 전함이 차츰 파괴되었다.

◇◆◇◆◇

슈바르츠 포겔의 브릿지에 적 기함 격파 소식이 전해졌다.

"적 기함의 폭발 확인! 적 사령관은 폭발에 휘말려 사망한 것으로 보입니다. 적 함대에 혼란이 발생했습니다!"

통신사의 기쁨이 담긴 목소리에 아델버트는 한순간 말을 잃었다.

"……진짜로 이런 일이 가능하다고? 겨우 두 기로? 이, 이건 큰 공훈이야!"

적 사령관은 제때 탈출하지 못해 죽었거나, 아니면 도망치는 과정에서 실종됐거나. 아무튼 적이 혼란에 빠졌다.

바로 다음 지휘관이 지휘를 이어받겠지만, 지휘체계가 집약되던 기함이 날아갔으니, 혼란은 피할 수 없다.

난 리호와 후우카의 안부를 확인했다.

"둘이 탄 테우멧사의 상태를 확인해라."

이런 곳에서 전사 같은 건 안 한다고 생각해도 역시 걱정된다.

그 녀석들은 도를 넘어서 노니까.

이윽고 통신이 들어왔다.

"반응 확인했습니다. 이쪽으로 귀환하는 도중입니다."

"……좋아, 둘이 복귀하자마자 다음 작전으로 이행한다. 아델버트, 강하할 전함을 모아라. 기함이 선도한다."

작전을 다음 단계로 이행한다.

하지만 아델버트는 신중했다.

"기함으로 선봉에 나서는 건 재고해 주십시오. 리암 님의 존체에 무슨 일이 생가면 번필드가 전체의 손실입니다. 적어도 지상을 어느 정도 제압한 후에 내려가셔야 합니다."

"시작부터 불리했는데, 여기라고 안전하겠냐. 빨리 내려가."

"하지만!"

"……클라우스라면 이 정도는 얼굴빛 하나 바꾸지 않고 해낼 거다."

짓궂게 말하자 아델버트가 주먹을 쥐었다.

나에 대한 분노인가, 아니면 목표로 삼고 있는 클라우스에 대한 복잡한 감정인가…… 지금은 신경 쓸 시간이 없으니 내가 명령을 내렸다.

"다들 들었지? 내 사제들이 복귀하기 전까지 강하 준비를 끝내라."

브릿지 승조원이 아델버트를 걱정했지만, 내 명령은 따를 수밖에 없다.

전원이 내 명령에 움직이기 시작한 가운데, 아델버트만은 분한 듯이 고개를 숙이고 있었다.

이 정도로 못 쓰게 되면 그 정도인 녀석인데…… 과연 어떠려나.

◇◆◇◆◇

아델버트는 분한 마음에 주먹을 움켜쥐었다. 주먹에서 빠득빠득 소리가 들렸다.

(내가 클라우스 공에 못 미친다고? 난 우수해! 필두기사가 될 남자라고!)

그러나 리암은 클라우스에게 못 미친다고 평가했다.

번필드가의 절대 군주인 리암이 그렇게 단언하면 그건 절대적인 평가가 된다.

아무리 아델버트가 지지 않았다고 생각해도, 나머지가 인정하지 않을 것이다.

(나에게 뭐가 부족하단 말이냐!)

함내가 강하 준비에 들어가 모두가 바쁘게 돌아다녔다.

아델버트도 마음을 다잡았다.

(우선은 눈앞의 작전에 집중하자. 아델버트! 넌 우수한 남자다. 이런 평가는 금방 뒤집을 수 있을 터. 나는 할 수 있다. 나라면 가능하다!)

자신을 질타하고 격려해 마음을 다잡고 소리쳤다.

"함대의 지휘권을 예정대로 앨리슨 베이커 대령에게 이양한다. 이후 우주에서의 전투는 그녀의 지휘를 받도록!"

모인 함대 중에서 가장 수가 많은 함대를 이끄는 대령에게 지휘권을 이양했다.

이는 사전에 정해져 있던 내용이라 손쉽게 인수인계가 진행됐다.

원래는 장성급 인재에게 맡겨야 하지만, 가장 수가 많은 함대의 인사가 변칙적이었기 때문에 이렇게 대처하게 되었다.

『앨리슨 베이커 대령입니다. 지휘권을 이어받겠습니다.』

아델버트는 자신만만하게, 그리고 평소대로 거만하게 행동했다.

"열심히 해라, 대령. 리암 님이 보고 계신 전장에서 활약하면 귀관의 승진은 약속된 것이나 마찬가지다."

『예!』

짧은 인수인계를 완료하고 아델버트는 돌아봤다.

"의외로 금방 일어섰구나. 그대로 꺾인 줄 알았다."

아델버트는 자신이 한심했지만…… 이런 점은 어필할 만했다.

"전 우수하니 좌절도 한 순간뿐입니다. 어떻습니까? 필두기사로 삼아보시는 건?"

그러자 리암이 크게 웃었다.

"이야, 뻔뻔한 게 마음에 드네! 하지만 아직 필두기사를 넘볼 정도는 아니야. 정진하도록."

"크윽, 아쉽군요."

두 사람의 대화가 끝난 찰나에 보고가 올라왔다.

"강하 부대, 집결 완료했습니다!"

아델버트가 앞을 보고 오른손을 뻗었다.

"지금부터 행성에 강하해 인질을 탈환한다!"

빌리는 큰 테이블에 놓인 큐브 형태의 장치로 3차원 영상을 보고 있었다.

주위에 표시된 다양한 정보를 확인한 그는 작게 한숨을 쉬었다.

"질과 숙련도를 겸비한 강한 함대라고 자랑했는데, 번필드가 앞에서는 이렇게나 무력한가."

이번 함대의 사령관은 번필드가가 쳐들어와도 문제없다고 단언했었다.

하지만 일이 터지고 보니 이 꼴이다.

기함은 격파당했고 사령관도 행방불명이다.

지휘야 다른 지휘관이 이어받았겠지만, 혼란에 빠져서 수적 이점을 살리지 못하고 있었다.

검귀는 바닥에 앉아 자신의 칼을 끌어안은 채 파랗게 질려있었다.

"실전 경험이 없는 녀석들은 결국 도움이 안 됐군."

"그러게. 이로써 놈들이 지상에 내려올 수 있게 됐다. 네가 나서야겠어."

출격하라는 말을 들은 검귀는 침을 꿀꺽 삼키고 천천히 일어섰다. 공포를 억누르고 있는 듯했다.

"소생은 놈을…… 야스시를 뛰어넘지 않으면 앞으로 나아갈 수 없다. 검의 길을 살기로 정했는데, 길가의 돌멩이보다 못한 그 자식에게 발목을 잡힐 수는 없지!"

빌리는 그런 검귀를 보고 말했다.

"전의가 꺾이지 않아서 다행이군. 싸움터에서도 도망치지 않길 빌지."

"……두 번 다시 등을 보이지 않을 것이다."

검귀가 방에서 나가자, 빌리는 3차원 영상으로 시선을 돌렸다.

"자 그럼, 본인은 여차할 때를 위해 움직일까."

◇◆◇◆◇

에크스나가의 백성들을 진압하기 위해 출격한 제국군은 고전을 면치 못하고 있었다.

지상 부대가 꺼낸 건 다크 그레이색으로 도장된 조헤이로, 모헤이브를 대신할 차세대기였다.

머리와 몸통이 일체형으로 된 특징적인 기동기사로, 파츠 수를 줄임으로써 생산성과 정비성을 끌어올린 기체다.

제1병기공장과 제2병기공장이 공동 개발하여, 조금씩 귀족과 제국군에 보급되고 있었다.

다만 파일럿들의 평가는 '모헤이브보다 나은 관짝'이었다.

모헤이브보다 우수하지만, 다른 차세대기와 비교하면 성능이 떨어지기 때문이다.

그래도 조헤이가 배치됐다는 나름 우대받고 있다는 증거였다.

어깨에 빨간 선을 넣은 대장기에 탄 건 기사가 아니라 일반 파일럿인 대위였다.

진압하기 위해 중대를 이끌고 소동이 일어난 현장에 달려왔는데――.

"대체 무슨 일이 일어난 거냐?!"

――자신이 이끄는 조헤이를 배치한 중대가 노랗게 도장된 모헤이브를 상대로 고전을 면치 못하고 있었다.

노란 모헤이브들의 외관은 너덜너덜했다.

민간에 불하되어 가혹한 노동 현장에서 중장비 대신 사용된 물건이었다.

전투가 가능할 만큼 정비됐을 가능성은 적고, 애초에 불하된 시점에 중장비를 대신할 수 있으면 다행이라고 할 수 있는 상태였을 것이다.

다시 말해서 원래 성능을 내지 못하는 모헤이브라는 뜻이다.

그런 모헤이브들이 무기를 들고 조헤이와 격렬하게 싸우고 있었다.

대장의 콕핏에서는 부하들의 고함이 들렸다.

『무슨 기사가 타고 있나, 작업 장비로 전락한, 기동기사 같지도 않은 놈들에게 왜 우리가 밀리는 거지?!』

『투덜거리지 시간에 쓰러트려!』

『무슨 수로! 이 자식들 너무 강하다고! 대장, 발포 허가를 요청합니다!』

소란이 일어난 곳은 길거리라서 대장들은 발포를 금지했다.

기동기사로 인간을 상대하는 건 쓸데없는 일이며, 무엇보다 지상에는 병사들이 있다.

이들은 위압이 목적이고 백성들을 상대하는 건 병사들의 일이라고 얕보고 있었다.

(이런 곳에서 발포하면 도시를 파괴했다고 시말서를 써야 한다고! 너희, 내 경력에 흠집을 낼 생각이냐!)

총을 쓰지 않는 건 사실 자기 경력에 흠집을 내고 싶지 않기 때문이었다.

하지만 이러는 사이에도 한 기, 또 한 기 아군이 파괴되었다.

"……제길, 발포를 허가한다! 놈들을 한 기도 놓치지 마라!"

(여기서 지면 그야말로 출셋길이 사라진다!)

아군기가 라이플을 들기 시작하자 적 사이에서 한 손에 실체검을 쥔 모헤이브가 튀어나왔다.

그 모헤이브는 라이플을 든 부하가 탄 조헤이와의 거리를 좁히더니, 라이플을 왼손으로 잡고 총구를 위로 들어올렸다.

그대로 쓸데없이 발포를 계속하는 부하. 적의 움직임에 당황했다.

『뭐, 뭐야?!』

적의 모헤이브는 블레이드로 조헤이의 장갑 틈으로 동체를 찌르고 재빠르게 뽑았다.

적이 움직임이 멈춘 부하의 조헤이를 걷어찼다.

도저히 낡은 기체에 어울리지 않는 가볍고 정확한 움직임이었다.

대장은 소름이 돋아 부하들에게 명령을 내렸다.

"놈을 먼저 쓰러뜨려라! 집중포화!"

이 녀석을 놔두면 안 된다고 본능이 외쳤다.

아군이 모헤이브를 집중적으로 공격했지만, 모헤이브는 상대를 하나씩 파괴해갔다.

이윽고 녀석들은 대장기를 노리고 덤벼들었다.

"이곳에 이런 기사가 있었나."

끝장인가 싶어 눈을 감았는데…… 아무 일도 일어나지 않았다.

그 대신 아군의 목소리가 들려왔다.

『고전 중인 것 같군. 내게 목숨을 빚졌으니 한턱내라.』

"아군인가?! 살았다, 나중에 반드시 한턱내지!"

기사가 탄 조헤이 부대가 왔다.

자신을 덮친 모헤이브는 양다리를 관통당해 땅에 누워있었다.

3소대가 현장에 파견됐는데, 바로 적을 압도하기 시작했다.

아군 기사들은 상대를 비웃었다.

『이딴 고물로 싸우려고 나왔다니, 어이가 없군. 이게 그 잘난 충성심인가?』

고물 안에 탄 건 분명 에크스나 남작가의 가신들일 것이다.

주군을 위해 일어선 의기에는 대단하다만, 굳이 봐줄 이유는 없다.

성가셨던 모헤이브에게 다가간 아군기가 라이플의 총구를 겨눴다.

『그런 실력이 있으면 얌전히 다른 주인을 찾을 것이지, 여기서 개죽음이구나. 내 격추 스코어가 되어라.』

그 모습을 보고 대장은 아까 흘린 식은땀을 닦았다.

(꼴좋다! 그렇게 나대더니. 얼른 뒤지라지.)

그런데 총이 격발하기 직전, 마치 순백의 드레스를 입은 듯한 여성형 기동기사가 두 기 사이에 끼어들었다.

그 기동기사가 오른손에 든 대검을 휘두르자, 기사가 탄 조헤이가 찢겨 부서지듯이 박살 났다. 대장의 눈에는 마치 빔 칼날의 참격이 날아온 것처럼 보였다. 대장은 놀라서 눈을 휘둥그레 떴다.

"뭐냐?!"

그러자 기동기사에서 목소리가 들렸다.

『고고도에서 뛰어내릴 거면 미리 말하라고! 추락하는 줄 알고 깜짝 놀랐잖아!』

어린 티가 남아있는 여자 목소리가 들렸는데 다른 여자도 또 한 명 타고 있는 듯했다.

『첫 출전에서 지리는 건 부끄러운 일이 아니야. 다들 겪는 일인걸. 난 아니었지만.』

『나도 그런 적 없어!』

2인승 기동기사인지, 젊고 냉정한 목소리와 어린 티가 남은 목소리가 오갔다.

『시엘 세라 에크스나가 명합니다! 뜻이 있는 자는 절 따르세요! 악한들로부터 영주님을 구하고 에크스나가의 정의를 보일 때입니다!』

들은 적이 있는 이름이었다.

유년학교에 있는 탓에 이번 제압 작전에서 제외된 목표이다.

"제길, 번필드가랑 같이 쳐들어온 거냐……!"

대장이 보기에 시엘은 아직 어린애다.

유년학교를 졸업했다고 해도, 가문을 구하겠다고 전장에 뛰어든 건 제정신이 아니었다.

기사가 조종하는 조헤이들이 시엘에게 달려들었다.

『꼬맹이 주제에 전장에 나오다니, 겁을 상실했구나!』

시엘이 탄 기동기사가 등에 있는 꽃 같은 추가 부스터를 펼치더니 땅을 미끄러지듯이 재빠르게 이동했다. 그러고는 대검을 오른팔 하나로 휘둘러대며 조헤이들이 가뿐하게 찢어버렸다.

발광하는 크리스탈 칼날 앞에서 조헤이들은 무력했다.

기동기사의 성능이 너무 달랐다.

노란 모헤이브들이 시엘을 칭찬했다.

『역시 에크스나가의 영애로군!』

『정의는 우리에게 있다!』

『시엘 님을 따라라!』

에크스나가의 가신들이 사기를 되찾자, 상황이 불리해지기 시작했다.

"크, 퇴각한다."

대장은 어쩔 수 없이 물러설 수밖에 없었다.

◇◆◇◆◇

진압 부대가 철수하자, 시엘은 콕핏 안에서 안도해서 깊은 한숨을 쉬었다.

긴장에서 해방되어 자신이 땀범벅이 되어 있던 것을 깨달았다.

(기동기사 전투가 이렇게 힘들 줄이야.)

어릴 때부터 몇 번이나 기동기사를 접해왔다.

그래서 자신은 괜찮을 줄 알았는데, 첫 실전…… 게다가 조종은 릴리에에게 다 맡겼는데도 완전히 지쳐버렸다.

릴리에가 그런 시엘에게 바로 움직이라고 지시를 내렸다.

"뭘 지쳐있어? 이제부터가 진짜인데! 못 써먹겠네!"

왼쪽으로 얼굴을 돌린 시엘은 릴리에에게 대꾸했다.

"내가 없었으면 출격도 못 했다는 걸 잊지 마! 애초에 넌 지치지 않으니까, 내 기분은 이해 못 해!"

"진짜 나도 이 정도로 지치거나 하지 않아! 단련이 부족한 거 아냐?"

릴리에가 코웃음 치자 시엘은 마음속으로 반복했다.

(이 녀석은 오라버님이 아니야, 이 녀석은 오라버님이 아니야,

이 녀석은 오라버님이 아니야…….)

오라버님이라면 분명 자신을 신경 써줬을 거야! 라면서.

두 사람이 떠드는 사이에 노란색 모헤이브들이 모여들었다.

에크스나가의 기사들이 타고 있는 모양인데, 릴리에의 존재를 알아차리지 못해 시엘에게 말을 걸었다.

『시엘 님, 훌륭했습니다. 남작님과 크루트 님에게도 뒤지지 않는 활약에 저희 일동은 경탄하였습니다.』

"예? 아, 네."

(사실은 릴리에가 조종해서 난 아무것도 안 했는데…….)

떳떳하지 못한 기분을 느끼고 있으니, 아군이 다리를 잃은 모헤이브를 안아서 일으키고 있었다.

그리고 시엘에게 부탁했다.

『시엘 님, 저 아이의 기체와 접촉해 회선을 열어 데이터를 받아 주십시오.』

"저 아이?"

『크루트 님과 세실리아 님께서 수양딸로 거두신 리리 님입니다. 붙잡혀 있는 세실리아 님에게 적의 배치에 관한 데이터를 받았습니다.』

"알았어요."

(근데…… 양녀라니? 난 처음 듣는 이야기인데?)

리리라는 소녀를 크루트와 세실리아가 양자로 삼았다는 이야기를 못 들은 시엘은 가족에게 약간의 거리감을 느끼고 말았다.

자신이 집에 못 돌아가는 사이에 가족이 늘어나 있을 줄은 생각지도 못했다.

시엘이 바나디스로 너덜너덜해진 기체와 접촉하자 리리의 가냘픈 목소리가 들려왔다.

『시엘…… 언니, 라고 부르면 될까? 있잖아…… 크루트랑 세실리아를…… 구해줘…….』

리리가 괴로워하자 릴리에는 슬퍼했다.

"무리했구나……."

리리는 원래 리암의 유전자로 만들어진 클론이다.

다만 전력을 다할 수 있는 시간이 제한되어 있어 실패작이라고 낙인찍혔다.

그런 리리가 모두를 지키기 위해 무리했다는 걸 알고 릴리에가 눈물을 글썽였다.

리리는 의아한 듯이 말했다.

『또 누구 있어? 크루트…… 아니지?』

아무래도 눈치가 아주 빠른 것 같다.

시엘은 모헤이브와 접촉해 정보를 받고 바로 떨어졌다.

"협력 고마워! 바로 번필드가에 이 정보를 공유하겠습니다."

시엘이 주위 사람들과 이후에 대한 회의를 시작하자, 릴리에가 혼자 정보를 확인했다.

"……이건."

세실리아가 전해준 정보에 릴리에는 눈을 휘둥그레 떴다.

◇◆◇◆◇

“싫어어어어어어어!! 대기권에 돌입하고 바로 출격이라니, 친위대가 할 일이 아니잖아아아!!”

로제타 친위대 사양 바로나에 탄 비비안은 콕핏에서 울부짖고 있었다.

바로나는 차세대기 네반을 참고하여 제작한 양산형 기체다. 물론 친위대 사양으로 커스텀했지만, 차세대기를 뛰어넘을 정도는 아니다.

비비안이 타는 바로나는 임무 특성에 맞춰 방어 성능에 치중되어 있으며, 일반 바로나보다 외관이 화려하고, 색도 붉은색을 기조로 한다.

대기권을 돌파한 직후에 발사되듯이 발함한 로제타 친위대는 에크스나가의 요격 시스템…… 방위 설비로 향했다.

방위 목적이니 당연히 요격을 위한 포대가 설치되어 있는데, 이걸 제압하는 게 이들의 임무였다.

부하들이 소리 지르는 비비안에게 쓴소리를 했다.

『시끄러워, 구부정 대장!』

『방위 설비의 움직임을 확인!』

『소리 지르지 말고 일해, 구부정 대장!』

구부정 대장이라고 막 불리는 비비안이 이끄는 부하들은 로제타를 경호하기 위해 모인 여기사들이었다.

그녀들이 탄 바로나가 적의 방위 설비가 가동하는 걸 확인했다.

비비안이 손끝으로 눈물을 닦았다.

"부하들이 너무해……."

비비안은 그렇게 말하면서 지상에서 날아온 공격을 회피하고, 미사일을 빔 머신건으로 요격했다.

기동기사의 성능과 기사의 시너지. 그중에서도 비비안은 친위 대장으로 뽑힐 정도로 우수하다.

미사일이 폭발하며 나온 연기 속으로 바로나들이 뛰어들었다.

부하들이 바로나의 추가 옵션을 사용했다.

『대광학 병기용 교란막 전개!』

아군이 전방에 소형 미사일을 잇달아 발사하자, 그 미사일들이 폭발해 연한 핑크색 연기가 퍼졌다. 연기에 방해받아 광학 공격의 위력이 감소하였다.

물론 완전히 무효화 한 건 아니지만, 방어가 뛰어난 친위대 사양 바로나에게는 충분했다.

현행 세대인 바로나는 이러한 풍부한 옵션 파츠도 특장점이라 할 수 있다.

부하 한 명이 방위 설비가 있는 지점을 알아냈다.

『데이터 대조…… 에크스나가의 방위 설비에서 이전과 달라진 점은 없어. 놈들이 방비를 굳힌 흔적이 거의 없네.』

방심한 건지 방위 설비를 늘린 기미는 없었다.

비비안이 말했다.

“슬슬 지상이야. 착지 준비해. 그대로 지상전이 될 거 같으니까, 각자 잘 해봐.”

부하가 맥 빠지는 명령을 내리는 비비안에게 항의했다.

『좀 더 정신 바짝 차리라고!』

바로나들은 지면에 가까워지자, 감속하기 시작했다.

방위 설비의 지상은 당연히 기동기사가 지키고 있었다.

그 모습을 보면서 비비안이 말했다.

“저거…… 요즘 유명한 조헤이 아닌가?”

비비안은 틀어박혀서 방종한 생활을 하지만, 이런 지식은 이따금 조사하기도 했다.

조헤이들이 곧장 공격에 나섰지만, 조준이 영 엉성했다.

교란막의 효과만으로는 이러기 어렵다. 비비안은 아무래도 실전 경험이 부족하다는 말이 사실 같다고 결론을 내렸다.

“교란막을 상대로 광학 병기를 고집하는 이유가 대체 뭐야?”

비비안은 착지하자마자 빔 머신건을 버리고 빔 칼날을 가진 할버드를 양손으로 들었다.

조헤이들이 강하한 바로나를 에워쌌다.

교란막 탓에 빔 칼날의 출력이 불안정했지만, 비비안은 상관없다는 듯 창을 휘둘렀다.

조헤이의 콕핏에 창날이 박히고, 움직이 멈추면 그대로 던져버렸다.

이윽고 적기들의 통신이 새어 나오기 시작했다.

『침착해라! 바로나 따위, 조헤이의 성능이면 충분히 대응할 수 있다!』

이 말을 듣고 비비안은 콕핏 안에서 지식을 자랑하듯이 설명했다.

"그건 하기 나름일걸. 바로나는 최신예가 아니지만 진짜 기동기사라고. 그에 반해 조헤이는 유사 기동기사지."

비비안은 달려드는 조헤이들을 할버드로 차례차례 후려쳐서 쓰러뜨려 나갔다.

평소의 한심한 모습과는 딴판이었다.

적을 비비안에게 맡기고 먼저 방위 설비 제압을 완수한 부하들이 중얼거렸다.

『실력은 좋은데 말이지. 사람이…….』

『평소에도 이렇게 일하면 되는 거 아닌가?』

『정말로. 친위대가 아니라 최전선에 두어야 더 열심히 하지 않을까?』

활약해도 부하들이 칭찬해주지 않아서 비비안은 울었다.

"……더 착한 부하가 있으면 좋겠다."

방위 설비를 제압한 비비안 일행은 적의 증원을 요격하기 위한 준비를 서둘렀다.

◇◆◇◆◇

번필드가의 소수 함대는 기동기사와 지상 병기, 그리고 육전대를 차례차례 강하시켰다.

슈바르츠 포겔에서 발함한 소형정 또한 에크스나가의 저택을 향해 날아가고 있었다.

소형정에 타고 있는 건 무장한 특무육전대였다.

검은 파워드 슈트를 입고 팀별로 왼쪽 어깨의 색을 다르게 썼다.

해치를 열고 바깥 상황을 본 대장이 농담했다.

"지상이 온통 적이군. 어이쿠, 저기에는 전함도 있네. 할 일이 많겠는걸."

전함은 수백 미터 상공에서 대기 중인 걸로 보아 에크스나가 저택을 방어하는 용도 같았다. 우주 전함은 전방위로 사격할 수 있으므로, 이런 일에 유용하다.

실탄과 광학 공격, 미사일이 난무하며 폭발음과 검은 연기가 여기저기서 피어올랐다.

소형기를 조종 중인 파일럿이 상황을 전달했다.

『미안하지만 더 이상은 진입하기 어렵다. 예정 지점은 아니지만, 강하 가능한가?』

대장이 아래를 보니 도시의 풍경이 눈에 들어왔다. 지금이야 다소 엉망이 됐지만, 건물 등이 밀집된 건 변함이 없었다.

"가능하다. 예정보다 조금 이르지만 즐거운 피크닉 시간이 왔다. 한 명도 늦지 말고 따라오도록."

대장이 뛰쳐나가자, 부하들도 차례차례 뒤따랐다.

수백 미터를 낙하한 후, 지면 부근에서 파워드 슈트가 필드를 펼쳤다. 충격을 대신 흡수하는 구조라서 가벼운 충격이 있을 뿐이었다.

건물 잔해가 널브러진 거리에 내려선 특무육전대는 착지와 동시에 목표 지점으로 곧장 달렸다. 합류는 달리면서 진행했다.

시속 100km가 넘는 속도로 빌딩의 옥상을 뛰어다니는 병사도 있고, 벽을 달리는 병사도 있었다.

이들을 발견한 적의 육전대가 방비를 굳혔다.

"번필드가의 육전대다! 이 뒤로 보내지 마라!"

적은 건물 잔해와 부서진 차, 다양한 물건으로 만든 간이 거점에서 요격을 시작했다.

전차가 대포와 기관총을 쏴대자, 특무육전대 병사들은 건물을 틈으로 사라졌다.

"색적을 서둘러라!"

적 육전대 병사 중에는 센서를 강화한 장비를 장착한 자가 있었다. 아무리 숨기 위해 다양한 기술을 사용해도 찾아낼 수 있는 장비였다.

그런데 빌딩에 숨은 적을 찾으려고 하자, 발포음이 들렸다. 한 발. 단 한 발에 색적하고 있던 병사는 머리를 뚫려 그 자리에 쓰러졌다.

적 대장이 놀라 뒤돌아 본 순간, 특무육전대 병사들이 뛰어들었다.

나이프와 권총으로 재빠르게 적을 처리한 그들은, 적 대장을 잡아서 구속했다.

대장은 훌륭한 실력을 보여준 부하를 칭찬했다.

"훌륭한 실력이었다, 애송이. 오늘부터는 소년이라고 불러주지."

대장이 일격에 적을 해치운 스나이퍼를 칭찬하자, 스나이퍼가 상공에서 진지에 착지해 불만스럽게 말했다.

"그게 그거 아닌가요?"

스나이퍼는 큰 라이플을 한 손으로 가볍게 들며 주위를 경계했다.

대장은 붙잡은 적을 잡고 권총의 총구를 들이댔다.

"자, 나도 일을 해볼까."

적 대장을 붙잡은 이유는 보안 권한을 빼앗기 위해서다.

전자전에 특화된 부하가 적의 파워드 슈트에서 신속하게 정보를 빼냈다.

순식간에 빠져나가는 정보를 본 적 대장은 기겁했다.

"자, 잠깐. 협력할 테니 포로 대우를 바란다! 같은 제국 사람이 아닌가!"

파워드 슈트의 정보망은 착용자가 살아있어야만 가동한다. 시체를 통해 적에게 정보가 넘어가는 걸 방지하는 조치다.

즉, 정보 탈취가 끝나면 적 대장을 살려둘 이유가 없어진다. 그로서는 죽고 싶지 않다는 일념이었으나, 그 이야기를 들은 대장은 그의 헬멧을 벗기고 힘껏 후려쳤다.

충격에 바닥을 뒹굴었지만 살아는 있는 듯했다.

"미안하지만 포로를 잡을 틈은 없다. 거기서 퍼져 자고 있어."

대장의 말에 스나이퍼가 기막혀했다.

"이미 기절했잖아요. 죽으면 어쩌려고 그러세요."

대장은 웃으면서 대답했다.

"안 죽었잖아? 자, 작전을 속행한다."

대장이 뛰기 시작하자 부하들도 일제히 간이 진지에서 뛰쳐나갔다.

대장은 지상을 달려 이동하면서 적에게 얻은 정보를 아군에게, 다른 특무육전대 부대에 공유했다.

"자, 인질을 구출하려면 저 전함을 어떻게든 해야겠지?"

저택 상공을 지키는 전함을 관찰했다.

방법이 아예 없지는 않지만, 공중에 있는 걸 어떻게 하기는 쉽지 않은 일이었다.

대장이 어떻게 처리할지 생각하는 도중, 스나이퍼의 눈에 다른 움직임이 눈에 들어왔다.

"……희한한 기체가 날아다니네요. 아무래도 전함은 저들에게 맡기면 될 거 같습니다."

적 전함에 네반 여러 기가 접근 중이었다.

네반의 디폴트는 회색을 기조로 하지만, 저건 검은색이었다. 그리고 그중 한 기는 날개 대신 네 개의 로켓 부스터를 장착해 놓았다.

그 특이 기체는 다른 네반들을 제치고 적함에 빠르게 접근해 공격에 들어갔다.

네반들이 상공을 날아서 폭음이 울려 퍼지면서 지상이 흔들렸다.

대장은 적 전함으로부터 눈을 돌렸다.

"저건 저들에게 맡기지. 우리는 우리의 일을 우선한다."

특무육전대가 에크스나가 저택을 향해 이동 속도를 더더욱 높였다.

◇◆◇◆◇

번필드가에는 그라프 네반이라는 비공식 기체가 있다. 제3병기공장에서 네반 타입을 더 강화하기 위해 만든 시제기로, 처음에는 단순한 실험용이었으나, 리암의 의사로 개조를 거듭해 완성되었다. 네반과는 달리 등에 네 개의 로켓 부스터를 탑재한 게 특징이다.

그 그라프 네반을 탄 사람은 로열 가드인 에셀이었다.

이번에 한해 그라프 네반을 모는 것을 허락받아 에셀의 기분은 최고조였다.

"리암 님의 기체를 맡은 나에게…… 패배는 없어!"

그라프 네반은 대기권에서도 비행할 수 있다.

그녀는 굉음을 내며 로열 가드 사양인 아군 검은 네반들을 제치고 앞서 나가, 핑거가드가 달린 레이저 블레이드를 왼손으로 빼 들었다. 기동기사의 손에서 에너지를 공급받는 형식으로, 기존보다 출력이 높은 게 특징이다.

동력로에서 발생한 잉여 에너지가 블레이드로 흘러들어 가면서 칼날이 30m 가까이 늘어났다.

그녀는 그 칼날로 적 전함을 찌르며 날아다녔다.

적 전함은 서서히 파괴되다가 이윽고 폭발과 함께 추락했다.

레이저 블레이드의 칼날을 거둔 에셀이 기체에 대한 감상을 외쳤다.

"이 얼마나 사나운 말인가! 하지만 좋아! 네반보다 더 파괴력이 있어!"

에셀이 폭발을 바라보며 떠들고 있으니, 그제야 적 기동기사가 모여들었다.

모함을 격파당한 분노 때문인지 그라프 네반은 맹렬한 공격에 노출되었다.

『번필드가의 개들이!』

그러나 에셀은 오히려 그게 정확한 평가라는 듯이 기뻐했다.

"그래, 우리는 리암 님의 개야! 하지만 너희가 감히 얕볼 개는 아니지!"

홀스터에서 권총을 뽑은 그라프 네반이 적기를 향해 사격하기 시작했다.

다가오는 적기가 한 기, 또 한 기 격추되었다.

『무슨 권총의 위력이?!』

겉모습에 속아 부주의하게 날아든 적기들이 격파당하자, 적도 겨우 눈앞에 있는 기동기사가 특수기라는 걸 알아차린 듯했다. 적들은 거리를 벌리고 에워싸려고 했다.

"나와 이 기체를 앞에 두고 바로 전술을 변경하는 판단은 칭찬하지. ……근데 왜 내가 혼자라고 생각했나?"

뒤따라 온 로열 가드의 네반들이 산개한 적기를 덮쳐 격파해 나갔다.

머신건을 든 조헤이가 당황해서 주위를 향해 제대로 조준하지 않고 연달아 발포했다.

상당히 혼란한 것 같았다.

『젠장! 너희들 뭐냐고! 왜 이런――.』

적이 말을 마치기도 전에 에셀이 움직였다.

그라프 네반이 마지막 한 기에 빠르게 접근해 권총에 달린 블레이드로 콕핏을 찌르고 방아쇠를 당겨 한 발…… 조헤이는 움직이지 않게 되었다. 그녀는 적기를 걷어차 땅에 낙하시켰다.

적기가 땅에 처박히는 모습을 내려다본 에셀은, 안 들리는 것을 알면서도 적의 의문에 대답하듯이 중얼거렸다.

미소를 지으면서.

"개는 개라도 우린 번필드가에서도 무서운 파수견이야."

◇◆◇◆◇

제국군은 지상 부대의 지휘 사령부를 에크스나가의 영지에 만들었다.

주위의 방해물을 날려버리고 억지로 만든 간이 기지였다.

물론 주민들이 불평했지만, 파견된 제국군하고는 상관없는 일이었다.

이들은 부여받은 역할을 다하고 있을 뿐……. 에크스나가의 백성들 따위는 알 바 아니었다.

그런데 기지 곳곳에서 통신으로 비명이 터져 나오기 시작했다.

기지 사령관을 맡은 대령은 아군의 끝없는 증원 요청에 머리를 싸매고 있었다.

"본대는 뭐 하고 있나?! 지상이 힘든 상황인데, 증원을 파견하지 않는 건가?!"

조금이라도 함대를 보내달라고 반복해서 통신을 보냈지만, 그때마다 '현재 전력으로 대처하라'는 대답만 돌아왔다.

사령실에서 통신사 한 명이 비통한 표정으로 보고했다.

"연락이 끊기는 부대가 급속히 늘어나고 있습니다!"

간이 3차원 영상으로 전장을 확인하던 대령은 이 상황을 어떻게든 하려고 고뇌했다.

그러나 예비 전력까지 이미 전부 투입한 상황에서는 뾰족한 수가 없었다.

"이, 일시적으로 아군을 전선에서 물려 태세를 재정비한다. 적의 병력이 우리보다 많지 않으니, 버티면 본대가 어떻게든 하겠지."

이렇게 되면 시간을 끌어야 한다.

그런데 막상 명령을 전달할 통신병들이 어느새 축 늘어져 있었다.

"뭐, 뭐야?!"

이상 사태를 알아차리고 대령이 주위를 둘러본 순간, 사령실에서 익숙하지 않은 냄새가 느껴졌다.

달콤한 향기를 느낀 대령은 황급히 입가를 손으로 가렸다.

적이 침입했다는 걸 깨달은 그는 권총을 쥐려고 했으나, 그보다 먼저 뒤에서 나이프로 심장을 꿰뚫렸다.

소리 지르려고 하자 대령의 입을 누군가가 틀어막았다.

"그대로 기절했으면 목숨은 건졌을 텐데. 불쌍하게 됐네."

여자는 마치 기쁜 듯이 말하며 대령을 내던졌다.

대령이 마지막 힘을 쥐어짜서 고개를 드니, 가면을 쓴 모습이 보였다.

이곳까지 잠입한 건지, 자신과 같은 군복을 입고 있었다.

그 여자 가까이에는 똑같은 가면을 쓰고 온통 까만 옷을 입은 자들이 둘……. 거기서 대령의 의식이 끊어졌다.

◇◆◇◆◇

쿠나이는 자신이 처리한 대령을 내려다봤다.

"이제 적의 지상 부대는 각자 고립되어 연계도 못 할 거다."

쿠쿠리…… 두령이 파견한 두 부하는 쿠나이를 보고 낄낄대며 웃고 있었다.

"쿠나이여, 넌 일부러 대령을 재우지 않았군?"

"가스의 흐름을 절묘하게 조정하던데."

일부러 죽일 필요도 없었다면서 놀리는 것이리라.

쿠나이가 팔을 휘두르자, 옷을 빨리 갈아입는 마술처럼 의상이 바뀌었다.

군복에서 평소의 모습으로 돌아온 쿠나이는 손에 단말기를 쥐고 있었다.

"자신이 강자라고 믿어 의심치 않는 잔챙이에게 현실을 가르쳐줬을 뿐이야. 쓸데없이 캐물을 시간이 있으면 빨리 다음 일에 착수하지."

세 명이 땅으로 빨려 들어가 바닥에서 자취를 감추는 것과 동시에 기지는 폭파되어 날아갔다.

행성에 강하한 슈바르츠 포겔의 브릿지에서 아델버트가 전투를 지휘 중이었다.

통신사들이 아군의 보고를 전달했다.

"적의 지상 기지가 폭발, 적이 혼란에 빠졌습니다!"

"특무육전대가 적의 방위 설비 파괴했습니다!"

"기동기사 부대가 적함과 교전 중, 작전을 거의 완료했다고 합니다!"

좋은 소식이 잇따라 전해지는 와중, 아델버트는 간이 3차원 영상으로 전장의 상황을 확인하면서 생각했다.

(……예정보다 작전 진행이 늦어지는군.)

아무리 적을 배제해도 목적을 달성하지 못하면 의미가 없다.

표정에 드러내지는 않았지만, 내심 초조함을 느꼈다.

(적이 인질로 협박하면 곤란해진다. 만에 하나, 세실리아 황녀 전하를 데리고 도주라도 하는 날에는 일이 꼬일 테니…….)

적의 발상은 너무 조잡하고 일차원적이었다.

아델버트의 상식에서는 애초에 이런 상황이 있을 수 없지만, 적이 무슨 짓을 저지를지 모르니 빠르게 승리해야만 했다.

놈들이 세실리아 황녀 전하를 데리고 수도성으로 도망친 후, 번필드가와 에크스나가의 사이가 틀어지는 바람에 우리가 대신 구출했다, 같은 식으로 여론을 짜면 곤란해진다. 그렇게 되면 진실은 별로 중요하지 않다. 실제로 세실리아 황녀 전하가 그들에게 있으니.

(황태자를 적으로 돌리는 게 이렇게나 골치 아픈 일이었나?)

수도성에 있을 클레오에게 화가 나서 참을 수가 없었다.

무엇보다 화나는 건 클레오에게 권력을 준 것이 자기들…… 번필드가였다.

고개를 돌려 리암을 돌아보니 시선이 마주쳤다.

시험받고 있다고 느낀 아델버트는 아군에게 지시를 내렸다.

"세실리아 황녀 전하 구출을 최우선 해라! 그리고 우주로 탈출하는 함정, 선박, 소형정, 그 무엇도 절대로 놓치지 마라!"

하지만 리암은 그 지시가 마음에 안 든 것 같았다.

리암이 아델버트에게 다가가 나란히 서더니 어깨에 손을 올리고 말했다.

"이래서는 너무 늦어…… 너도 알고 있겠지?"

리암이 화내지는 않았지만, 목소리에서 위압감이 느껴졌다.

내가 뭘 실수했나? 그렇게 생각하면서도 아델버트는 목소리를 쥐어짰다.

"……구출을 재촉하겠습니다."

"물론 서두르긴 해야지. 하지만 이 상황을 바꾸기에는 뭔가 부족하다고 생각하지 않나?"

리암의 질문은 그냥 질문이 아니라 자신을 시험하는 것이라는 걸 아델버트도 알아차리고 있었다.

"저, 전력 부족이 가장 큰 원인이라 생각합니다."

"그렇지. 그래서? 너라면 이 상황을 어떻게 할 거지? 여기에 내가 있고 어비드도 출격 가능한 상태다. ……자, 어떡할 거지?"

아델버트도 리암이 출격하는 편이 수월해질 걸 알지만, 애초에 주군을 전선에 보내는 건 가신이 할 짓이 아니라고 생각했다.

"그러면 제가 출격해서——."

나름 적절히 타협한 대답이었지만, 리암의 취향은 아니었다.

"아니지. 이래서 네가 클라우스에 미치지 못한다는 거야. 클라우스였다면 날 내보냈겠지."

"하지만, 일개 가신으로서 주군을 전선에 솔선해서 내보낼 수는……!"

아델버트가 기사로서, 가신으로서 그것만은 할 수 없다고 하자 리암은 약간 놀란 표정을 지었다.

그리고 바로 웃음을 지었다.

"야심가에 오만한 줄만 알았더니, 도리는 지키는 건가?"

"제가 비록 오만하다는 말을 듣긴 합니다만, 그래도 필두기사의 자리를 노리는 몸. 무엇이 중요한지 정도는 분간할 수 있습니다."

리암은 그 말을 듣고 웃기 시작했다.

"생각보다 괜찮은 구석이 있군. 클라우스가 추천할만해. 그럼 어쩔 수 없지. 리암 세라 번필드 공작의 이름으로 명한다. 날 출격시켜라. 가장 치열하고 전황을 좌우하는 중요한 곳으로."

아까 전과는 달리 리암은 농담하는 분위기가 아니었다.

"진심입니까?"

"당연하지. 내가 여기에 온 건 친구와 그 가족을 구하기 위해서라고. 전장에 나가는 걸 망설일 이유가 어디에 있지?"

출격을 막는 게 정상이지만, 아델버트는 리암을 어디에 투입해야 전황을 바꿀 수 있는지 고민했다. 그러자 어차피 리암이 나설 수밖에 없는 상황이라는 결론이 나왔다.

"……출격하신다면 역시 에크스나가 분들이 잡혀있을 저택이겠죠. 적 전력이 가장 많은 곳이자, 이번 구출 작전의 핵심입니다."

리암은 아델버트에게서 떨어지더니 브릿지에서 나갔다.

그때 아델버트에게 말했다.

"계속해서 네가 지휘해라, 아델버트. 그리고 앞으로도 기대하겠다."

"예!"

◇◆◇◆◇

격납고에 온 나는 응급 수리를 끝낸 어비드 앞에 섰다.

어비드의 특징인 큰 방패는 파손되어 없다. 대신 새로 급조한 방패를 달았지만, 재료가 부족해 평소의 반 정도 크기밖에 안 되는 데다, 그마저도 하나밖에 못 만들었다.

아무것도 없는 왼쪽 서브 암에는 태도와 그걸 수납할 큰 칼집을 달았다.

팔도 양쪽 모두 부서져 일반적인 24m급 기동기사의 팔을 대신 장착했다. 관절부를 최대한 보강했지만, 이전의 어비드만큼은 아니라고 한다.

왼쪽 팔은 어깨까지 날아가서 숄더 아머도 급조했다.

다리 장갑은 아직 쓸 수 있어서 무릎 장갑만 떼어낸 듯이 보였지만, 사실 내부는 일반 기동기사의 부품이다.

몸통과 머리도 겉이 무사할 뿐, 니아스는 '내부 대미지가 심각하다'라고 했다.

몸통이 무사한 건 행운이었다는 모양이다.

전투 중에 어비드의 몸통이 부서졌으면 난 우주 공간에 내던져졌을 것이다.

어쩌면 어비드가 대미지를 잘 컨트롤한 것일지도 모른다고도 했다.

니아스는 정말로 응급 수리를 제때 해줬다.

하지만 이래서는 다른 기동기사보다 조금 나을 뿐이지, 원래의 어비드와 비교하면 절반 이하의 성능이라고 했다.

공간 마법도 빠지는 바람에 콕핏의 넓이마저 평범했다.

물론 이런 상황이어도 다른 기동기사보다는 강하니까, 어비드는 참 의지가 된다.

내가 어비드에 타려고 하자, 전장에서 돌아온 리호와 후우카가 어비드를 보면서 말을 걸었다.

후우카는 너덜너덜한 어비드가 전투를 버틸 수 있을지 불안한 모양이었다.

"사형, 이 녀석, 전투 중에 혼자 부서지는 거 아니야? 보기만 해도 불안한데?"

"어비드는 장갑부터 프레임까지 레어 메탈 덩어리야. 이렇게 너덜너덜해 보여도 다른 기동기사보다는 튼튼한 상황이야."

리호는 무장을 보고 어이없어했다.

"저런 큰 태도를 들고 가려고? 이 꼴로 휘두를 수가 있어?"

관절부를 보강했어도 양팔은 원래 어비드에 미치지 못한다. 다만, 왼팔은 내부 프레임은 어비드의 원래 부품이므로 오른팔보다는 잘 버틸 거다. 그래도 무리한 움직임은 안 되겠지만.

"휘두르는 정도는 괜찮을 거다. 오른팔에는 총기랑 화기를 들 거니까, 걱정 없어."

"아니 그렇게 말해도 말이지. 사형은 원래 우수검이잖아? 진짜 괜찮겠어?"

"달리 선택지가 없……는 건 아니겠지만, 난 이 녀석을 끝까지 타기로 정했어."

그라프 네반은 에셀에게 빌려줬다.

그리고…… 어비드를 탈 수 있는 건, 이게 마지막일지도 모른다.

"무슨 고집이야, 그게?"

"겉모습이 이래도 난 다른 기동기사보다 어비드가 더 익숙해. 그래서 너희는?"

뭘 의미하는지 애매한 질문이었으나, 둘은 격납고 구석에 고정된 두 기의 테우멧사에게 고개를 돌렸다.

둘은 훌륭히 전함을 격파했으나, 대신 테우멧사가 한계를 맞이했다.

팔다리 일부 상실에 더해 무장은 깨져버려서 예비도 없다.

겨우겨우 움직일 수 있을 뿐이지 전장에 쓸 상태는 아니었다.

후우카는 아쉬워했다.

"아직 탈 수 있으면 사형을 도와도 됐을 텐데. 다른 기체는 없는지 물어봤는데, 예비기도 포함해서 전부 출격해서 어렵대."

둘에게 아직 기운이 남은 것 같아서 나는 다른 일을 부탁했다.

이 둘에게는 명령이 아니라 부탁이다.

"어쩔 수 없지. 안 그래도 지상 부대가 고전하고 있어. 저쪽에서 기사들을 내보낸 거겠지. 여유가 있으면 도와줘."

리호와 후우카는 서로의 얼굴을 마주 보더니 씨익 웃음을 지었다.

리호는 기지개를 켜면서 말했다.

"좋네. 맨몸으로 이런 규모의 전장에 나간 적은 없었으니, 좋은 경험이 될 것 같아."

후우카도 허리에 찬 칼자루를 쥐었다.

"지상에 싸울 기사 놈들이 잔뜩 있다는 거군? 최대한 요란하게 날뛰어서 일섬류에 시시가미 후우카가 있다는 걸 알려주겠어."

난 믿음직한 사매들에게 진심으로 감사를 표했다.

"고마워. 요즘엔 스승님의 집에 눌러앉아서 수행에도 소홀하다고 에렌한테 들었거든. 검의 길을 향한 의욕까지 다 사그라들었나 조금 걱정했는데, 아무래도 기우였던 모양이네."

난 항상 악덕 영주의 자세를 유념하지만, 일섬류만은 늘 진지하게 대한다.

그래서 상대가 사매라 해도 감사도 하고, 수행에 관해서 걱정도 한다.

다만 두 사람의 태도가 조금 이상했다. 어쩐지 시선을 이리저리 돌렸다.

후우카는 말문이 막혔다.

"그, 그건, 그거야! 확실히 스승님의 집에 자주 있긴 하지만, 그건 수행을 봐달라고 하기 위해서라고나 할까, 지금의 날 보여주는 과정이랄까! 그러니까, 그…… 리호도 그렇지?!"

"나한테 돌리냐?! 아니, 사형, 그건 말이야. 야스유키를 보고 싶어서만 그런 게 아니야. 우리는 오랜만에 스승님을 만났으니까, 수행을 봐달라고 하고 싶었다고. 하지만 스승님은 항상 외출하니까, 집을 보는 동안에는 한가하려나~ 싶어서. 그보다, 응! 집을 보는 중에 야스유키를 돌봐주는 것도 일섬류의 책무, 같은 그런 느낌?"

평소보다 말수가 많아진 리호를 앞에 두고 난 두 사람이 수행을 소홀히 하고 있다는 걸 깨닫고 말았다.

나조차도 억지로 시간을 내서 수행하는데, 시간이 남아서 주체하지 못하는 녀석들이 야스유키 군과 놀고 있다니…… 좀 질투 나잖아.

"……이번엔 도움을 받는 입장이니 더 뭐라 하지 않겠다만, 돌아가면 생활을 재검토해라."

내가 사형으로서 훈계하자 리호와 후우카가 아까 전에 보여준 의욕이 거짓말이었던 것처럼 움츠러들었다.

"……네, 네에."

둘의 반성하는 태도를 보면서 난 헬멧을 썼다.

◇◆◇◆◇

어비드의 콕핏에 들어가니 전방위를 커버하는 모니터의 우측 영상에 노이즈가 일었다.

어비드의 트윈아이 중 오른쪽 눈이 부서진 영향이다.

각 부분에 있는 카메라로 영상을 보완했지만, 오른쪽 눈의 부재를 충당하긴 어려웠다.

"……진짜 널 타는 게 오늘이 마지막일지도 모르겠구나."

이번에 어비드를 고집한 이유는, 이후에는 신형기를 타야 하는 상황이 될지도 모른다는 생각이 들었기 때문이다.

니아스도 이후에 기동기사를 계속 탈 생각이라면 전용기를 새로 설계하는 편이 좋다고 말했었다.

앞으로 몇 번이나 더 어비드를 탈 수 있을까?

증조부 '알리스타'에게 물려받아 큰돈을 들여 근대화 개수를 한 그날 이후로 계속 쭉 탄, 애착 있는 기동기사다.

머신 하트라는 정체불명의 아이템을 사용해 마음을 가지게 된 후에는 더 애착이 갔다.

하지만 어비드는 한계에 이르렀다.

철저하게 자신만을 위해 기초부터 기동기사를 설계하면, 설령 일섬은 견디지 못해도, 최소한 망가지지는 않는 기체를 만들 수 있을 것이다.

나도 그게 정답이라는 걸 잘 알고 있다……. 그렇게 해야 한다는 걸 이해하고 있다.

조종간을 쥐었다.

"미안하다, 마지막까지 너와 함께하지 못하는 날 용서해라."

말을 걸자, 어비드의 동력로가 상태가 좋지 않은데도 움직이기 시작했다.

평소와 다른 기동음이 더욱 구슬프게 느껴졌다.

모니터에 오퍼레이터의 얼굴이 비쳤다.

『리암 님, 발함 준비 완료됐습니다.』

"그래, 시작하지."

『어비드, 사출합니다.』

자력과 마법의 힘으로 캐터펄트에서 사출된 어비드는 슈바르츠 포겔에서 탄환처럼 발함했다.

콕핏에 평소보다 강렬한 관성이 느껴졌다. 평소에 어비드의 성능에 얼마나 도움을 받았는지 뼈저리게 느껴지는 순간이었다.

풋페달을 밟아 기체를 가속했지만, 아무리 밟아도 여느 때와 같은 반응은 없었다.

출력이 떨어진 걸 실감했다.

"평소처럼 힘으로 밀어붙이기는 어렵겠군……. 하지만 난 그래도 강하다!"

어비드를 발견한 적 기동기사 부대가 일제히 하늘로 튀어 오르는 모습이 보였다.

하나둘, 소대 단위로 올라오던 녀석들은 이윽고 대대 규모까지 늘어났다.

그걸로도 부족했는지, 주변에서 자꾸 모여들더니, 결국은 여단 규모까지 불어났다.

"아직도 전력이 이렇게 남아있었나? 아니, 어비드인 걸 알고 모여든 걸지도."

오른손에 든 기동기사용 대형 빔 캐논으로 적을 겨누었다.

방아쇠를 당기자 굵은 빔이 발사되어 적기를 꿰뚫어 폭발시켰다. 어비드는 발사 상태를 유지하며 다른 적을 향해 총구를 돌렸다.

두 번째 희생자가 폭발하자, 남은 적기들이 원거리 공격에서 근거리 공격으로 작전을 바꾸었다. 놈들이 중거리에서 효과적인 머신건으로 사격하면서 접근했다.

나는 오른쪽 서브 암에 고정된 큰 방패로 방어 필드를 전개해 기체를 지켰다. 하지만 급한 대로 대체한 장비라 방어 필드의 출력이 약했다.

그 틈에 내 뒤로 파고든 녀석이 어비드에게 덤벼들었다. 나는 서브 암을 움직여 방패로 공격을 막았다.

『소문으로 듣던 것만큼은 아니군! 오히려 볼품없는데?』

적이 사용하는 기동기사는 최근 보급률이 오르는 중인 조헤이였다.

어비드를 물러나게 하자 조헤이들이 날 에워싸듯이 날아다녔다.

『이게 어비드라면 번필드 공작이 타고 있겠지! 놈을 죽이면 평생 여자를 꼬실 무용담이 부족하지는 않을 거다!』

뭐야? 날 쓰러뜨리고도 고작 여자를 유혹하는 무용담으로 써먹겠다고?!

이놈들은 내 가치를 전혀 모르는군.

"바보 같은 소리로군. 그깟 무용담으로 만족하는 거냐? 날 죽이면 네가 제국 제일의 기사다. 물론 그런 날은 오지 않겠지만!"

어비드의 왼손을 펼치자, 왼쪽 서브 암에 고정된 칼집이 움직여 칼자루를 쥘 수 있는 위치까지 가져왔다.

왼손으로 칼자루를 쥐자, 팔과 칼집이 움직였고, 나는 태도를 뽑았다.

그대로 눈앞에 있는 조헤이를 향해 난폭하게 휘둘러 양단하자, 조금 늦게 폭발이 일어났다.

이 태도는 어비드만큼이나 기다랗다. 칼날은 약간 휘어있고,

레어 메탈로 만든 걸 증명하듯, 검은빛이 돈다. 이 두껍고 길쭉한 장방형 검은 베기보다 타격에 특화되었다.

정상 상태의 어비드는 이 태도를 팔 하나로 가볍게 휘두르지만, 오늘은 다소 휘청였다.

처음엔 양손으로라도 휘두르려 했지만, 프레임까지 교체한 오른팔이 따라오질 못해서 포기했다.

그대로 어비드가 거리를 좁힌 적기에게 접근해 내리치듯이 태도를 휘둘렀다.

갈가리 찢겨 나가는 조헤이들.

놈들이 거리를 좁혀도 통하지 않는 걸 깨달은 건 대부분의 아군을 잃은 뒤였다.

실력에 자신이 있는 듯한 기사가 어비드에게 달려들어 내 움직임을 멈추려고 했다.

공격을 태도로 막자, 적의 통신이 들렸다.

『대형 블레이드는 품에 파고들면 대처할 수 있다! 내가 대처할 테니, 다른 자들은 거리를 벌리고 지원 사격하라!』

"이번 건 나쁘지 않은 작전이군. 하지만 조헤이 따위로 어비드와 맞선 건 실수다."

적의 착각을 비웃듯 어비드는 무자비하게 출력을 올렸다.

검은 태도의 칼날이 빨갛게 발광하더니 조헤이의 무기와 함께 적 기체를 양단했다.

"성능이 다르다고!"

아무리 약해졌다고 해도 조헤이 따위는 어비드의 스펙에 비교할 바가 아니다.

날 위해 계속해서 개수된 어비드와 가성비에 집중한 조헤이는 격이 다르다.

하지만 난폭하게 적을 날려버리자, 어비드의 모니터에 경고 표시가 떴다.

왼팔 관절이 손상됐다. 더 힘껏 휘두르면 망가질 위기였다.

적기의 공격보다 내 난폭한 조종이 어비드에게 더 심각한 피해를 주는 꼴이었다.

"이것조차 안 되는 건가……. 어쩔 수 없군."

숨을 내쉬고 집중한 나는 더 섬세한 이미지를 어비드에게 전했다.

몸 전체…… 기체 전체를 사용해 태도를 휘두르는 전투 방식을 전하자, 어비드가 접근한 적기를 그 자리에서 회전하면서 베어버렸다.

정밀한 움직임에 집중할수록, 평소에 얼마나 어비드의 성능에 의존했는지 통감됐다.

맨몸으로 태도를 휘두르듯이…… 하나하나의 동작을 신중하게, 그리고 어비드의 내부에 타격을 주지 않도록 조심스럽게.

위력이 조금 불안했지만, 다행히도 공격이 통하는 것 같았다.

적기들도 당황했다.

『조심해라, 놈의 움직임이 변했다.』

『기동기사로 검술을 저렇게까지 재현할 수 있는 거냐?!』

저런 양산형 기동기사는 성능 유지를 위해 관절부의 가동 영역을 제한한다. 관절의 가동 범위가 넓으면 그만큼 금속피로가 일어나고 금방 마모되기 때문이다.

사실, 초기의 기동기사는 원래 어비드처럼 인간의 움직임을 최대한 재현하는 방식이었다. 하지만 전쟁 등으로 인해 만 단위의 기동기사가 소모되는 일이 잦아지자, 생산성이 더 중요해지기 시작했다.

기사의 기술을 재현하기보다 무기의 성능을 올리는 게 효율적이다…… 그런 가치관이 퍼졌고, 그것이 상식이 되었다.

저들은 어차피 모헤이브나 조헤이밖에 타본 적이 없을 것이다. 그러니 어비드 같은 움직임을 상대한 경험도 없고, 지식이 있어도 그걸 이용하지 못한다.

외부 확성기를 켜서 적에게 가르쳐줬다.

“진짜 기동기사는 원래 이게 기본이다. 너희가 타는 조헤이가 오히려 이단이라고.”

어비드를 가속해 조헤이에게 접근해 기체 전체를 이용해 태도를 휘둘렀다.

공중에서 적을 상대하고 있자니, 지상에서도 공격이 날아오기 시작했다. 지상을 살피니 조헤이 일부가 땅에서 지원 사격 중이었다.

“이번엔 다시 거리를 벌리는 건가?”

오른팔에 있는 대형 빔 캐논을 지상에 있는 조헤이들을 겨누고 빔을 발사해 한꺼번에 날려버렸다.

한 개 소대가 순식간에 사라지자, 나머지 조헤이들이 산개했다.

"도망 다녀서 귀찮게…… 응?"

귀찮게 한다고 생각하고 있으니 산개해서 고립된 조헤이들이 폭발하기 시작했다.

모니터로 확대해서 상황을 확인하니, 특무육전대 녀석들이 지상에 함정을 설치한 듯했다.

건물에 숨어서 미사일을 쏘거나 하는 식으로, 대열에서 떨어진 조헤이를 하나씩 사냥했다.

"파워드 슈트 하나로 기동기사와 용케도 싸우네."

기동기사를 상대하는 건 육전대의 임무가 아니……라고는 못 하지만, 보통은 상정하지 않는다.

특수 장비로 무장했으면 모를까, 적어도 특무육전대는 기동기사 격파를 목적으로 훈련받지는 않았다.

그런데도 지형을 이용하거나 해서 잇따라 격파 수를 늘렸다.

지상을 향해 검을 들어 활약을 지켜봤다고 알려주자, 대뜸 통신 회선에서 에셀의 흥분한 목소리가 들렸다.

『리암 님을 방해하는 놈은…… 내가 저세상에 보내주마!』

그라프 네반을 탄 에셀이 로열 가드를 데리고 이쪽으로 가세했다.

"신났군. 하지만 덕분에 이쪽은 싸우기 편해졌어."

지상에서 기동기사와 도그파이트가 벌어졌다.

이제 나는 상공에 있는 조헤이만 상대하면 된다.

조헤이들이 편대를 짜고 총기와 화기를 주체로 하여 히트 앤드 어웨이에 들어갔다.

아까 전과 다른 점은 기동기사의 이점인 접근전을 버린 것이다.

어비드도 전투기처럼 기동하는 조헤이들에 대응했다.

"계속해서 전투 방식이 바뀌는군. 그것도 훈련으로 배웠나?"

빔 캐논의 출력을 억제해 빔의 직경을 줄이자, 가느다란 빛에 적기가 꿰뚫렸다.

피격당한 놈은 그대로 지상에 낙하하여 폭발했다.

"미안하지만 나는 무기도 고급이거든. 변태 같은 제7병기공장제 무장의 위력이 어때?"

이건 내가 주문한 게 아니라 녀석들이 멋대로 개발한 거다. 빔 캐논을 다양한 방식으로 쓸 수 있게 한 결과, 덩치는 커지고 소모는 과하게 큰, 쓸모없는 무기가 완성됐다.

평소에는 생산성과 정비성을 추구하고 더 높은 성능을…… 같은 소리나 하는 주제에, 가끔 이런 변태 같은 무기를 개발하다니. 골치 아픈 녀석들이다.

이런 문제아도 어비드라면 충분히 쓸 수 있다고 판단한 니아스가 합류 지점에 운반되도록 미리 준비했다.

공중전을 반복하니 역시 성능 차이가 여실히 드러났다.

오히려 지금 팔다리에 문제가 있는 어비드로서는 이렇게 싸우는 게 더 편할 정도였다.

속도도 선회각도 이쪽이 더 뛰어나서, 간단히 조헤이들의 뒤를 잡을 수 있었다.

조헤이들을 차례차례 격추하자, 기동전을 포기했는지 화기를 버리고 근접 전투를 시도하는 집단이 있었다.

『이대로 서로 하늘에서 총을 쏠 바에는 접근해서 치겠다!』

"그 근성은 마음에 들었다."

전투용 도끼를 쳐든 적기를 향해 어비드의 왼팔에 들린 태도를 아래에서 위로 치켜들 듯이 휘둘러…… 헛치게 했다.

『네놈, 실수했구나!』

적이 내 행동을 비웃었다. 저 녀석들이 보기에는 헛쳤을 뿐이니까.

하지만 헛치듯 회전한 어비드는 그대로 원심력을 담아 두 번째 공격을 날렸다.

적이 반사적으로 전투용 도끼로 막았지만, 도끼는 산산이 부서졌고 동체가 양단되었다.

나는 어비드를 팽이처럼 회전시키면서 대검을 휘둘러 잇따라 적을 격추했다.

조헤이 하나가 방패를 들고 나섰지만, 상관없이 잘라버렸다.

차례차례 조헤이들의 잔해가 지상으로 낙하했다.

마지막 조헤이의 흉부에 태도를 꽂고 오른쪽 다리로 난폭하게 걷어차 칼날을 뽑았다.

"이걸로 이 주변의 기동기사는 대충 정리…… 아니?!"
나는 나름 조절했다고 생각했는데, 오른쪽 다리에 파손 경고가 표시되었다.
"……그러고 보니 오른쪽 다리도 내부 피해가 심각했었지."

◇◆◇◆◇

슈바르츠 포겔의 브릿지에서는 어비드의 활약이 모니터에 나오고 있었다.
아델버트는 적 기동기사 지상부대를 어비드 홀로 물리치는 모습에 자기 눈을 의심했다.
"어비드 하나로 정말로 전세가 우세해지다니."
어비드가 번필드 공작의 기체라는 사실은 적도 알고 있었을 것이다.
지상 기지가 폭파되어 지휘가 엉망이 된 적은, 이 상황을 타개하기 위해 어비드를 표적으로 삼았다. 하지만 결과는 어비드 하나에 대패.
어비드는 수리가 부족해 원래 성능을 못 낸다고 들었는데도 이런 상황이었다.
아델버트는 전율했다.
"클라우스 공은 이런 비장의 패를 쓰는 감각을 몇 번이고 맛봤던 건가. 자칫 중독될 것 같군."

지휘관 기질이 있는 아델버트 입장에서, 압도적인 전력인 리암과 어비드 조합은 패로 가지고 싶을 정도였다.

어떤 상황이든 결과를 낼 수 있다니, 효과가 엄청나다.

정말로 상황을 한 번에 우세하게 만들어버렸으니.

"운명이란 마음대로 안 되는 법이구나. 귀족의 당주로 태어났기에 얻은 압도적인 힘이, 하필 기사일 때 제일 빛난다니."

오늘에 한해서는 리암이 아니면 나올 수 없는 결과였지만, 원래는 당주가 직접 출격할 필요가 없다.

"……클라우스 공은 어떤 마음으로 리암 님을 보고 계셨을까."

어째서인지 지금은 자신이 더 유능하다고 생각해 얕보던 상사와 왠지 모르게 대화를 나누고 싶어졌다.

아델버트는 어느샌가 클라우스가 자기보다 못하다고 보는 걸 그만뒀다.

통신사가 생각에 잠긴 아델버트에게 큰 소리로 전했다.

"특무육전대가 에크스나가의 저택에 돌입했습니다! 에크스나 남작과 부인, 그리고 크루트 님을 무사히 구출했습니다!"

그 말을 듣고 아델버트는 통신사가 말하지 않은 이름을 다시 물었다.

"세실리아 황녀 전하는 어떻게 됐나?!"

"그, 그게…… 별택에 구금 중이라는 정보로 부대를 파견했으나, 이미 비어있었다고 합니다."

아델버트가 손을 세게 쥐었다.

"어떻게든 찾아내라! 세실리아 황녀 전하가 끌려가면 우리가 불리해진다!"

초조함에 목소리가 커진 아델버트의 명령을 통신사들이 일제히 각 부대로 전했다.

◇◆◇◆◇

별택에 뛰어든 건 특무육전대 소대 여럿과 에크스나가의 전 가신들을 이끄는 바나디스였다.

시엘과 릴리에 두 사람은 바나디스의 콕핏에서 별택에 돌입한 특무육전대가 돌아오는 모습을 보고 있었다.

그들은 바나디스를 향해 소리치고 있었고 외부 마이크가 목소리를 감지했다.

『이미 텅 비었습니다!』

아무래도 지방관이 세실리아를 데리고 간 모양이다.

별택에는 주위가 다 날아가 버릴 정도의 폭탄이 꼼꼼하게 설치되어 있어서 특무육전대가 해제하지 않았으면 수많은 아군이 휘말렸을 것이다.

왼쪽 가슴 콕핏에 있는 릴리에가 주먹으로 조종간을 내려쳤다.

"당했어! 놈들은 전투가 시작되자마자 도망친 거야! 리리가 애써 정보를 전해줬는데……."

리리가 전해준 정보는 세실리아가 모은 정보였다.

적의 배치나 다양한 정보가 기록 매체에 담겨있었다.

세실리아가 에크스나가의 별택에 잡혀있다는 것도 기록 매체 덕분에 알 수 있었다.

하지만 적이 예상을 앞질렀다.

시엘은 초조해하는 릴리에에게 물었다.

"어떡할 거야?! 세실리아 님을 데려가면 또 황태자 전하가 뭔가 하겠지? 번거로워지는데!"

시엘의 질문을 받은 릴리에는 바로 리리가 전해준 정보를 확인했다.

"아직. 아직이야. 정보에는 지방관 일행이 뭔가 하고 있다는 정보가 있었어. 세실리아가 열심히 모아준 정보 중에 분명…… 분명……."

정보를 조사하면서 릴리에는 문득 깨달았다.

잡혀있는 세실리아가 이 많은 정보를 모으려면 상당히 고생했을 것이다.

오로지 크루트 일행을 돕기 위해 노력한 거다.

릴리에로서 여성의 인격이 강해도 세실리아가 남자인 자신을 사랑하고 있다는 건 알고 있었다.

그래서 자신이 정말로 존재해도 되는지 고민했다.

"……찾았어. 탈출 경로를 몇 가지 마련한다는 이야기를 한 것 같아. 세실리아가 그중에서 유력한 경로 몇 개를 골라놨어."

릴리에의 갈등 같은 건 모르는 시엘은 그 말을 듣고 기뻐했다.

"정말이야?! 그럼 바로 정보를 넘겨서 번필드가 사람들에게 맡겨야——."

그렇다, 맡기면 된다.

릴리에도 그게 최선임을 알았지만, 크루트의—— 남성의 인격이 거부하는 느낌이 들었다.

자신이 세실리아를 구한다고.

"아니, 내가 세실리아를 구하겠어."

"뭐? 에크스나가 사람들은 이미 한계야!"

작업용 모헤이브는 더 싸울 수 있는 상태가 아니었다.

구하러 갈 거면 자기들만.

바나디스만으로 가야만 한다.

릴리에는 그게 위험하다는 걸 알면서도 세실리아의 마음에 부응하기 위해 결단했다.

"시엘, 내려."

"왜?!"

"지금부터는 위험하니까. 나만…… 나만 가면 잘못되더라도 바나디스가 망가질 뿐이야."

릴리에는 시엘과 말싸움을 그만두고 크루트로서 대하기로 했다.

다정하고 귀여워하는 듯한 릴리에의 시선에 시엘은 자연스럽게 중얼거렸다.

"……오라버님?"

릴리에는 오른쪽 가슴의 콕핏 해치를 열어 오른손을 가져와 시엘이 내릴 수 있도록 했다.

시엘의 콕핏에 바람이 들어와 머리카락이 흔들렸다.

"기다려, 오라버님!"

릴리에는 크루트로서 저항하는 시엘을 자상하게 대했다.

"괜찮아. 어차피 난 데이터로 이루어진 존재인걸."

"하, 하지만, 지금까지 같이 싸워왔잖아!"

"고마워. 하지만 이 이상은 소중한 동생을 지킬 수 없어. 그러니 여기서 안녕이야."

릴리에는 자기 안에 크루트의 감정이 되살아나고 있는 걸 느끼고 있었다.

시엘은 갑작스러운 이별에 머리가 따라가지 못하는지 콕핏에서 나가는 걸 싫어했다.

"싫어, 나도 마지막까지 싸울래!"

불평하는 시엘을 앞에 두고 릴리에는 미소를 지었다.

"……시엘은 바보구나. 내가 사라진다 해도 시엘한테는 방해꾼이 사라질 뿐이잖아? 그리고 진짜 나는 잘 살아있으니까 걱정 안 해도 돼."

놀리듯이 그렇게 말하자 시엘이 눈물을 글썽였다.

릴리에는 말했다.

"자, 시엘은 살아서 가족한테 얼굴을 보여줘."

"……응."

"착하네."

릴리에의 설득에 납득한 시엘이 콕핏에서 나와 바나디스의 손에 올라가려는 때였다.

그녀가 뒤돌아보며 릴리에에게 속마음을 말했다.

"데이터 주제에 뭘 아냐고 악담해서 미안해. 사실 난 오라버님의 그 모습을 계속 질투하고 있었어. 원래는 남자인 주제에 나보다 예뻐서 여동생으로서 자존심이 엄청나게 상했어. 그 모습, 너무 예쁘잖아. 게다가 좋아하게 된 사람이 리암이라니…… 예쁜데 남자를 보는 눈이 없어서 동생으로서 걱정된다고!"

"시엘?"

무슨 말을 하는 건가? 그런 표정을 짓고 있으니, 시엘은 릴리에가 기다리고 기다리던 말을 했다.

"지금까지 고마워, 오라버님. 아니…… 언니."

"?!"

릴리에는 처음으로 자신의 존재를 인정받은 듯한 느낌이 들었다.

자신이 존재해서는 안 된다고 생각하던 참이라, 시엘의 말에 약간 구원받았다. 그래서 눈물이 쏟아졌다.

시엘은 나가기 전에 말했다.

"많이 싸우기도 했지만, 언니랑 같이 지내서 즐거웠어. 오라버님한테도…… 언니가 열심히 했다고 전해줄게!"

콕핏에서 뛰쳐나간 시엘이 바나디스의 손바닥 위에 올라갔다.

그걸 확인한 릴리에가 시엘을 지상에 살살 내려줬다.

그리고 바나디스는 콕핏 해치를 닫았다.

혼자가 된 릴리에는 아무도 안 탄 오른쪽 가슴 콕핏을 보면서 눈물을 흘렸다.

“치사하잖아. 마지막의 마지막에 언니라고 부르다니…….”

그리고 눈물을 닦고 조종간을 쥐었다.

“간다, 바나디스! 세실리아를 구하고 이번 일을 끝내는 거야!”

아무도 안 타고 있는 줄 알았던 바나디스가 하늘로 날아오르자 주위에 있는 특무육전대와 에크스나가의 가신들이 놀랐다.

지상에 내려온 시엘은 하늘을 올려다보며 손을 맞잡고 기도했다.

“무운을 빌어, 언니.”

타이어가 없는 장갑차 같은 탈것이 땅에서 50cm 정도 뜬 상태로 미끄러지듯이 이동하고 있었다.

주위에는 호위기가 있는데, 마찬가지로 전차가 땅에서 떠서 주위를 경계하면서 공중을 이동하고 있었다.

장갑차 안에는 호위 대상인 지방관 빌리와 에크스나가의 별택에서 끌려온 세실리아가 있었다.

빌리는 무슨 생각을 하는 건지 알 수 없는 무표정인 그대로였다.

번필드가가 쳐들어와도, 아군이 져도 상관없다는 얼굴이었다.

그런 빌리가 세실리아에게 말뿐인 사과를 했다.

"황녀 전하께 죄송하군요. 이런 거친 수단으로 모시게 될 줄이야."

딱딱한 좌석에 앉아 좌우로 여기사의 보호를 받던 세실리아가 무릎 위에서 손을 움켜쥐었다.

양옆에 있는 여기사들은 세실리아의 호위이자 감시자…… 여기서 도망치는 건 어렵다.

"말뿐인 사과군요. 정말로 미안하다고 생각하면 표정에도 드러날 겁니다. 아니, 이 경우에는 미안한 태도를 보이려고 하지도 않았다고 말해야 했군요."

그 말을 들은 빌리는 쓴웃음을 지으면서 머리를 긁적였다.

"처음 만났을 때는 온실 속의 화초라고만 생각했는데, 단기간에 변하셨군요. 본인으로서는 처음 만났을 때의 아무것도 모르는 공주님이 더 다루기 쉬워서 좋았어요."

"당신의 호감을 얻고 싶진 않습니다. 그보다 절 어디로 데려갈 생각이죠?"

별택에서 끌려온 세실리아는 내심 초조해하고 있었다.

빌리의 태도는 제국의 파견군이 패배해도 전혀 상관없는 듯이 보였기 때문이다.

빌리는 입가를 초승달처럼 벌리고 세실리아에게 이야기했다.

"본인은 겁쟁이거든요. 완전히 승리를 거둘 때까지는 저도 모르게 패배했을 때를 생각하는 나쁜 버릇이 있지요. 그래서 일이 틀어졌을 때 대응법을 미리 생각해 둡니다."

세실리아에겐 빌리가 단순한 겁쟁이로 보이지 않았다.

"……도망치는 건 번필드가에 패배했거나 밀리고 있다는 거 아닌가요? 포기하고 투항하세요."

세실리아의 제안에 빌리는 작게 한숨을 쉬었다.

"투항하면 본인은 입막음을 위해 제거당하거나 처형대로 보내지겠죠. 당신의 동생인 황태자 전하의 손에."

"제가 당신의 목숨을 보장한다 해도요?"

"황녀 전하께 황태자 전하를 어찌할 권력이 있을 것 같진 않군요."

회유하지 못한 세실리아가 한순간이지만 분한 듯이 얼굴을 찡그리자, 빌리가 기뻐했다.

"황태자 전하의 이야기가 나왔으니 말인데, 그분은 권력을 쥐면 안 되는 인종입니다. 우리를 써서 이번 사건을 일으켰을 뿐만 아니라, 권력을 쥐기 위해서 가족마저 이용할 생각이지 않습니까."

"……네?"

클레오가 자신을 이용하다니, 그게 상상이 안 돼서 세실리아는 굳어버렸다.

"어디로 가는지 물으셨죠? 수도성입니다. 확실히 파견군이 밀리고 있지만, 전투는 아직 계속 중이니, 틈을 봐서 빠져나갈 겁니다."

"절 수도성에 데려가서 뭘 시킬 생각이죠? 전 클레오를 도와주는 일은 안 할 거예요."

"상관없습니다. 당신이 수도성에 있는 게 중요하니까요. 그리고 공식적으로는 이렇게 발표하는 거죠. 결혼식을 앞두고 있던 세실리아 황녀 전하께서, 황태자 전하께 극비로 에크스나가의 악행을 알렸다. 황태자 전하는 누나를 구하기 위해 제국군을 파견. 에크스나가와 번필드가의 방해를 받아 큰 피해를 입지만, 세실리아 황녀 전하 구출에 성공했다. 분명 수도성 놈들은 신분을 막론하고 이 이야기를 미담으로 여기겠죠. 사람은 진실보다 자신이 믿고 싶은 것을 믿는 생물이니까요."

"어, 어처구니없군요! 먼저 쳐들어온 건 당신들이지 않습니까!"

"그렇죠. 하지만 황태자 전하가 이런 폭거를 저지른다 해도 누가 심판하죠? 궁전은 황태자 전하의 오점을 지우기 위해 움직일 것이고, 번필드가와 에크스나가에 잘못을 뒤집어씌우겠죠."

세실리아가 이후의 계획에 말을 잃자, 빌리가 쓴웃음을 지었다.

"뭐, 말도 안 된다고 느껴지시겠죠. 그래도 이기는 건 언제나 강자에요. 제국 안에 있는 작은 남작가 하나가 모략에 사라진다고 해도, 많은 이들에게는 작은 사건에 불과하니 금방 잊을 겁니다. 황녀 전하께서도 잊으시고 다음 결혼 상대와 행복해지면 됩니다."

세실리아가 좌석에서 일어나려고 하자 양옆의 여기사들이 '위험합니다!'라며 제지했다.

그래도 세실리아는 멈추지 않았다.

"웃기지 마세요……! 황태자가 되면 무슨 짓을 해도 된다는 건가요! 겨우 손에 넣은 행복을 나한테서 빼앗다니……!"

빌리가 아니라 빌리를 이용해 이번 일을 실행한 클레오에게 토하는 말이었다.

세실리아는 자연스럽게 눈물이 나왔다.

"전 감사하고 있었어요……. 격식이 없어도, 신분이 높지 않아도, 그래도 귀족으로서 선량한 크루트 님과 하나가 된 것을……. 그런데, 왜……."

세실리아가 쓰러져 울자, 빌리는 살짝 불편한 표정을 지었다.

"그런 말은 수도성에 가서 하시죠. 황태자 전하께서 들어줄 것 같진 않지만요."

차량 안이 답답한 분위기에 휩싸인 순간, 장갑차가 갑자기 급

브레이크를 걸었다.
차량 안이 심하게 흔들리는 가운데, 운전수가 소리쳤다.
"적의 기동기사입니다!"
빌리가 일어서서 운전석에 얼굴을 내밀자, 마치 드레스를 입은 듯한 여성형 기동기사가 길목을 막고 있었다.
"……설마 여기서 다시 마주칠 줄이야. 대체 누가 타고 있는 거지?"
외관은 일부 변했지만, 거기에 서 있는 건 우주항에서 놓친 바나디스였다.

◇◆◇◆◇

에크스나가 본가 제압이 완료되어, 어비드를 타고 들어왔을 때는 모든 것이 끝나 있었다.
콕핏에서 나와 지상에 뛰어내리니, 어째 쿠나이와 특무육전대가 다투고 있었다.
걸어서 다가가니 싸우는 소리를 선명하게 들을 수 있었다.
"먼저 발견한 건 우리다. 너희는 나중에 와서 방해만 하지 않았나."
쿠나이는 특무육전대가 임무를 방해했다고 화내고 있었다. 쿠나이 뒤에는 암부 두 명이 따르고 있었다.
내가 다가가자, 둘은 무릎을 꿇고 머리를 숙였다. 특무육전대도 쿠나이와 이야기하던 대장 외에는 경례했다.

대장이 쿠나이에게 반박했다.

"우리도 임무를 받아 움직이고 있다. 그리고 그쪽이 정보를 공유하지 않은 게 원인 아닌가?"

본가에 진입했을 때 쿠나이 일행과 특무육전대가 조우해 무슨 일이 있었던 모양이다.

"잘했다고 칭찬하려고 왔더니…… 이게 무슨 꼴이야?"

내가 말을 걸자, 쿠나이가 황급히 무릎을 꿇었고, 대장은 경례했다.

쿠나이가 나에게 자세한 내용을 말했다.

"에크스나가 본가에 침입해 인질을 구조한 후, 세실리아 황녀 전하의 행방을 찾고자 붙잡은 자들을 심문하려고 했는데……."

쿠나이는 살기를 담은 눈빛으로 대장을 봤다.

그러자 대장은 진저리를 치며 대답을 대신 이어갔다.

"전투 중 적의 영관급 인물들이 격렬하게 저항하는 탓에 어쩔 수 없이 처리했습니다. 그 탓에 정보를 캐낼 수 없다는 항의를 받았고요."

특무육전대가 전투를 치르는 동안 암부가 인질 구출의 공적을 가로챘다고 느끼는지, 대장은 납득하지 못한 표정이었다.

……이들 특무육전대는 트레저라 불리는 만큼 보물찾기가 특기다. 사냥감을 가로채였으니 기분이 좋지 않을 것이다.

난 작게 한숨을 쉬었다.

"호통을 치고 싶지만 인질을 무사히 구출한 너희를 나무랄 마음은 안 들어. 둘 다 좋게 평가해 줄 테니 이번엔 불평만 주고받고 끝내라."

난 쿠나이를 보고 말했다.

이로써 대장을 노리지는 않을 것이다.

쿠나이도 내 기분을 헤아렸는지 대장한테서 얼굴을 돌렸다.

난 에크스나가의 본가를 봤다.

몇 번인가 방문했던 추억의 장소인데, 전투로 인해 너덜너덜하게 변했다.

현관에는 바리케이드의 잔해가 나뒹굴고 건물 일부가 무너졌다. 마치 전투가 얼마나 격렬했는지 보여주는 듯했다. 난 앞으로에 대해 생각하지 않을 수 없었다.

"수리비 정도는 내줄 수 있지만, 이러면 그냥 재건축을 검토하는 편이 좋을 거 같군. 그건 그렇고 크루트랑 다른 사람들은……."

인질들은 어디에 있나? 그렇게 물어보려고 한 타이밍에 저택에서 크루트가 뛰쳐나왔다.

"리암!"

크루트는 얼굴이 약간 여위어 있었다.

잡혀있는 동안 고생한 모양이다.

"생각보다 건강해 보여서 안심했어, 크루트."

"그래, 이번엔 정말 고마워. 그건 그렇고 세실리아 님을 아직 못 찾았지? 나도 수색대에 넣어줘."

말은 고맙지만, 잡혀있던 인질에게 일을 시킬 수는 없다.

"안심해. 우수한 녀석이 적의 탈출 경로를 산출해서 부대를 보냈으니까."

"하지만!"

"너희가 무사한 걸 알았으니까, 나도 수색에 나설 거야. 그리고 우주에서는 아직 전투가 이어지고 있어."

하늘을…… 그 너머에 있는 우주를 보듯이 얼굴을 들었다.

마음을 놓고 있을 상황이 아니라는 걸 크루트도 헤아린 듯했다.

만에 하나라도 다시 붙잡히면 본말전도다.

크루트도 자기 고집으로 폐를 끼칠 수 없다고 생각했는지 단념한 듯했다.

"미안. 폐를 끼쳐서……."

"신경 쓰지 마. 세실리아 황녀 전하도 반드시 구해낼게. 그러지 않으면 또 클레오가 좋을 대로 할 테니까."

어비드로 돌아가려고 하자 에크스나가의 가신들로 보이는 집단이 시엘을 지키며 저택 쪽으로 왔다.

내가 걸음을 멈추자, 크루트가 시엘에게 달려갔다.

크루트는 주위에 있는 기사들에게 고맙다고 말하고 시엘의 양어깨를 세게 쥐었다.

"시엘, 왜 전장에 나온 거야!"

유년학교밖에 안 나온 시엘이 이곳에 있는 게 믿기지 않는 눈치였다.

시엘은 왜인지 고개를 숙이고 있었다.

나도 둘에게 다가가 크루트에게 시엘이 이곳에 있는 이유를 말했다.

“너한테 바나디스를 갖다주고 싶다고 하길래 내가 데려왔어.”

“리암이?”

크루트는 눈을 휘둥그레 떴고, 나에게 뭔가 말하고 싶은 듯했다.

동생인 시엘이 말려드는 걸 원하지 않았을 것이다.

멋대로 참가한 건 시엘이지만 이 경우에는 허가한 내 책임이다.

“그래, 그러니 질책할 거면 날 질책해. 그런데 정작 그 바나디스는 어쨌어? 설마 격파당한 건 아니지?”

나름 고급 기동기사지만, 그 대가로 시엘이 무사하다면 에크스나가도 불평하지는 않을 것이다.

그리고 기동기사는 아무리 비싸도 다시 살 수 있다.

시엘이 무사히 돌아왔으니, 앞으로는 전쟁터에 나가지 말라고 가르칠까……. 그렇게 가벼운 마음으로 잔소리할 생각이었는데, 시엘이 고개를 드니 절실한 표정을 짓고 있었다.

“……부탁드립니다, 또 한 명의…… 오라버님을 도와줘.”

시엘의 부탁에 크루트와 나는 미간을 찌푸렸다.

몇 초 후에 내 입에서 자연스럽게 말이 나왔다.

“뭔 소리야? 머리라도 부딪쳤냐?”

크루트는 여기에 있는데, 또 다른 크루트라니? 병원에 데려가야 하나? 아니면 슈바르츠 포겔의 의무실로? 진짜 걱정되기 시작해서 잔소리할 상황이 아니게 되었다.

◇◆◇◆◇

(운 좋게 앞질렀어.)

릴리에는 세실리아를 호송 중인 차량 집단을 발견했다.

주위에 다른 기동기사의 모습은 없었고, 호위는 전차 부대뿐이었다.

릴리에는 외부 확성기로 세실리아를 인도하라고 협상했다.

"이제 너희가 도망칠 곳은 없어. 얌전히 세실리아 니—— 황녀 전하를 넘기시지."

가능한 한 크루트의 말투를 유지하도록 했다.

그래봤자 목소리가 다르니 크루트라고 생각할 것 같지는 않지만, 또 모르는 일이니까.

무엇보다도 세실리아에게만은 릴리에의 존재가 알려져서는 안 된다.

바나디스가 길목을 막자, 모든 차량이 멈춰섰다.

(뭐지? 저런 병기로 기동기사와 싸울 수는 없을 텐데? 혹시 세실리아를 인질로 잡을 생각인가?)

경계하고 있으니 모니터에 지방관의 모습이 나왔다.

『겨우 연결됐나 싶었더니 영상이 없군. 어떤 파일럿이 타고 있는지 궁금했는데.』

"넌!"

릴리에는 통신 회선을 연 빌리에게 격렬한 분노를 느꼈다.

『어라? 본인을 아나? 미안하지만 원한을 너무 많이 샀거든. 누구라고 이름을 대도 기억하지 못할 거야. 하지만 내가 아는 이름일지도 모르니, 일단 말해 보렴.』

릴리에는 심호흡을 하고 우스꽝스럽게 대화하는 빌리에게 말했다.

"세실리아 황녀 전하를 이쪽으로 넘겨."

『그건 안 되겠는데.』

"너희가 기동기사를 상대할 수 있다고 생각해? 더 이상의 전투는 무의미해. 이쪽은 강압적인 수단을 써도 상관없어."

저항해도 도망칠 수 없다고 위협하듯이 말하자 빌리가 씨익 웃었다.

『……본인이 고작 이 정도라고 생각했다니, 이거 유감스럽군.』

빌리의 웃음에 안 좋은 예감이 든 릴리에는 순간적으로 바나디스를 수십 미터 물렸다.

그 순간, 상공에서 칼날이 덮쳐왔다.

기동기사. 무장은 나기나타였다. 다만 평범한 기동기사와 달리, 외관이 24m 체구의 갑옷을 입은 동양 무사처럼 보였다.

숄더 아머는 오오소데*의 디자인이었고 머리도 투구를 쓰고 있는 것처럼 보였다. 투구에는 초승달 장식도 달려있었다.

『이걸 피하다니, 실전으로 키운 감이 작동했나! 그대, 생긴 건

*일본의 갑옷 오오요로이의 어깨 방어구. 여러 개의 작은 판자를 이어 붙여 넓적하게 만든다.

어찌 됐든 소생 취향의 사냥감이군.』

모니터에 상대의 얼굴이 나왔고, 통신 회선이 열려있었다.

릴리에는 메고 있던 대검을 오른손으로 쥐고 자세를 잡았다.

크리스탈로 칼날을 만든 특수 대검은 바나디스에게 어울리는 장식이 달려있었다.

전장에 어울리지 않는 바나디스의 검을 보고 갑옷 무사의 파일럿인 장발의 남자는 머리를 긁적였다.

『관상용 검이라니, 전장에는 어울리지 않는구나. 그리고 이 '도마루'의 첫 상대로도…… 외관이 참으로 적합하지 않군.』

상대 기동기사의 이름은 도마루라고 하는 것 같은데, 이건 기체명이 아니라 개체명인 듯했다.

바나디스의 디자인이 마음에 들지 않는다고 말한 남자의 목소리를 듣고 릴리에는 생각해 냈다.

"넌…… 검귀!"

에크스나가가 소유한 우주항에서 가신인 기사들을 많이 죽인 남자였다.

남자는 검귀라 불려 눈을 크게 뜨며 기뻐했다.

『호오, 소생을 알고 있나? 어디선가 만났던가? 기억나진 않지만, 누군가의 복수로 왔다면 응해주지.』

빌리도 검귀도 원한을 너무 많이 사서 복수의 대상이 되는 이유가 부족하지 않은 것 같았다.

릴리에가 바나디스를 움직여 달려들자, 도마루는 나기나타로 튕겨내 자세를 무너뜨리려 했다.

바나디스가 약간 몸을 젖히자, 그 틈을 찌르듯이 나기나타로 날카롭게 찔렀다.

"강해?!"

(맨몸으로도 실력이 상당했는데, 기동기사를 타도 이 정도로 강하다니……!)

바나디스가 거리를 벌리려고 하자 도마루는 바로 거리를 좁혔다.

바나디스와 마찬가지로 상대의 기동기사도 인간의 움직임을 재현할 수 있는 진짜 기동기사였다.

게다가 특별히 주문해 만들어진 것처럼 느껴졌다.

검귀도 도마루의 성능을 보고 좋아했다.

『좋다, 좋아, 도마루! 소생의 움직임을 완벽하게 따라올 수 있는 네가 있으면 야스시 따위에게 뒤지지 않는다! 이 기체만 있었으면 소생은 번필드 따위에게 지지 않았을 것이다!』

검귀는 바로 앞에서 싸우고 있는 바나디스가 아닌 다른 누군가를 생각하고 있는 것 같았다.

릴리에는 무시당한 것 같아서 용서할 수 없었다.

크루트로서…… 알렌 검술의 면허 개전을 받고 군에서 실전 경험을 쌓아왔다.

무엇보다 지금은 진검으로 싸우고 있다. 그런데도 집중하지 않는 검귀를 용서할 수 없었다.

자신이 적이 아니라 놀이 상대로 취급받은 걸 용서할 수 없었다.
"무시하지 마라!"
바나디스가 대검을 휘둘렀고, 도마루가 피했지만, 칼날에서 발생한 에너지 참격이 날아가 덮쳤다.
조헤이들을 난도질한 공격으로, 참격이 잘 보이지 않아 회피하기 어려운 공격이다.
하지만 검귀는 그걸 처음 봤는데 피했다.
『……어설프다.』
집중해서 보지 않으면 안 보이는 참격을 피하더니 그대로 바나디스의 왼팔을 나기나타로 내려쳐 팔꿈치 관절 아래를 베어냈다.
"이걸 피했어?!"
『역시 숨겨둔 수가 있었군? 똑같이 움직이는 놈들은 몇십 번이나 봐왔거든. 그리고 그 기동기사…… 무기뿐만 아니라 장갑에 무슨 장치가 있지? 빨리 전력을 다하지 않으면 소생에게 베여서 쓸 기회를 잃을 거다.』
모니터에 비친 검귀의 눈동자는 아주 어두웠다.
릴리에는 검귀가 싸움 속에서만 살아갈 수 있는 기사라는 걸 알아차렸다.
"그만한 실력이 있으면서 악행을 거들다니!"
『검의 길에 정의도 악도 없다. 존재하는 것은 그저 목숨을 건 살육전뿐. 기사도 같은 건 검의 길에는 불순물에 불과하다!』
"?!"

한 손으로 대검을 다루는 것도 가능하지만, 검귀 상대로는 무모하다고 판단한 릴리에는 무기를 버렸다.

이번엔 대형 라이플로 바꾸고 등에 있는 부스터를 이용하기 위해 꽃잎 같은 바인더를 펼쳐 지면을 미끄러지듯이 이동했다.

마치 중력이 경감된 것처럼 바나디스가 재빠르게 이동했다.

바나디스가 이동한 후에는 모래 먼지가 피어올랐다.

대형 라이플을 들고 연사 모드로 바꿔, 도마루를 겨누고 방아쇠를 당겼다.

빔이 머신건처럼 발사되어 도마루의 장갑을 불태웠다.

하지만 도마루의 장갑도 레어 메탈로 만들어졌는지 표면을 약간 태우는 게 고작이었다.

(황태자 전하가 수배한 건가, 기동기사의 질이 좋아.)

양산기와는 다른 진짜 기동기사…… 그중에서도 현시대 기체 중 상위에 들어가는 도마루의 움직임은 우주항에서 본 검귀의 움직임과 흡사했다.

그만큼 인간의 움직임을 재현하고 있다는 증거였다. 바나디스도 똑같이 할 수는 있지만 두 기체 사이에는 차이가 있었다.

『그 정도 공격으로 내가 겁먹을 줄 알았나? 생긴 대로 파워가 없군!』

연사하는 빔 속을 나아가는 도마루는 땅을 박찰 때 버니어의 출력을 올려 거리를 좁혔다.

"직선적인 움직임만으로 바나디스를 잡는 건 무리야!"

백합꽃 같은 바인더를 펼쳐 조금씩 움직이면서 원을 그리듯이 이동했다.

선회성에서 우세한 바나디스의 성능을 살려 릴리에는 사격 모드를 전환했다.

라이플 모드로 전환하자 지금까지와는 달리 고출력 빔이 발사되었다.

그 대단한 검귀도 이 빔은 계속 맞으면 위험하다고 판단해 회피했다.

『춤추듯이 싸우는 게 원래 방식인가…… 그런데 소생이 전장에서 그런 강자를 못 만나본 줄 알았나?』

도마루의 등에서 캐논포가 나타나서는, 바나디스가 이동하는 곳을 향해 포격하기 시작했다.

"?!"

(내 움직임을 예측했어?! 기동기사 조종에서도 나보다 위야……!)

맨몸이 아니라 기동기사끼리 승부하면 이길 수 있다는 환상을 검귀와 도마루가 깨부쉈다.

이동하는 곳을 변경하자 어느샌가 도마루가 나기나타를 내려치는 모습이 보였다.

앞질러서 릴리에가 여기에 올 것이라 확신하고 내려쳤을 것이다.

순간적으로 릴리에가 오른팔을 희생해 몸통을 지켰지만, 이로써 양팔을 모두 잃었다.

검귀는 약간 놀란 얼굴을 하고 있었다.

『이걸 반응했나? 역시 그대는 강자였군. 하지만 소생이 만난 강자 중에는 열 손가락 안에도 들지 못한다.』

"……아직이야."

릴리에가 포기하지 않고 저항했지만 검귀는 질린 듯했다.

도마루가 나기나타를 짊어지게 했다.

『질렸다. 그런 상태로는 소생을 쓰러뜨릴 수도 없고, 긴장감조차 맛볼 수 없다.』

"도망치는 거냐!"

『도망? 소생은 상대하지 않을 뿐이다. 부하들도 놀게 해줘야 하니 말이지.』

검귀가 부하들의 존재를 암시하자 멀리서 기동기사 한 무리가 크게 점프해서 다가왔다.

착지한 건 도마루와 같은 24m급 기동기사들이었다.

도마루와 모습이 비슷하지만, 부하들이 타는 기동기사는 장식이 적고 디자인이 양산기에 가까웠다.

파일럿은 우주항을 습격한 기사 집단인 것 같았다.

『검귀 씨가 놀잇감을 남겨주셨군. 다들 감사하며 먹어라.』

『드디어 기동기사로 날뛸 수 있겠군.』

『이 「가르시아」는 어지간한 기동기사와는 달리 난폭하게 다뤄도 버틴다. 그러니 너도 간단히 부서지지 마라.』

검귀의 기동기사도 가르시아라는 기체를 커스텀한 기체일 것이다.

도마루가 성능이 뛰어날지도 모르지만, 그래도 다른 기체를 얕볼 수 없다.

"수는…… 20…… 하핫, 아무래도 여기까지인가."

바나디스의 상태를 보면 이 상황에서 도망치는 건 불가능하다고 판단한 릴리에는 자조하고 굳은 표정을 지었다.

(난 크루트의 모조품이고 데이터뿐인 존재에 불과해. 하지만! 하지만…… 여기서 시간을 벌 수 있었다면 내 존재 의의는 있었던 거야!)

릴리에는 말했다.

"릴리에 세라 에크스나를 간단히 쓰러뜨릴 수 있다고 생각하지 마라!"

양팔을 잃은 바나디스가 땅을 차자 추가 장갑에 장착된 크리스탈이 발광해 비밀 무기인 레이저를 조사했다.

다만 적은 움직이기 시작한 바나디스보다 릴리에가 이름을 밝힌 게 신경 쓰이는 듯했다.

『릴리에라고? 에크스나가에 그런 이름이 있었나?』

땅을 박차고 뛰어오른 바나디스가 방심하고 있는 가르시아에게 발차기를 날렸다.

머리에 발차기를 맞은 적기는 격분했다.

『새 기체에 뭐 하는 짓이냐!』

하지만 주위 사람들은 그런 아군을 보고 웃었다.

『당하는 놈이 멍청한 거지.』

『기동기사니까 상처투성이가 되는 게 당연하잖아.』

『과격한 누님이군. 이런 걸 괴롭히는 게 재밌단 말이지!』

가르시아들에게 둘러싸인 바나디스는 분전했지만, 그래도 뒤에서 공격당하거나 해서 서서히 추가 장갑이 벗겨져 나갔다.

등에 있는 특징적인 바인더도 대미지를 받아 가르시아들에게 뜯겨 나갔다.

그 모습은 마치 악한들이 여자를 덮치는 것 같았다.

"아직! 조금만 더!"

(좀 더 시간을 벌어야 해…….)

빌리가 놀고 있는 가르시아들에게 말했다.

『우린 먼저 간다. 늦으면 정말 두고 갈 거니까, 주의해라.』

시간을 벌고 있다는 걸 알아차렸는지 빌리는 이동을 서둘렀다.

"세실리아!"

(세실리아가 끌려가……. 그런데 난 아무것도 못하다니…….)

바나디스는 발목을 잡혀 땅에 내동댕이쳐졌다.

"꺅?!"

『좋은 목소리로군. 콕핏을 열어서 어떻게 생겼나 봐야겠어.』

가르시아의 손이 바나디스의 가슴을 잡으려고 했다.

"……여기까지인가. 그래도 시간은 벌었으려나."

가르시아의 손끝이 바나디스의 콕핏…… 왼쪽 가슴에 닿으려는 순간이었다.

『더러운 손은 이만 치웠으면 좋겠군. 그건 내 것이다.』

가장 듣고 싶었던 목소리가 들렸다.

그리고 내 것이라고 해서 릴리에는 존재할 리 없는 가슴이 뛰는 것을 느꼈다.

심장이 소리를 내며 격하게 고동치는 듯…… 가슴이 괴로워졌다.

릴리에가 돌아보니 저공비행을 하는 어비드가 모래 먼지를 일으키며 이쪽으로 오고 있었다.

오른팔에는 대형 빔 캐논을 짊어지고 있었는데 거기서 발사된 고출력 빔이 바나디스의 콕핏을 파괴하려고 한 적 기체의 상반신을 증발시켰다.

어비드가 빔 캐논을 내던졌다.

『지금부터 이 리암 세라 번필드 공작이 상대하지.』

"리암!"

릴리에는 어느샌가 오른손을 쥐고 가슴에 대고 있었다.

이쪽의 목소리는 들리지 않지만, 그래도 이름을 부르지 않을 수 없었다.

시엘의 부탁을 듣고 바나디스를 쫓아가 봤는데, 아무래도 당첨인 것 같다.

세실리아 황녀 전하를 데리고 도망치는 일당과 호위 기동기사를 따라잡았다.

"시간을 벌어줬나."

부서져서 너덜너덜해진 바나디스를 보고 있으니, 잘도 이렇게 만들었다며 분노가 치밀어 올랐다.

모처럼 내가 크루트를 위해 수리해서 가져왔는데 그걸 다시 망쳐놓다니, 있을 수 없는 일이다.

애초에 바나디스는 내가 제6병기공장에서 구입해 크루트에게 양도한 기동기사다.

그걸 파괴하는 건 나에게 싸움을 거는 것과 마찬가지다.

"자, 제7이 자랑하는 빔 캐논도 포신이 불타버려서 못 쓰게 되었으니, 남은 건 이것뿐인가."

저공비행을 하는 채로 빔 캐논을 던져 버리고 왼손에 태도를 들고 돌격했다.

적이 산개했는데, 한 기가 바나디스에게 발을 차여 균형을 잃었다.

"나이스 어시스트."

에크스나가 사람들을 구출할 때 덤으로 제6의 관계자도 구했다.

그때 메이슨을 봐서 바나디스에 관해 물었다.

시엘이 또 한 명의 오라버님이라 한 건, 바나디스에 탑재된 새 시스템의 영향으로 생긴 것이라고 한다.

파일럿을 보조하기 위해 파일럿의 카피를 유사하게 만들어 돕는 시스템이었다.

트윈 파일럿 시스템…… 이 시스템의 이점은 파일럿의 사고와 가장 비슷한 유사 인격을 만든다는 점이다.

쉽게 말해서 강제로 쌍둥이 상태를 만들어서 호흡이 잘 맞는 콤비네이션으로 한 기의 기동기사를 조종할 수 있게 되는 것이다. 이에 따라 평소보다 더 뛰어난 기동을 구현한다는 취지다.

무인으로 움직이는 것처럼 보였던 건, 전부 이 시스템 덕분이었다.

"단독으로도 움직일 수 있다니, 굉장한 시스템이네. 뭐, 제국은 싫어할 것 같지만."

자칫 인공지능 판정을 받으면 현재 제국의 풍조에 따라 미움받을 가능성이 높다.

제6병기공장 입장에서는 상품 가치 저하를 당하는 꼴이다.

앞으로는 안전선을 정할 필요가 있을 것이다.

그래도 지금만큼은 도움이 됐다.

어비드가 쥔 태도가 도망치지 못한 적기에 깊이 박혔다.

그대로 충돌한 충격에 적기의 팔다리가 날아갔고, 어비드로 땅을 디뎌 브레이크를 걸면서 태도를 휘둘러 몸통을 팽개쳤다.

"내 물건에 손을 댔으니, 죽을 각오는 됐겠지?"

태도를 들고 가장 눈에 띄는 기체를 겨누어 그 녀석에게만큼은 무기를 들지 못하게 했다.

◇◆◇◆◇

빌리는 장갑차 안에서 바깥의 상황을 모니터로 주시하고 있었다.

"진짜로 단독으로 뛰어들다니, 본인도 이건 예상하지 못했어. 적어도 호위기 정도는 데리고 올 줄 알았는데……."

리암이 나타나 기운을 찾은 세실리아가 떨떠름한 표정을 지은 빌리에게 항복을 종용했다.

"번필드 공작이 왔으니 이제 포기하고 항복하세요. 그가 얼마나 강한지 알고 있죠?"

리암이 얼마나 강한지 알고 있는가? 빌리는 그 물음에 대답했다.

"당신보다 더 자세히 알고 있을 정도죠. 번필드 공작…… 백작 시절부터 우리 악당에게는 무서운 사람이었으니까요."

악당들에게 리암이라는 존재는 갑자기 변경에 나타난 천적이었으니까.

"뇌물도 통하지 않는 상대죠. 유명한 해적단 대부분이 번필드 공작에 의해 매장당했어요. ……본인과 친분이 있는 녀석들도 어느샌가 소식이 끊기더니, 번필드 공작에게 죽었다는 이야기를 들었죠."

"그럼 빨리 항복하는 게 신상에 좋지 않나요?"

세실리아의 말에 빌리는 머리를 긁적였다.

"아뇨, 신상에는 오히려 안 좋습니다. 번필드 공작은 악당을 살려두지 않거든요. 만에 하나 공작이 절 살려주더라도, 누군가는 제 입막음을 시도하겠죠."

빌리가 더더욱 질 수 없다고 말하자 세실리아는 미간을 찌푸렸다.

"그가 얼마나 강한지 알면서도 이길 수 있다고요?"

"가능성은 있습니다. 자, 이겁니다. 이거."

빌리는 모니터에 나오는 어비드를 가리켰다.

왼손에 태도를 들고 있는 모습에 빌리는 약간 흥분했다.

"기동기사의 상태가 말이 아니라고 하던데, 아무래도 틀림없는 것 같군요. 번필드 공작은 오른손잡이인데 지금은 왼손에 검을 쥐었죠. 외형도 알려진 것과는 전혀 다르고요. 이건 수리를 제때 못 끝냈다는 증거에요."

세실리아는 수다스럽게 이야기하는 빌리에게 위화감을 느꼈지만 그래도 포기하지 않았다.

"그는 검성을 쓰러뜨린 기사입니다."

"검성은 제국이 필요로 인해 정한 제도입니다. 자기들이 써먹기 좋은 인재에게 칭호를 준 것에 불과하죠. 무엇보다 제국의 기준에 비추어 보면 검귀도 충분히 검성이 될 수 있는 뛰어난 인재죠. 뭐, 인격 면에 문제가 있으니 선출되지 않겠지만요."

아무리 설득해도 무의미하다고 판단했는지 세실리아가 입을 닫았다.

그러자 빌리는 이 이야기를 듣고 있었을 인물에게 말했다.

"그런 거다. 네가 이길 가능성은 충분히 있다, 검귀."

이 대화는 검귀도 듣고 있었던 모양이다.

차량 안에 검귀의 목소리가 들려왔다.

『……다른 건 어쨌든, 일섬을 쓰면 곤란하다. 그건 검술의 영역을 벗어난 무언가다. 그런 건 검의 길에 있어서는 안 되는 존재다.』

검귀는 여유를 잃고 겁에 질려있었다.

빌리는 떨리는 목소리를 내는 검귀에게 말했다.

"놈의 기체는 일섬을 못 버틴다. 쓸 때마다 부서져서 저런 상태가 됐다."

『하, 하지만! 맨몸이라도 일섬은 위험하다! 놈이 기체를 버리고 밖으로 나오면!』

"그 점도 걱정할 것 없다. 이미 저격 부대가 주변에 배치되어 있다. 대인용 무인 병기도 설치했지. 놈이 맨몸으로 전장에 나오면 저격하겠다. 아마 나오자마자 타버릴 거다."

리암이 무서운지 대항책을 꽤 준비했다.

그 꼼꼼함에 세실리아도 놀랐다.

『지, 진짜로 일섬을 못 쓰겠지?』

"그래, 본인이 보증하지."

『만약 저 녀석이 쓰면?』

"그때는 우리 둘 다 죽을 뿐이다. 검귀, 검의 길에 살고 죽기로 정한 네가 죽음을 두려워하는 건가?"

빌리의 물음에 검귀는 언성을 높였다.

『결코 아니다! 하, 하지만 놈에게 지면 소생은 야스시에게 진 것이 된다. 그런 삼류 검사에게 소생의 검이 패배하는 걸 용납할 수 없다…….』

전장에서 죽는 건 무섭지 않아도 야스시에게 지는 것만은 허용할 수 없다고 한다.

빌리는 검귀를 부추기는 말을 했다.

"그럼 이 자리에서 증명해라. 일섬류보다 네가 강하다고. 안심해라, 너에게 유리한 무대가 준비되어 있다. 놈은 일섬을 못 쓰고, 무엇보다 자랑인 기동기사는 응급 수리를 끝냈을 뿐이다. 파견군한테서 들어온 정보로도 일섬은 사용하지 않았다고 한다."

확실히 일섬을 쓴다는 정보는 얻지 못했지만, 지상 부대가 혼란에 빠져있었기 때문에 사용했는지 안 했는지는 모른다.

이건 빌리의 거짓말이었다.

하지만 빌리는 가능성이 높다고 믿고 있었다.

빌리의 말에 용기를 얻은 검귀가 평소의 기세를 되찾았다.

『그런가…… 이로써 마침내 소생은 야스시 놈에게 시달리지 않아도 되는 거군. 리암을 죽이고 일섬류가 가짜 검술이었다고 세상에 알리겠다! 그러기 위해서, 오늘! 소생은 리암과 싸우는 것이다!』

의욕을 내는 검귀를 보고 빌리는 안도해서 작게 한숨을 쉬었다.

"기운이 나서 다행이군."

하지만 둘이 대화하는 동안에도 리암을 에워싸고 있던 가르시아가 차례차례 고철이 되었다.

◇◆◇◆◇

도마루를 탄 검귀는 아군 가르시아가 어비드에게 산산조각 나는 광경을 핏발 선 눈으로 보고 있었다.

"흐핫, 흐하하핫! 같은 24m급인데 이렇게나 다른가! 부서진 것 치고는 잘 싸우는군!"

식은땀을 흘리면서 웃고 있는 검귀는 어비드의 움직임을 집중해서 관찰하고 있었다.

태도를 휘두르고는 있지만, 그 움직임은 기동기사의 몸 전체를 이용한 것.

오른손잡이인 것 치고는 요령 좋게 휘두르고 있지만 역시 능숙함이 부족한 것처럼 보였다.

"주로 쓰는 팔이 아니어도 이 정도로 태도를 다루는가……. 하지만……."

서서히 식은땀은 멎고 핏발 선 눈도 원래대로 돌아갔다.

어비드의 움직임이 검귀에게 위협이 되지 않는다고 판단해 냉정해진 것이다.

아군이 날뛰는 어비드에게 겁먹고 도망치려고 했다.

원래 죄수라서 적 앞에서 도망치는 것에 저항감이 없을 것이다.

검귀는 평소 같으면 무시했겠지만, 이번에는 도망치는 아군기를 붙잡았다.

『사, 살려줘! 저 괴물한테 이길 수 있을 리가 없어!』

“도망치지 마라……. 너희는 마지막까지 싸워서 소생이 놈의 정보를 더 모을 수 있게 해라.”

『그게 되겠냐!』

“그런가?”

검귀는 도망치는 동료가 도움이 안 된다는 걸 깨닫자, 나기나타와는 다른 칼을…… 단도를 오른손에 들고 콕핏을 찔렀다.

그리고 아직 살아서 싸우는 아군에게 보여줬다.

“도망치면 소생이 죽인다. 너희는 죽을 때까지 싸워라.”

원래부터 동료 의식 같은 건 없었다.

감옥에서 시끄러운 놈들을 때려눕히다보니 어느샌가 자기가 가장 위에 서 있었을 뿐이다.

검귀는 자신을 따르는 자들을 쓰다가 버려도 조금도 마음이 아프지 않았다.

죄수였던 사람들 입장에서 보면 리암과 검귀 사이에 끼어서 도망칠 길이 없는 상황이다.

『제기랄! 이렇게 되면 리암 녀석을 죽이고——.』

이판사판으로 어비드에게 덤빈 가르시아가 큰 전투용 도끼를 힘차게 내려찍었다.

이에 대항하는 어비드는 공격을 태도로 막았는데, 그대로 흘리듯이 공격을 빗나가게 했다.

전투용 도끼의 날이 대검의 칼배를 미끄러져 불꽃을 튀겼다.

자세가 무너진 가르시아가 몸을 일으키려고 했을 때는 어비드가 태도를 옆으로 한 번 휘둘러…… 상반신과 하반신을 양단해 버렸다.

검귀는 그 움직임에 감탄했다.

“흠, 기초가 탄탄하군. 이대로도 충분히 뛰어나지만……. 역시 오른팔은 가끔 거들기만 하고 사용하질 않는군.”

입가가 초승달처럼 벌어졌고, 어비드의 약점을 파악해 나갔다.

“프레임이 다른 기동기사의 파츠를 억지로 장착했나? 애초에 돈을 들인 고급 기체이니, 전용 파츠를 가져와서 연결할 만한 시간도 없었나?”

어비드는 몇 번이나 개수를 거쳐 현재의 성능을 손에 넣은, 오래된 기동기사다.

내부 구조가 복잡해져 모헤이브 등과 같은 양산기와는 달리 파츠를 교체하는 것만으로는 수리가 끝나지 않을 것이라고 검귀는 꿰뚫어 봤다.

사용하는 파츠가 전부 특별 주문품이면, 정비 면에서 큰 문제가 생기는 건 필연이었다.

즉, 오른팔은 못 쓴다……. 검귀는 어비드의 약점을 서서히 이해하기 시작했다.

"움직임도 중심은 왼팔인가. 겉보기에는 정돈된 것 같지만 내부는 이미 한계로군……."

검귀는 동료와 통신 회선을 열어둔 채로 둬서, 콕핏에 그들이 울부짖는 소리가 들려왔다.

그런 상태로도 히죽히죽 웃으면서 어비드의 약점을 관찰했다.

싸우는 어비드도 도마루를 신경 쓰는지 경계하는 움직임을 보였다.

"소생이 강자라는 걸 알아차렸나? 역시 해적 사냥꾼 리암이다. 악당들을 떨게 하는 강자답다. 하지만…… 이번만큼은 너무 방심했군."

동료를 구하기 위해 단독으로 행동한 게 리암에겐 불운이었다.

그리고 검귀는 마지막 가르시아가 어비드에게 파괴당한 모습을 보면서 확신했다.

도마루가 나기나타를 들게 하고 양어깨의 캐논포를 전개했다.

"그대의 애기(愛機)가 만전인 상태가 아닌 지금이야말로 천재일우의 기회!"

만전의 상태가 아니라는 것을 알기에.

검귀는 여기서 일섬류와…… 야스시와의 승부를 내기로 했다.

"소생이 야스시의 제자만도 못하다는 건 인정할 수 없다! 널 보고 도망친 소생의 과거와 결별하기 위해, 여기서 죽어라!"

도마루가 어비드에게 덤벼들었다.

검귀는 어비드의 오른편에서 공격 위치를 잡았다.

도마루의 움직임에 어비드는 싸우기 어려워했다.

도마루의 나기나타와 어비드의 태도가 부딪쳤다.

레어 메탈을 사용한 무기가 서로 부딪치자 다양한 색상의 불꽃이 발생했다.

두 기체 사이에 불꽃이 수없이 발생하고 그 불꽃을 맞는 도마루와 어비드…….

검귀는 어비드가 아무리 쳐도 버티자, 눈을 크게 뜨고 웃었다.

"일섬을 못 쓰는데 용케 지금까지 소생과 싸웠군! ……하지만!"

도마루가 어비드의 오른쪽 다리를 찼다.

검술 승부에 집착하지 않고 손이나 발기술도 써서 이기는 실전 형식이 검귀의 취향이었다.

지금 어비드의 오른쪽 다리는 약점이다.

리암이 요령 좋게 버텼지만, 어비드의 자세가 약간 무너졌다.

다른 기사였다면 놓쳤을지도 모르는 빈틈을 검귀는 놓치지 않았다.

"소생 앞에서 사라져라아아아!!"

도마루의 아래에서 위로 비스듬히 베는 공격에 어비드는 대처가 늦어 동체에 흠집이 생겼다.

그건 얕지도 않고 깊지도 않으며 치명상에는 이르지 않는 흠집이었다.

하지만 검귀의 칼날이 어비드를 파괴할 수 있다는 증거였다.

자신이 우세하다는 걸 확신한 검귀는 이제 와서 과거의 자신을 되찾았다.

일섬류를 두려워하던 모습은 어디에도 없었다.

"자, 계속하자!!"

◇◆◇◆◇

"내 어비드에 흠집을 냈어? 놈의 무기도 특제인 건가."

적의 기동기사도 제법 커스텀 한 것 같았는데, 그중에서도 무기가 특별했다. 어비드를 파괴하려고 예산을 더 써서 준비한 모양이었다.

"짜증 나게 하네."

적의 기동기사는 어비드와 비교하면 뒤떨어지지만, 틀림없는 특제다. 아마 네반보다도 더 고성능일 것이다.

그리고 파일럿의 기량도 상당했다.

일섬을 못 쓴다고는 해도 어비드를 이렇게까지 몰아붙이니, 보통 기사는 아니다.

나는 순식간에 이 상황을 타개할 방법을 생각했다.

이대로 시간을 끌고 있으면 아군이 달려올 것이다.

그렇게 되면 눈앞에 있는 적을 포위해서 치면 끝이다.

"……하지만 그건 내 자존심이 허락 안 하지!"

어쩌면 어비드를 타는 게 이번이 마지막이 될지도 모른다.

물론 수리도 할 생각이고, 무엇보다 머신 하트를 탑재한 어비드는 귀엽다.

하지만 이후의 전투에서는 신형기를 탈 가능성이 높다.

한가할 때 심심풀이로 타는 일은 있어도, 더는 같이 싸울 일은 없을 것이다.

"나와 어비드가 널 쓰러뜨리겠다."

눈앞에 있는 적기에게 이기기 위해 어비드가 태도를 휘두르게 하려고 한…… 그때였다.

"큭?! 아직 남아있었나……! 이런!"

뒤에서 적의 기척을 느끼고 어비드를 격하게 움직였는데, 그때 오른쪽 다리가 부서져 버렸다.

적이 집요하게 오른쪽 다리를 노린 결과, 한계가 온 것이다.

그 직후, 사방에서 어비드에게 빔이 날아와 명중했다.

방어 필드로 방어했지만, 출력이 나오지 않아서 쉽게 깨지고 장갑이 탔다.

◇◆◇◆◇

빔이 어비드를 덮치자 검귀는 혀를 찼다.

"빌리 녀석인가! 소생에게 맡겨두면 될 것을!"

그 말이 들렸는지 빌리는 통신 회선을 사용해 어비드를 공격한 이유를 말했다.

『절호의 기회라서 저격했는데, 나쁘지 않은 결과군.』

"방해하지 마라! 이건 소생과 야스시의 승부다!"

『미안하지만 시간이 별로 없어. 더 지연되면 널 두고서라도 가야 한다.』

이 행성에 남겨지면 검귀는 번필드가에 붙잡힐 것이다.

아무리 도마루가 강하다고 해도 계속 싸울 수 있는 건 아니다.

하지만 검귀는 여기서 끝나도 좋다고 생각하고 있었다.

"이기지 않으면 죽은 것이나 마찬가지다! 또 분노와 공포 때문에 잠들지 못하는 나날을 보내게 될 거다. 그런 패배자의 인생을 승리로 장식하고 끝낼 수 있다면, 소생은 여기서 죽겠다."

검귀의 마음을 들은 빌리는 작게 한숨을 쉬었다.

『개인적으로 좋은 비즈니스 파트너가 되겠구나 싶었는데, 아쉽군. 그럼 여기서 작별하지.』

"마음대로 해라. 소생은 그대에게 감사하고 있다. 여기서 리암을 죽일 수 있게 해줬으니까!"

도마루가 빔에 불타서 너덜너덜해진 어비드에게 다가갔다.

어비드는 오른팔과 오른 다리를 잃은 와중에도 태도를 지팡이 삼아 서 있었다.

빔은 어비드의 표면과 급하게 교체한 팔다리를 태우기만 하고 끝난 듯했다.

하지만 균형이 안 좋은 지금의 어비드에게는 도마루를 쓰러뜨릴 힘은 남아있지 않았다.

"소생이 목을 쳐주지, 리암! 널 쓰러뜨리면 소생이 야스시의 검에 이긴 것이 되니 말이다!"

검귀의 머리에는 끝까지 야스시밖에 없었다.

◇◆◇◆◇

릴리에는 바나디스의 콕핏에서 어비드가 칼을 지팡이 삼아 서 있는 모습을 보고 있었다.

릴리에는 어비드가 이렇게까지 몰린 모습을 본 적이 없었다.

"리암…… 리암!"

조종간을 격하게 움직였지만, 바나디스는 생각대로 움직이지 않았다.

바나디스도 한계에 다다른 상태다.

정신을 차리고 보니 어느샌가 시스템을 유지하는 내부 배터리도 방전되는 중이었다.

"싫어! 절대로 이대로 사라질 순 없어!"

릴리에는 리암을 도우려고 필사적으로 움직였지만, 결국엔 데이터상의 존재에 불과하다.

할 수 있는 일은 많지 않다.

"난…… 여기서 나가는 것도…… 좋아하는 사람을 돕는 것도……

못해."

분해서 눈물을 흘렸다.

그건 만들어진 영상에 지나지 않았지만, 릴리에에게는 분명한 감정이었다.

크루트의 일면을 복사해서 만들어졌을 뿐이지만, 릴리에는 이곳에 분명 존재했다.

"난…… 왜 이렇게 한심한 존재인 걸까."

릴리에는 눈물을 뚝뚝 흘렸는데, 그때 기척을 느꼈다.

아무도 없을 터인 오른쪽 가슴 콕핏 쪽을 보니 어째서인지 시트 위에 앉아있는 무언가가 있었다.

노이즈가 많아 잘 안 보였지만, 마치 개처럼 보였다.

개가 시트 위에 앉아있었다.

"하핫, 벌써 고장났나? 환상까지 보이게 되다니."

바나디스와 연결된 릴리에는 콕핏 안에 생체 반응이 없는 걸 잘 알고 있다.

그런데 존재하지 않는 개가 보였다.

노이즈가 심해 윤곽이 어렴풋하게 보일 뿐이지만 대충 개라고 판단했다.

다만 그 개가 릴리에 쪽으로 다가와서…… 모니터의 벽을 넘어 존재하지 않는 콕핏에 간섭했다.

릴리에는 놀랐지만, 벽을 넘어온 개에게 혐오감이 생기지는 않았다.

오히려 온기 같은 것이 느껴졌다.

"너…… 혹시 도와주는 거니?"

◇◆◇◆◇

어비드의 콕핏 안에서 리암은 평소보다 더 초조함을 느끼고 있는 듯했다.

"이대로 가면 힘든데."

리암의 시선이 콕핏 한쪽에 고정된 검으로 향했다.

고전을 면치 못하고 있는 것처럼 보여도, 리암에게 이건 위기가 아니었다.

눈앞에 있는 기동기사 따위는 콕핏에서 일섬을 날리면 간단히 처리할 수 있으니까.

"하지만 섣불리 밖에 나갔다간 저격당하겠지. 맨몸으로는 역시 힘들어."

이 상황에 리암이 콕핏에서 뛰쳐나가 일섬을 날리는 건 어려운 일이다.

하지만 어비드의 콕핏에 머무른 채로 쓴다면 얘기는 달라진다.

리암의 안전은 확보되고 저격을 당해도 콕핏은 보호될 만한 튼튼함을 자랑한다.

제7병기공장의 가격을 무시한 성능 중시 사고는 허세가 아니다.

다만 리암의 어비드에 대한 애착이…… 집착이 망설이게 했다.

여기서 일섬을 날리면 어비드의 숨통을 끊는 건 자신이다.

완전한 상태로도 부서질 정도였는데, 지금 상태로는 산산조각 날 가능성이 높았다.

아무리 머신 하트를 탑재하고 있어도, 진짜로 부서진다.

그렇게 만들고 싶지 않다는 생각에 리암은 괴로워했다.

머신 하트를 탑재한 어비드는 그런 주인의 모습을 보고 있었다.

(……한심하다.)

어비드는 그렇게 생각했다.

눈앞에 있는 적조차 이기지 못해 주인을 난처하게 만든 자신이 몹시 한심했다.

머신 하트를 탑재한 날부터, 그 전부터, 리암은 어비드를 소중히 대해 왔다.

알리스타가 떠난 이후로 얼마나 시간이 흘렀을까? 그동안 쭉 방치돼 왔다.

누구도 봐주지 않던 자신을 고쳐서 쭉 함께 싸워왔는데…… 리암이 너무 강해져 버린 결과, 자신이 뒤처졌다.

(한심하다.)

어비드는 약한 자신이 한심했다.

어비드는 중요한 상황에 리암에게 도움이 되지 못하는 게 한심했다.

그때 어비드의 머신 하트에 목소리가 들렸다.

똑같이 기동기사에 마음이 깃든 기체로부터 여성의 목소리가 들려왔다.
자신이 한심하다는 목소리가.
그건 우연이었는가, 아니면 기적이었는가, 어비드는 바나디스에게 강하게 끌렸다.
한 다리로 난폭하게 뒤로 돈 어비드는 도망치듯이 적기로부터 멀어졌다.
"어?! 왜 그래, 어비드! 왜 나한테서 조종을 빼앗지?!"
어비드가 적 앞에서 등을 보여 리암도 당황했다.
하지만 어비드는 목소리가 나는 쪽으로, 바나디스 쪽으로 향했다.
바나디스가 상반신을 어떻게든 일으키더니 어비드의 얼굴을 봤다.
어비드에겐 바나디스가 자신을 쓰라고 말하고 있다는 확신 같은 뭔가가 있었다.
어비드가 태도를 전방에 던지자, 바나디스 옆에 꽂혔다.
"내 말 들어, 어비드!"
뒤에는 나기나타를 든 적기가 다가왔다.
리암이 일섬을 쓸지 말지 고민하는 사이에 어비드의 왼손이 바나디스를 잡았다.

◇◆◇◆◇

검귀에게 그 모습은 고대하던 광경이었을지도 모른다.

어비드가 등을 돌리고 한 다리로 볼품없이 도망치는 모습을 봤을 때는 한순간이지만 말을 잃었다.

전장에서 자기한테서 도망치는 자는 많이 있었지만, 설마 어비드가 도망치는 광경을 볼 줄은 몰랐기 때문이다.

"크핫, 크하하하! 리암이 소생에게 등을 보이고 꼴사납게 도망치고 있다! 이거다, 이걸 보고 싶어서 소생은 지금까지 살아온 것이다!"

나기나타를 든 도마루로 어비드를 쫓았다.

도망치는 어비드의 등…… 검귀는 콕핏을 찌르기 위해 겨냥했다.

어비드는 태도가 방해된다고 판단했는지 전방에 내던지고 있었다.

"조금이라도 가볍게 하고 날아서 도망칠 생각인가? 이미 늦었다!"

(아아, 이제 소생은 겨우 검의 길로 돌아갈 수 있다. 야스시에게 시달리지 않고, 원래의 소생으로 돌아갈 수 있다!)

행복감과 달성감을 느끼면서 도마루의 나기나타로 어비드를 뚫으려는 순간…… 갑자기 눈 부신 빛이 쏟아졌다.

"시각을 마비시키려는 건가! 지금 와서 이런 잔재주를…… 우웃?!"

처음엔 단순한 발악이라 생각했는데, 도마루가 가볍게 날아갈 정도의 충격파가 발생했다.

검귀는 순간 리암이 자폭했나 싶었지만, 그러면 도망칠 이유가 없다고 생각하고 바로 도마루가 칼을 들고 자세를 잡게 했다.

"원군인가? 아니면……."

눈 부신 빛에 일시적으로 마비됐던 화면이 금방 원래대로 돌아와 영상을 비췄다.

영상에는 모래 먼지와…… 그 속에 서 있는 기동기사의 그림자가 보였다.

"놀라게 하고 있…… 아니?!"

모래 먼지가 바람을 타고 사라져 기동기사의 모습이 시야에 들어왔는데, 거기 서 있는 건 어비드가 아니었다.

검었던 어비드가 하얗게 물들었고, 잃었던 팔다리가 부활해 어비드의 원래 모습을 되찾았다.

그뿐만 아니라 특징적인 큰 방패까지 부활했다.

그 큰 방패는 어비드의 투박한 큰 방패와는 달리 화려함이 있었다.

어비드의 본체, 그리고 왼쪽의 큰 방패에 연녹색 크리스탈이 넉넉하게 사용되었다.

디자인이 투박한 어비드에게 어울리지 않는 이유는 마치 꽃잎을 눌러서 펼친 듯한 형태를 가지고 있기 때문이었다.

바나디스에 더 어울릴 듯한 디자인의 왼쪽 대형 방패는 특이한 이채를 띠고 있었다.

어비드가 내던진 자신의 검을 오른손으로 들고 왼손에는 바나디스가 들고 있던 대검을 쥐었다.

어비드를 하얗게 물들이고 크리스탈로 화려하게 꾸민 모습은 전장에 어울리지 않았다.

마치 기동기사에게 예장을 입혀놓은 듯한 모습이었다.

검귀는 자신이 환각을 보는 건가 하는 생각을 했다. 어비드 주위를 반짝이는 입자들이 맴도는 탓에 장엄하게 느껴질 지경이었다.

"뭐, 뭐냐……?! 무슨 일이 일어난 거냐?!"

하얀 어비드의 녹색 트윈아이가 도마루의 콕핏에 있는 검귀를 노려보듯이 강하게 발광했다.

"히?!"

검귀는 두려움에 도마루를 홱 물러서게 했다.

꿈을 꾸고 있나? 그 망설임이 검귀의 움직임을 멈추게 했다.

"겨우 몰아넣었나 싶었는데, 아직 이런 비장의 수단을 남겨두고 있었나, 야스시?!"

눈앞에 있는 게 리암인지, 야스시인지…… 검귀는 초조함 때문에 혼동하고 있었다.

당황한 검귀는 도마루로 경계하며 상황을 살폈다.

◇◆◇◆◇

"대체 무슨 일이 일어났지? 그리고 이건 뭐야?"

난 어비드의 콕핏 안에서 상황 파악에 힘쓰고 있었다.

적기도 이변을 느끼고 거리를 벌려 경계하고 있어 다소 시간이 있었기 때문이다.

어느새 잃은 팔다리가 수복되어 있었는데, 콕핏에서 보이는 어비드의 팔이 새하얗다.

그 이외에도 세세한 부분이 달랐다. 하지만 어비드의 특징은 남아있고, 콕핏도 그대로. 그러나 동시에 묘한 위화감도 느껴졌다.

불길한 느낌은 아니었지만, 마치 콕핏에 다른 누군가가 있는 기분이었다.

어비드가 아닌 존재가 여기에 있다.

"누구지? 누가 탄 거냐?"

머리를 움직여 확인했지만, 나 외에는 아무도 타고 있지 않았다.

그때 콕핏 안에 목소리가 들렸다.

어딘가에서 들은 적 있는 목소리가 나에게 말했다.

『괜찮아…… 당신의 어비드를 믿어줘……. 이 아이는 당신과 함께 싸우기를 바라고 있어.』

모니터에는 어비드의 현재 모습이 나왔다.

잃은 팔다리가 복원되어 있을 뿐만 아니라 하얗게 물들었다.

왼쪽의 큰 방패가 특징적이었는데, 그 외의 변화라고 하면 각 부분에 있는 크리스탈일 것이다.

크리스탈 자체가 에너지를 보유하고 있으니, 그냥 장식도 아니었다.

"이게 뭐야? 출력이 원래의 배나 뛰었잖아? 뭐가 어떻게 된 거야? 이것도 머신 하트의 영향인가?!"

상황이 이해되지 않았다. 하지만 눈앞에 있는 적을 쓰러뜨려야 한다는 건 변하지 않았다.

조종간을 잡아 태도와…… 어느샌가 쥐고 있던 대검을 쥐고 자세를 잡게 했다.

대검은 또 어디서 튀어나온 건지 모르겠으나, 이것도 크리스탈을 칼날로 만든 건지 화려하게 짝이 없었다. 다만 이것도 겉모양만 좋은 무기가 아닌 것 같았다.

그리고 칼배 부분에는 무늬와 가문의 문장이 희미하게 보였다.

그 디자인이 마치 에크스나가의 문장을 연상시켰다.

"지금은 신경 쓸 여유가 없어. 이 상황을 이용해서 눈앞에 있는 적을 친다!"

어비드가 내 목소리에 반응하듯이 엔진음을 울리더니 왼쪽의 대형 방패가 강하게 발광했다.

이건 또 무슨 증상인가 생각하고 있으니, 사방에서 폭발이 일어났다.

그곳은 어비드를 저격했던 놈들이 있는 방향이었다.

"저격수 놈들을 처리한 건가?"

저격하고 자리를 옮기던 적을 포착…… 그대로 수수께끼의 발광 현상으로 날려버렸다.

하얗게 물든 어비드를 몰아 바로 앞에 있는 적과의 거리를 좁혔다.

움직임이 원상태보다 더 민첩했는데, 그 원인은 왼쪽 큰 방패에 있는 듯했다.

스러스터가 작동한 게 아니라 이동 시의 중량 분배를 실시간으로 조정하는 것처럼 느껴졌다.

세심한 기동 보조…… 이건 어비드의 기능이 아니다.

누군가가 어비드와 함께 내 조종을 도와주고 있었다.

갑자기 조종간을 쥐고 있는 내 손에 누군가의 따뜻한 손이 닿는 느낌이 들었다.

또 목소리가 들렸다.

『괜찮아. 이 아이는 아직 싸울 수 있어. 성장하고 싶어 하니까.』

"……그런가."

앞으로도 같이 싸우고 싶다는 어비드의 마음을 목소리가 대변하는 느낌이 들었다.

"계속 나와 싸워주는 건가."

신형기로 교체하는 걸 검토하고 있던 나에게, 어비드는 자신이 아직 싸울 수 있다는 걸 전하고 싶었던 모양이다.

변화한 지금의 모습도 어비드의 메시지일 것이다.

조종간을 세게 쥐고 어비드가 자세를 잡게 했다.

"기다리게 했군. 지금부터는 전력으로 상대하지."

적기에게 대검을 휘두르자 상대는 어비드의 공격을 어렵게 막아냈으나, 이윽고 나기나타가 크게 튕겨 나갔다.

"파워 승부는 내가 우세한 것 같군."

적기도 깨달았는지 힘 대결을 피하고 기술을 구사하기 시작했다.

다리를 사용해 유리한 위치를 잡으려고 했지만, 어비드의 움직임이 그보다 더 빨랐다.

적이 나기나타를 정신없이 휘두르기에 나도 검을 빠르게 휘둘러 응수했다.

두 기체 사이에 여러 번 불꽃이 튀었다. 틀림없이 이제는 내가 우세하다.

"왜 그러지? 핸디캡이 없으면 이 정도인가?"

적을 걷어차자, 둘 사이에 거리가 생겼다.

천천히 태도와 대검을 쥐고 자세를 잡자 적기도 나에게 맞춰서 나기나타를 들고 자세를 잡았다.

나도 적도 다음 합으로 승부를 끝낼 생각이었다.

그대로 어비드도 적기도 자세를 잡은 채로 움직이지 않았다.

움직일 수 없었다.

검술과 조종술이 달인의 경지에 이른 자들끼리는 적이 어떻게 움직일지 예상할 수 있어서 안이하게 파고들지 못한다.

목소리가 말했다.

『일섬은 안 써?』

확실히 일섬을 쓰면 한 방이겠지만, 난 쓰지 않는다는 선택을 했다.

"……필요 없어."

말한 순간, 적이 움직였다.

우리의 눈앞에서 페인트를 걸듯이 재빠르게 움직이는 적기의 잔상이 한순간 보였다.

탁월한 조종 기술이 빚어낸 솜씨일 것이다.

어비드도 땅을 박차 앞으로 나오며 대검을 대각선 위에서 내리쳤다.

서로 지나치며 무기를 내려치고, 서로 등이 보이는 상태로 정지했다.

난 작게 한숨을 쉬고 어비드의 자세를 풀며 더러운 것을 털어내듯이 태도와 대검을 한 번 휘둘렀다.

그대로 등에 짊어지듯이 태도와 대검을 수납…… 하는 동작을 하자 마법진이 전개되어 수납되었다.

아무래도 공간 마법이 부활한 모양이다.

"확실히 넌 강했지만 나와 어비드가 더 강했다. 승패가 나뉜 이유는 그뿐이다."

일섬을 쓰지 않은 건 나와 어비드가 강하다는 걸 증명하기 위해서였다.

천천히 어비드를 뒤돌게 하니 등을 보인 적기가 왼쪽 어깨부터 오른쪽 허리에 걸쳐서 양단되어 상반신이 미끄러지듯이 낙하했다.

낙하한 직후에 기체는 폭발하고 충격파가 어비드를 덮쳤다.

불꽃과 검은 연기가 발생하는 가운데, 난 무심코 내 오른손을 봤다.

"……파일럿을 놓쳤군."

『그걸 알 수 있어?』

"그런 느낌이 들었을 뿐이야."

적기는 파괴했지만, 파일럿은 도망쳤다.

원래라면 찾아내서 잡아야 하지만, 지금은 우선해야 하는 일이 있다.

멀리서 굉음이 울리고 하늘을 향해 로켓이 날아올랐다.

큰 소리가 들렸을 때는 이미 적함이 대기권을 돌파하려 하고 있었다.

"고속함에 부스터까지 달아놨나? 이대로 가면 놓치겠어……. 아군을 보내서 가로막고 싶지만, 그만한 여유가 있을지."

우주에서는 현재도 아군이 적 함대와 분전하고 있다. 전력을 빼기는 어렵다.

그런 상황에, 행성에서 도망친 고속함을 쫓아가서 잡아라…… 굉장히 어려운 임무다.

놓칠 가능성이 다분하다.

지금부터 쫓아가면 잡을 수 있을지 없을지 생각하고 있으니, 어비드가 양팔을 벌렸다.

콕핏 안의 모니터가 갖가지 계산을 시작했다.

"뭐야? 어쩌려고, 어비드?"

그때 조급한 내 마음을 알아차렸는지 따뜻한 목소리가 날 안심시켰다.

『괜찮아. 이 아이라면 반드시 따라잡을 수 있어. 자, 상상해봐. 어디로 가고 싶어?』

목소리가 그렇게 말하자 어비드 주위에 빛의 입자가 떠다니기 시작했다.

마법진이 바로 앞에 전개되었는데, 그 마법진은 몇 겹이나 겹쳐 있었다.

난 어비드와 목소리가 무엇을 하려고 하는지 알아차리고 눈을 휘둥그레 떴다.

"설마 공간 도약할 생각인가?!"

기동기사 단독으로 단거리 워프…… 제6이 성공했다는 소식은 들었다.

하지만 이를 실행하려면 워프 목적지에 도착점이 되는 핀이 있어야 한다.

어비드와 목소리는 이를 무시하고 단독으로 완전 도약을 실행하려 했다.

난 일단 눈을 감고 정신을 집중했다.

어비드와 목소리가 이끌고 있는지, 현재 적이 어디에 있는지 머릿속에 이미지가 떠올랐다.

"……놈들을 놓칠 순 없지. 앞지른다."

빛의 입자가 어비드를 감쌌고 전개된 마법진이 더더욱 복잡해지며 넓어졌다.

그리고 목소리가 말했다.

『가자, 리암……! 도약 개시……!』

어비드가 마법진에 빨려 들어갔다.

도마루의 콕핏에서 탈출한 검귀는 초인적인 육체를 혹사하며 달리고 있었다.

땅을 차면 깊은 발자국이 남았고, 신고 있던 버선은 찢어져 맨발이 되어 있었다.

검귀는 필사적인 얼굴로 달렸다.

(말도 안 돼, 말도 안 돼, 말도 안 돼, 말도 안 돼, 말도 안 돼……! 전장에서 그런 현상이 일어나다니 말도 안 돼! 이런 건 무효다…… 그래, 무효 시합이다!)

리암이 타고 있던 어비드가 한창 싸우던 도중에 변화했다.

그 와중에 검귀는 자기 기체가 파괴당했다고 해서 자신이 진 것은 아니라는 핑계를 생각했다.

리암에게 지지 않았다. 그러니 야스시에게도 지지 않았다고.

(그래. 살아남으면 된다. 살아남고, 살아남고, 또 살아남아서! 몇 번이든 놈들을 계속 노리면 분명 이길 기회는 찾아온다!)

전쟁으로 구덩이투성이가 된 대지를 뛰어넘어 어느샌가 검귀는 잔해더미가 된 시가지까지 와있었다.

주위의 경치가 바뀌어 검귀는 겨우 진정했다.

"하아…… 하아…… 우선은 몸을 숨겨야 해. 다행히도 전쟁터가 되어 황폐해진 행성이라면 몸을 숨길 방법은 얼마든지 있지."

자신이 만든 광경인데, 검귀는 죄악감이 조금도 생기지 않았다.

그뿐만 아니라 말려들어서 잔해에 깔려버린 사람에게 다가가 옷을 벗겨냈다.

그리고 주머니 등을 뒤지더니 신분증을 찾아냈다.

검귀는 피가 묻은 신분증을 빼앗은 옷으로 닦아서 확인하더니 그대로 내던졌다.

"파견군 병사잖아! 이걸로는 신분증을 훔쳐도 잡힌다고!"

검귀는 신분증을 손에 넣어서 에크스나가의 행성에 몸을 숨기고 우주로 나가 도망칠 기회를 기다리려고 했다.

검귀는 칼자루를 쥐었다.

"이렇게 되면 빼앗는 게 빠른가? 적당한 백성을 찾아야겠군."

살아남기 위해서라면 뭐든지 할 생각이었다.

그런 검귀가 전장에서 늘 맡던 익숙한 냄새를 맡았다.

피와 내장의 냄새는 아니다.

화약 냄새도 아니다.

그건 자신과 같은 부류의 인간이 풍기는 독특한 냄새다.

냄새로 느끼고 있지만 실제로 악취를 풍기는 건 아니다.

그저 감각으로서 그런 느낌이 들 뿐.

하지만 검귀의 감은 정확했다.

반파된 건물 안에서 나온 사람은 칼집에 수납한 나기나타(長刀)를 왼손에 든, 머리가 긴 여자였다.

자신과 마찬가지로 하카마를 입고 있었고, 굳이 게타까지 신고 있었다.

딸깍딸깍 발소리를 내면서 잔해로 가득한 땅을 걷고 있다.

고의적으로 자신의 존재를 적에게 알리는 것이다.

검귀는 칼자루를 쥐고 자세를 낮춰 자세를 잡았다.

"……설마 이런 곳에서 동류와 조우할 줄은."

(도망칠까? 아니, 그건 어렵겠군……. 놈은 내 냄새를 쫓아서 왔다.)

검귀는 상대가 자신을 인식하고 다가왔다고 판단했다.

실제로 상대는 검귀를 봐도 당황한 기색이 전혀 없었다.

거기에 있을 것이라는 걸 알고 접근했을 것이다.

젊은 여자는 동류라는 검귀의 발언이 마음에 안 들었는지 불쾌해했다.

"나랑 네가 같다니, 좀 불쾌한걸? 좀 재밌어 보이는 녀석이 있어서 놀러 왔을 뿐인데."

자세를 잡지 않는 젊은 여자를 보고 검귀는 식은땀을 흘렸다.

"놀러 오다니, 잘도 그런 소릴 하는군. 이 검귀에게 승부를 걸고 베인 강자들은 많다. 네놈도 그중 한 명이 될 거다."

(이런 계집을 상대로 소생이 식은땀을 흘리고 있다고?! 그리고 뭐냐? 이 압도적인 분위기는? 이 정도의 상대는 지금까지 리암 정도밖에 없었는데!)

검귀는 한 가지 가능성에 생각이 다다랐고, 검을 천천히 뽑으면서 여자에게 물었다.

"소생은 검귀라고 하는 자다. 유파는 자기류(自己流)이며 이름이 없지. ……그대의 이름을 알려주지 않겠나? 강자의 이름은 기억하고 싶다."

여자는 히죽거리면서 아직 칼을 뽑으려고 하지 않았다.

"이럴 때는 저승길 선물이라고 한다지? 사형한테 배웠어. 앞으로 죽일 상대가 저승길 가는데 이야기를 할 수 있도록 이름은 가르쳐주라고. 그러니 가르쳐줄게. 내 이름은 사츠키 리호──."

자신이 질 것이라는 상상조차 안 하는 리호는 검귀 앞에서 빈틈을 보였다.

검귀는 리호가 서 있는 위치에 순식간에 파고들어 목을 날릴 자신이 있었다.

상상 속에서 몇 번이나 리호의 목을 날렸고, 이야기가 끝난 직후에 실행할 생각이었다.

하지만 그 계획은 리호가 이어서 한 말로 인해 틀어져 버렸다.

"──유파는, 우주 최강 일섬류야."

그 말에 검귀는 눈을 크게 뜨고 상상했던 대로 리호를 베려고 달려들었다.

"일섬류우우우!!"

다만 달려든 건 이기고 싶었기 때문이 아니라, 공포심을 느끼고도 모르는 척을 한 결과다.

눈앞에 야스시가 만든 유파임을 자칭하는 리호가 있으니, 여기서 쓰러뜨리면 자신은 구원받는다고 생각했다.

거리를 좁히는 검귀 앞에서 리호는 히죽히죽 웃기만 하고 칼을 뽑지 않았다.
검귀는 생각했다.
(이겼다!)
목을 치기 위해 날린 일격이 리호의 목에 닿을 뻔했을 때였다.
검귀는 승리를 확신했지만, 리호의 목은 무사했다.
검귀는 놀란 나머지 거리를 벌렸는데 그제야 깨달았다.
"소, 소생의 팔이……."
검귀의 팔이 잘려서 공중을 날고 있었다.
이변을 느낀 순간 잘린 팔이 땅에 떨어졌다.
그 모습을 보고 있던 검귀가 천천히 그 자리에 앉았다.
양팔을 잃은 상실감도 없었고, 진 것에 대한 분한 마음도 생기지 않았다.
나기나타를 뽑은 리호가 멍하니 있는 검귀에게 다가왔다.
"그럭저럭이려나? 조금은 재밌었어."
상대가 목을 치기 위해 다가와도 검귀는 도망치지 않았다.
그저 리호에게 말을 걸었다.
"그대도 야스시의 제자인가?"
그 말을 듣고 리호가 멈춰섰고 분위기가 바뀌었다.
명백하게 검귀에게 화내고 있었다.
"경솔하게 내 스승님의 이름을 막 부르지 말라고. 빨리 끝낼 생각이었는데, 넌 잘게 다져서 죽여주마."
리호가 보여준 어두운 일면에 검귀는 희미하게 웃었다.

"……그대도 소생과 똑같군."

"뭐야?"

검귀는 노려보는 리호를 두려워하지 않고 말했다.

곧 비참하게 죽을 텐데, 검귀는 모든 것을 받아들였다.

"소생과 같은 냄새를 풍기고 있어. 그대도 늦든 빠르든 언젠가는 소생과 같은 길을 걷게 되겠지. 사악한 길에 빠진 소생은 그걸 알 수 있다."

검의 길을 살기로 정했을 때부터 각오했다.

사악한 길에 빠지더라도 검의 길을 끝까지 가겠다고…….

그러기 위해 평범한 사람은 견딜 수 없는 수련에 힘쓰고 많은 검사들을 베어 죽였다.

생활을 위해 보수가 좋다고 우주 해적들의 경호원도 했다.

가끔은 백성을 지키기 위해 싸우는 기사들을 죽였고, 방어군을 잃은 행성에서 우주 해적들이 약탈하는 광경을 바라봤다.

전부 검의 길을 걷기 위한 행동이었는데, 검귀는 자조했다.

(인간의 도리를 버리고 힘을 추구한 소생을 방해하는 게 설마 야스시의 제자들이라니……. 정말 얄궂군.)

검귀가 봤을 때 야스시라는 남자는 검사로서는 삼류 이하…… 특기할 만한 점도 없는 남자였다.

하지만 다른 어중이떠중이 검사들과는 달리 야스시의 존재는 묘하게 인상에 남았다.

(재능은 조금도 느껴지지 않았다. 입만 살았고, 주위 사람들의

비위 맞추기만 잘하는 비열한 남자라 생각했다. 그런데 설마 이 정도의 검사를 키워냈을 줄이야.)

검귀는 자신을 뛰어넘는 검사들을 잇달아 키운 야스시에게 패배했음을 그제야 인정하고 받아들였다.

(하지만 네 제자도 언젠가 소생과 같은 길을 걸을 것이다……. 이 또한 얼마나 얄궂은 일인가.)

자기와는 다른 방식으로 검의 길을 걸어온 야스시의 제자가 자신과 동류라는 걸 검귀는 꿰뚫어 보고 있었다.

리호는 납득이 안 되는지 짜증을 냈다.

"너 같은 약자랑 같이 취급 하지 마. 무슨 말도 안 되는 소리를……. 편하게 죽을 생각하지 마라."

넋이 나간 듯한 표정을 지은 검귀는 리호의 협박에 놀라지 않았다.

"이제 와서 멀쩡히 죽기를 바라지는 않는다. 그저 소생은 마지막의 마지막까지 야스시에게 이기지 못한 게 미련이 남을 뿐……."

"음? 야스시 스승님이랑 아는 사이야? 대답에 따라서는 편하게 죽여줄게."

"……거절하지. 야스시와는 사이가 좋지 않았고 소생이 검귀라 이름을 대기 전에 알던 사이다. 지금은 소생 같은 건 잊어버렸겠지."

어딘지 그리워하듯이 말하는 검귀는 예전에 야스시와 같은 도장에서 배우던 나날을 떠올렸다.

"그 무렵의 야스시는 소생이 다니던 도장에 온 지 얼마 안 됐었다. 성적이 안 좋은 제자였지만 유난히 주위 사람들의 비위를 잘 맞췄지. 나는 그게 마음에 안 들었다."

검귀는 자신이 추억 이야기를 하는 게 신기했다.

동류인 리호에게 친근감을 느낀 탓일 것이다.

리호는 끼어들지 않고 검귀의 이야기를 들었다.

검귀는 이야기하는 동안 양팔에서 피가 흘러나와 서서히 의식이 혼미해졌다.

"언제였던가⋯⋯ 도장을 나와 검의 길을 살겠다고 정한 때군⋯⋯. 마음에 들지 않아 목검으로⋯⋯. 근데 설마 여기서 야스시의 이름을⋯⋯ 듣게 될 줄이야. 그자가 소생의 인생을 이토록 뒤흔들⋯⋯ 줄은."

리호가 나기나타를 천천히 납도하자, 키잉 하고 울렸다.

검귀가 맥없이 고개를 떨구자, 리호는 등을 돌리고 걷기 시작했다.

"⋯⋯내가 사악한 길에 빠진다고? 거짓말쟁이가 웃기고 있네. 뭐, 그래도 돌아가면 스승님께 너의 이름을 물어볼게. 일단은."

리호는 검귀를 거짓말쟁이라 불렀지만, 야스시의 옛날이야기가 정말인지 신경 쓰였다.

돌아가면 야스시에게 물어보자고 결심하고 다음 사냥감을 찾았다.

◇◆◇◆◇

지방관 빌리와 세실리아를 태운 우주선은 군의 고속함이었다.

전투 능력보다 이동 속도를 중시해서 함대 운용에는 안 맞지만, 특수 임무에는 요긴하게 쓰였다.

실제로 빌리도 행성에서 탈출할 가능성을 생각해 기동성이 좋은 고속함을 선택했다.

고속함의 브릿지에서 빌리는 세실리아에게 상황을 설명했다.

고속함의 브릿지는 최소한의 넓이였고, 귀족 취향의 디자인은 전혀 없었다.

오히려 브릿지 승조원이 있어서 아주 비좁게 느껴졌다.

"무사히 대기권을 이탈하고 부스터가 분리됐군요. 이대로 파견군 함대와 합류해 호위를 빌려 수도성으로 도망칩니다."

세실리아는 빌리를 보고 완전히 질렸다.

"……일부러 부스터까지 준비했을 줄은 몰랐네요. 기본 성능으로도 대기권 이탈이 가능했을 텐데."

만약의 만약까지 생각한 치밀한 준비였다.

"그랬다가 때를 못 맞추면 어떻게 합니까? 실제로 이렇게 도망에 성공했으니, 현명한 판단이었던 거죠."

빌리는 안도하면서 선장에게 상황을 물었다.

"우주의 전황은?"

"선전하고 있지만, 열세입니다."

“상황에 따라서는 호위 없이 이탈해야겠지만…… 그러다가 우주 해적에게 잡히면 귀찮아진다. 지방관 명령으로 호위를 모아.”

“예!”

고속함은 아군과 합류하면 바로 단거리 워프를 실행할 것이다.

세실리아는 무릎 위로 손을 꽉 쥐고 눈물을 흘리고 있었다.

무중력 상태라서 눈물이 구슬이 되어 주위에 흩어졌다.

“결국, 난 아무것도 못 했어…….”

세실리아가 한탄하는 사이에 통신이 돌아왔다.

“아군이 이쪽과 합류하기 위해 오고 있습니다. 수는 100척 정도입니다.”

통신사가 빌리가 있는 쪽을 봤는데, 그는 턱을 쓰다듬으면서 생각에 잠겨있었다.

“그 정도면 충분한가? 짐을 싣는 걸 생각하면 부족한 수준이지만, 더 시간을 들일 수는 없고……. 합류하면 바로 단거리 워프에 들어가라.”

전투 중인 함대에서 100척이 이탈했지만, 번필드가의 함대는 그것까지 추격할 여유가 없는듯했다.

100척의 함대를 이끄는 준장이 고속함과의 회선을 열었다.

『지금부터 저희가 지방관 공을 호위하겠습니다.』

빌리는 준장에게 전황을 확인했다.

“고맙다. 전황은 어떻게 되고 있지?”

『번필드가가 격렬하게 맹공을 퍼붓는 탓에 다소 열세에 들어갔으나, 이대로 계속 싸우면 저희가 이길 겁니다. 승리는 시간문제입니다.』

"……그런가. 준장, 호위를 부탁한다."

통신이 끝나자, 빌리는 준장이 한 말에 대해 불평했다.

"손해를 얼마나 늘려야 속이 풀리려는 건지. 진짜 번필드가는 성가신 놈들이군."

세실리아는 불평하는 빌리에게 차갑게 말했다.

"처음부터 안 믿었죠? 저들을 믿고 있었으면 탈출 준비에 이렇게까지 힘을 쏟지 않았을 테니까요."

3만 척의 파견군이 있었는데도, 빌리는 처음부터 승리를 생각하지 않았다.

그 말을 들은 빌리는 머리를 긁적였다.

"번필드에 맞서려면 그만큼 경계해야지요. 하지만 이번에는 놈들도 너무 서두른 것 같군요. 좀 더 병력을 갖췄으면 결과는 달라졌을지도……."

약간의 차이가 승패를 갈랐다, 그렇게 감상을 말하려고 했을 것이다.

하지만 빌리의 말은 브릿지 승조원에게 막혔다.

"워프 반응?! 누군가가 단거리 워프로 이쪽으로 워프 아웃 합니다?!"

단거리 워프로 이런 곳에 나오는 놈이 있다는 말을 듣고 모두가 우주선을 상상했다.

빌리는 아주 불쾌하다는 듯이 중얼거렸다.

"어느 멍청이가 전투 공역에 뛰어든 건지……."

워프할 때는 워프 아웃 후에 나오는 장소를 신경 써야 한다.

아무것도 없는 곳에 나오면 상관없지만, 암석 등이 밀집되어 떠다니는 곳에 나오면 재앙이다.

이번 같은 경우에도 전투 중이라 양군이 뒤섞여 싸우고 있는 전장에 워프로 뛰어드는 꼴이니, 빌리가 대단한 바보라 생각하는 게 당연한 일이었다.

그저 적인가 아군인가, 아니면 제삼자인가…… 그것이 문제였다.

하지만 모두의 예상은 배신당했다.

브릿지 승조원이 눈을 휘둥그레 떴다.

"워프 아웃 확인…… 기, 기동기사?! 적 기동기사입니다!"

이 말을 듣고 함장이 모니터에 띄우도록 지시했다.

"기동기사를 선두로 한 별동대인가? 바보 같은 짓을 하는군! 모니터에 적 부대를 띄워라!"

번필드가의 우주 함대가 전함에서 워프시킨 건 줄 알았는데, 브릿지 승조원이 부정했다.

"아, 아닙니다! 이건, 어비드……! 번필드 공작의 기체입니다!"

겨우 혼자서 잡으러 왔다는 말을 듣고 브릿지가 술렁였다.

그걸 듣고 빌리는 바로 움직이기 시작했다.

모니터로 직접 적기를 확인했고, 비친 모습을 보고 눈을 크게 떴다.

마법진에서 나오는 것은 빛의 입자를 두른 어비드…… 하지만 형상이 달랐다. 색도 전혀 달랐다.

생김새를 보고 겨우 어비드라고 판단할 수 있는 정도였다.

"하얀 기동기사? 하지만 이런 기체는 지금까지 본 적이 없다. 혹시 어비드의 신형인가?"

어비드와 흡사한 하얀 기동기사를 보고 빌리는 미간을 찌푸렸다.

"이미 신형기가 있었던 건가? 그럼 왜 처음에 안 탔지?"

새 어비드인가, 아니면 차세대기인가…… 있으면 쓰면 될 것을, 그게 빌리의 감상이었다.

답이 안 나오는 문제를 고민하기 시작한 빌리가 퍼뜩 정신을 차리고 머리를 흔들었다.

지금은 그런 걸 신경 쓸 때가 아니었다.

"서둘러 단거리 워프를 시작해라! 호위 함대를 기다릴 시간이 없——?!"

명령을 끝내기 전에 고속함이 격렬하게 흔들렸다.

시트에 몸을 고정하지 않았던 빌리가 브릿지 안에서 날아가 천장에 등을 부딪쳤다.

모니터를 보고 있던 세실리아가 말했다.

"제때 와줬어!"

◇◆◇◆◇

"무사히 성공한 것 같군."

난 어비드의 콕핏에서 안도해서 작게 한숨을 쉬었다.

단독 단거리 도약을 테스트도 없이 바로 성공했기 때문이다.

까딱 잘못하면 저승행…… 아니면 또 안내인에게 신세를 지고 전생했을지도 모른다.

어비드를 보니 왼쪽 큰 방패가 워프 전후로 빛의 입자를 방출해 떠다니게 했다.

아무래도 워프 장치를 탑재하고 있었던 모양이다.

어비드는 고속함을 따라잡아 난폭하게 달라붙으려 하다가 선체에 다리가 박혔다.

적이 단거리 워프를 하면 따라잡는 게 불가능하기에 서둘러 달라붙었는데, 좀 심하게 난폭하게 달라붙어 버렸다.

"세실리아 황녀 전하께는 나중에 사과하고, 일단 도망 못 치게 해야겠지?"

어비드가 고속함을 스캔해서 공격해도 함이 폭발하지 않는 곳을 산출해 냈다.

격파하면 편하겠지만, 인질을 구출해야 하므로 귀찮은 절차가 필요했다.

"좋아, 여기군."

단거리 워프를 할 수 없게 선체에 검을 박아 구멍을 뚫었다.

폭발하지 않도록 신중하게 칼날을 꽂고 나니 절로 안도의 한숨이 나왔다.

"부서지지 않게 하는 것도 고생이네."

이제 도망칠 수 없게 된 고속함에 항복을 요구했다.

"들리지? 여기는 리암 세라 번필드 공작이다. 얌전히 세실리아 황녀 전하를 넘기고 투항해라. 그러면 목숨은 살려주겠다."

이만큼 접촉하면 회선이 열릴 줄 알았는데, 적의 반응이 없었다.

"뭐지? 통신이 닿질 않았나?"

채널을 바꿔서 다시 시도하려는 순간, 세실리아 황녀 전하의 목소리가 들렸다.

『번필드 공작, 들리나요?! 전 여기 있습니다! 지방관 빌리도 같이 있습니다! 지금 이쪽으로 파견군 100척이 오고 있습니다! 이 자들은 호위를 기다리고 있어요! 이, 이거 놓으세요!』

어째 내부에서 싸우는 소리가 들려왔다.

세실리아 황녀 전하가 통신기를 빼앗아 연락하다가 제압당한 모양이었다.

"……이런 짓도 할 줄 알고, 제법 배짱 있네."

통신이 끊어진 이후로는 아무것도 들리지 않았다.

"이걸 어떻게 한담?"

어비드로 브릿지를 움켜쥐고 협박할까, 생각했지만 통하지 않을 것 같았다. 저기엔 세실리아 황녀 전하가 있다. 쉽게 말하자면 서로 인질을 잡은 꼴이다.

상대도 내가 섣부르게 움직이지 못할 걸 알고 있다.

"얌전히 쿠나이나 특무육전대를 부를까?"

그러는 사이에 파견군의 100척 정도 되는 함대가 이쪽으로 접근했다.

상대는 이미 상황 설명을 들었는지 어비드를 중심으로 포위망을 만들었다.

콕핏에 다시금 목소리가 들렸다.

『여기서 무리하게 싸우면 안 돼! 고속함이 말려들면 세실리아를 구할 수 없어!』

목소리의 말대로 섣불리 싸우면 말려들고 말 것이다.

파견군도 그걸 알고 있었다.

『거기 있는 건 번필드 공작인가? 여기서 싸우는 건 서로에게 도움이 되지 않는다. 지금은 그쪽이 물러나는 게 어떤가?』

함대를 이끌고 온 준장이 통신 회선을 열어 대화를 시도했는데, 나에게 물러나라고 하는 게 마음에 안 들었다.

"그쪽이 물러나야지. 우리가 이기고 있는데."

『확실히 지금은 그쪽이 우세하지만, 시간이 지날수록 우리가 유리하다. 허세는 그쯤 해두시지.』

"3만 척을 가지고도 겨우 5천 척에 두들겨 맞는 상황인데 그런 말이 나와? 너하고는 말이 안 통한다. 함대 사령관을 불러와."

심술궂은 대답을 내놓자 준장이 화를 참으며 말했다.

『……사령관님은 바쁘셔서 못 나온다. 애초에 이 상황에서 어떻게 할 수 있다고 생각하나? 겨우 한 기의 기동기사로?』

이렇게 대화하는 와중에도 적 함대에서 기동기사들이 출격하는 모습이 보였다.

명령이 떨어지면 언제든지 어비드를 공격할 수 있도록 무기까지 들고 있었다.

"섣불리 공격하면 지방관뿐만 아니라 세실리아 황녀 전하까지 죽는다. 황족을 살해한 중죄인이 된다는 뜻이지."

『……우리를 상대로 인질극을 벌일 생각인가?』

"그건 내가 할 말이다."

이야기하면서 느꼈는데, 이대로 계속해도 끝이 안 난다.

어느 한쪽의 아군이 올 때까지 교착 상태가 이어질 것이다.

그런 생각을 하고 있으니, 조종간이 까딱까딱 움직였다.

조종간을 보니 목소리가 어비드의 마음을 대변했다.

『자기는 괜찮으니까 온 힘을 다하래…… 지금의 이 아이라면 분명 리암의 힘을 받아줄 거야.』

어비드 못지않게 목소리도 나에 대해 상당히 잘 아는 것 같았다.

"그 수밖에 없나."

어비드와 고속함을 중심으로 파견군 함대는 거의 구형으로 에워싸고 있었다.

어비드를 고속함의 선체…… 선수 부근에 세운 나는 태도를 마법진에서 꺼내 대검과 함께 선체에 박았다.

그대로 어비드의 양손을 태도와 대검의 뒷매기(손잡이 끝)에 올리고 딱 버티고 서게 했다.

우리의 모습을 보고 준장은 조금 당황했지만…… 바로 깔보는 표정을 지었다.

『아군이 올 때까지 움직이지 않을 생각인가? 소용없다. 아까 본대에 증원을 의뢰했다. 그리고 번필드가의 함대도 슬슬 힘이 빠지기 시작한 모양이다. 이미 절반이 격파당했다는군.』

준장의 말을 듣고 목소리가 나에게 속지 말라고 말했다.

『저건 허풍이야.』

"그렇겠지."

난 눈을 감고 의식을 집중했다.

준장은 대화를 중단한 나에게 이런저런 말을 계속했다.

『여기서 물러나지 않으면 수도성에서 사문회가 열렸을 때 처지가 더 안 좋아질 거다! 아무리 지체 높은 귀족이라 해도, 황녀 전하를 인질로 잡는 건 용납되지 않는다.』

누가 인질로 잡고 있는지는 더 이상 상관없다.

이기는 쪽이 옳고 진 쪽은 모든 죄를 뒤집어쓴다. 이건 그런 싸움이었다.

『안 들리는 척을 하는 건가? 그런 짓을 한다고 상황이 개선될 것 같나?』

나를 초조하게 만들려고 필사적인 준장의 목소리는 정말 성가셨다.

하지만 준비는 끝났다.

내가 눈을 뜨자 준장은 반응을 보인 게 기쁜지 더더욱 강한 어조로 말했다.

『지금부터 우리의 지시를 따르면 사문회에서 정상참작을 요구하는 탄원을 해줄 수도 있다! 자, 어떡할 건가, 번필드 공작!!』

귀족을 재판할 때 사문회가 열리는데 그런 곳에서 고작 준장 정도의 의견 같은 게 수용될 리가 없다.

난 한 번 출석한 적이 있어서 준장보다 잘 알고 있다.

“떠들지 마라. 금방 끝난다…….”

너무 힘을 주면 또 어비드를 부술 테니, 힘을 조절하면서 구형으로 전개한 적을 전부 인식해야 한다.

조건이 평소보다 복잡해서 집중력이 필요했다.

『어?』

집중력을 높이고 일섬을…… 진짜 일섬을 보여줬다.

“……일섬.”

그 직후, 우리를 중심으로 우주에 수많은 선이 구형 범위로 그어졌다가 사라졌다.

순식간에 일어난 일이었다.

통신 화면은 준장이 넋을 놓은 모습을 마지막으로 연결이 끊어졌다.

이윽고 콕핏에 함정과 기동기사가 일제히 폭발하는 광경이 비쳤다.

폭발 탓에 눈이 좀 부실 지경이었다.

그래도 어비드는 무사한 것 같아 가슴을 쓸어내렸다.

목소리가 눈앞에 펼쳐진 광경에 놀랐다.

『굉장해…….』

조종간을 부드럽게 쥐었다.

"또 같이 열심히 해보자."

앞으로도 어비드와 함께 싸우겠다고 마음먹었을 때 통신이 들어왔다. 나를 쫓아온 슈바르츠 포겔에서 온 연락이었다. 통신 상대는 아델버트였다.

『리암 님! 특무육전대를 데리고 저 아델버트가 왔습니다!』

멋진 포즈를 취하는 아델버트의 모습을 보고 난 우스워서 웃어버렸다.

무턱대고온 게 아니라 특무육전대를 챙긴 점은 고평가다.

자신을 어필하는 점도 포함해서 재밌는 녀석이다.

"너 진짜 재밌네. 마음에 들었어."

『감사합니다!』

내가 웃고 있으니, 어비드에서 삐걱이는 소리가 들렸다.

"응?"

고개를 움직여 무슨 일이 일어났는지 확인하자, 목소리가 말했다.

『이제 시간이 된 것 같아. 아군이 와서 안심한 거야.』

"그게 무슨 소리지?"

목소리는 뭔가 아는 것 같았다.

『이 모습으로 변화한 건 상당히 무리한 결과야. 하지만 이 아이는 지원이 올 때까지 투지를 보이고 버텼어. ……꼭 칭찬해 줘. 그리고, 안녕…….』

목소리가 이별을 고하는 것과 동시에 어비드가 붕괴하기 시작했다.

"어, 야?!"

밖에서 봐도 이상한 광경이었을 것이다.

아델버트가 외치고 있었다.

『으아악! 리암 니이이임! 누, 누구라도 좋으니까 빨리 구조를! 어, 없어? 그럼 내가 간다! 이 아델버트가 화려하게 구출하러 가겠다!』

모니터에는 분주하게 브릿지에서 나가는 아델버트의 모습이 비쳤다.

특무육전대는 데려왔지만, 기동기사는 챙기지 못한 듯했다.

그러는 사이에도 어비드는 계속 붕괴했고…… 어느새 검귀와 싸울 때의 모습으로 돌아와 있었다. 아니, 변화했을 때보다 더 너덜너덜해져 있었다.

왼팔은 프레임이 부러지고 장갑에 금이 가 있었다. 머리와 동체도 상황이 심각했다.

"쉽게는 안 된다는 건가……. 하지만 겨우 일섬을 버틸 수 있는 모습이 됐어. 이제 니아스에게 맡기고 재현시켜야지."

뒷일은 전부 가신들에게 맡기기로 하고, 난 그보다 신경 쓰이는 점을 확인했다.

바로 바나디스였다.

어비드가 부서진 왼팔로 끌어안듯이 우주에 떠다니는 바나디스를 잡고 있었다.

방금까지 어비드 혼자였는데, 대체 어디서 튀어나온 걸까?

"……그 모습은 바나디스와 합체한 결과였나? 아니, 설마."

빌리는 고속함의 브릿지에서 주위의 광경을 바라보았다.

호위로 부른 아군 함대가 일제히 폭발해 우주쓰레기가 되어 주위를 떠돌고 있었다.

폭발로 날아간 잔해가 고속함 선체에 충돌할 때마다 내부가 덜컹덜컹 흔들렸다.

고속함의 함장이 창가에 선 빌리의 등을 향해 말했다.

"지방관 공, 함선에 번필드가의 육전대가 침투했다. 우리 육전대는 오래 버티지 못할 거다."

곧 브릿지가 제압당할 것이라는 말에 빌리가 돌아봤다.

"……세실리아 황녀 전하를 데리고 다 같이 항복하시지요."

"정말로 괜찮은가?"

빌리가 철저하게 저항하겠다고 말하지 않아 함장은 안도했지만, 오히려 너무 쉽게 단념하는 게 걸리는 듯했다.

유사시를 대비해 고속함에 부스터까지 준비했던 빌리가 포기한 게 믿기지 않을 것이다.

빌리가 쓴웃음을 지었다.

"본인은 저항하겠지만, 다른 사람들은 목숨을 걸 필요가 없죠."

빌리는 거짓말을 했다.

선장이 브릿지 승조원에게 눈짓하자 전원이 자리에서 일어났다.

그때 끌려가는 세실리아가 돌아봤다.

"당신하고는 두 번 다시 만나고 싶지 않아요."

솔직한 황녀 전하의 말에 빌리는 웃음을 지었다.

"그렇겠죠. 당신은 본인과 상관없는 세상에서 사는 사람이에요. ……안심하십시오. 재회는 없을 거라 약속합니다."

세실리아는 빌리의 말에 아무 대답도 하지 않고 브릿지에서 나갔다.

혼자가 된 빌리는 안주머니에서 권총을 꺼냈다.

구경이 큰 핸드건이었다.

"좋은 인생은 아니었지만, 본인은 이 정도 분수였던 거겠지……. 그들에게 잡혀서 번필드가의 공적이 되는 것도, 그 황태자 전하의 장난감이 되는 것도 사양이야."

권총의 총구를 관자놀이에 대고 주저하지 않고 방아쇠를 당기자, 레이저가 발사되어 머리를 뚫고 태웠다.

◇◆◇◆◇

슈바르츠 포겔에 어비드가 수납되었고, 나도 브릿지에 돌아와 아델버트에게 현재 상황에 대한 보고를 받았다.

"리암 님, 번필드가의 함대의 승리입니다. 축하드립니다!"

정중하게 기사의 인사를 하는 아델버트를 보고 난 작게 한숨을 쉬었다.

"확실히 이 승리는 최종적으로 내 공적이 되겠지만, 이는 너나

역할을 이어받은 지휘관의 공이기도 하다. 자랑해도 된다."

악덕 지방관을 따르는 파견군을 응징했다! 하고 내 공적이 될 것이다.

뭐, 대신 진 경우에도 내 책임이 되겠지만.

부하가 했으니, 저에겐 책임이 없습니다! 라고 할 수 없는 게 다른 사람 위에 서는 사람의 괴로운 입장이다.

아델버트는 가슴을 펴고 말했다.

"그렇다면, 이 아넬버트가 훌륭하게 승리를 거두었습니다! 그러면 바로 보수에 대해 의논하고 싶습니다."

갑자기 보수 이야기라니…….

그 말에 이 자리에 있던 브릿지 승조원들도 내가 어떻게 보답할지를 귀 기울였다.

이 대답은 사기에 영향을 주기 때문에 신중할 수밖에 없었다.

……아델버트, 교묘한 짓을 하는군.

"급여와는 따로 포상금을 주지. 활약에 따라 각자 다르겠지만, 그래도 상당한 금액을 주겠다. 물론 좋은 평가도 해주겠다. 출세하는 녀석들도 많지 않을까?"

큰 포상을 약속하자, 브릿지 승조원들이 약간 기뻐하는 것 같았다. 하지만 그보다 신경 쓰이는 게 있는지 우리 쪽을 주시하고 있었다.

"말씀은 감사하지만, 저는 그쪽은 그다지 신경 쓰지 않습니다. 지금까지 리암 님께서 포상을 인색하게 주신 적은 없었으니까요.

저는 그것보다 출세에 관심이 있습니다."

이번의 활약을 이유로 삼아 필두기사로 삼아달라고 할 생각인 걸까?

재밌는 녀석이지만, 그래도 아직은 필두기사로 삼을 실력이 아니다.

애초에 클라우스를 필두기사에서 빼는 건 말도 안 되는 소리다.

"필두기사 자리 말인가? 미안하지만 포기해라. 이번 한 번으로 얻을 수 있는 지위가 아니다."

"그건 저도 알고 있습니다."

"엥?"

아델버트에게서 의외의 대답이 나와 놀랐다.

브릿지 승조원들도 서로 얼굴을 마주하고 소곤거렸다. 이 녀석들한테도 의외였던 모양이다.

아델버트는 주위의 반응을 무시하고 말했다.

"유능한 기사들에게 번호를 주고, 동시에 그에 맞는 권한을 부여하는 제도가 있다고 들었습니다. 하지만 현재는 실질적으로 필두기사인 클라우스공 외에는 선정되지 않은 상황이라고 하더군요. 이게 틀림없습니까?"

그러고 보니 그런 이야기가 있었지.

클라우스 외에는 문제아들 뿐이라서 아직 다음 번호가 선정되지 않은 상황이다.

만일 지정한다면 다음은 아마 티아나 마리를 선정하지 않을까 생각하는데…… 그 녀석들은 잠깐 한눈을 팔면 문제를 일으키니, 진짜 선정해도 좋을지 고민이다.

특히 그 둘은 평소의 행실이 안 좋아서 반성 좀 하라고 일부러 안 주고 미루는 상황이기도 했다.

"……그랬었지. 그게 왜?"

"부디 이 아델버트에게 클라우스 공의 뒤를 잇는 번호를 주셨으면 좋겠습니다."

아델버트가 필두기사 자리를 요구하지 않은 건 의외였다. 다만 아무리 그래도 이번 활약 한 번으로 그 번호를 줄 마음은 들지 않았다.

하지만 분수에 안 맞다고 꾸짖을 마음도 들지 않았다. 이 녀석이 궁극적으로 원하던 건 필두기사 자리니, 제 나름대로 하향 지원한 거다.

"필두기사를 노리던 것 아니었나?"

"네, 지금도 노리고 있어요. 이 아델버트가 번필드가의 필두기사가 되는 것은 결정 사항이나 마찬가지……. 하지만 지금은 클라우스 공에게는 못 미칩니다. 그걸 이번 싸움에서 실감했습니다."

아델버트가 겸허해졌다! 라고 생각할 수 있지만, 사실 클라우스 다음으로 자신이 대단하다고 말하는 것부터가 자신감 과잉이다.

티아와 마리가 들으면 분개하거나 코웃음을 쳤을 거다.

주위 사람들도 웅성거렸다.

"이걸 겸허해졌다고 봐야 하나?"

"겸허한 놈은 자기가 넘버2라고 우기진 않지."
"이전보단 나아진 거 아니야?"
브릿지 승조원의 반응을 보아하니, 역시 나와 같은 심정인 것 같았다.
난 웃음을 터뜨리고 말았다.
"필두기사 자리를 노리는 너도 클라우스의 실력을 인정했군."
"……네. 자신에게 부족한 것이 있다는 걸 자각했습니다. 당분간은 클라우스 공 아래에서 배워야 한다는 것도요."
"아주 좋다. 하지만 번호는 아직 줄 수 없다. 너 이상으로 공적을 쌓은 기사들이 많다. 앞으로도 노력해서 그 녀석들을 추월하면 바라는 지위를 약속하지."
난 아델버트의 부탁을 거부했는데 본인은 순순히 받아들였다.
"그 말씀을 들은 것만으로도 만족합니다. 언젠가 다른 기사들을 전부 앞질러, 클라우스 공에 이어서 번호를 받겠습니다."
자신감에 찬 아델버트를 보고 난 혼자 유쾌해졌다.
의외로 번호제의 반응이 좋으니, 본격적으로 제도를 정비하자는 생각에 이르렀다.
이런 거, 좀 설레네.
전생에 닛타 군이 이런 이야기를 했는데, 당시엔 그다지 실감이 나지 않았다.
자신이 관여하는 입장이 되니 이게 의외로 재밌다.
하지만 권한을 너무 많이 주면 내가 마음대로 할 수 없게 되니,

조절이 어려울 것이다.

"그렇게 해라. 클라우스에게 네가 마음에 들었다고 전해두지. 열심히 해라, 아델버트."

"물론입니다."

이야기가 일단락돼서 난 슈바르츠 포겔의 목적지를 말했다.

"……에크스나가의 행성에 강하한다. 앞으로에 대해서 상의해야 하니까."

◇◆◇◆◇

슈바르츠 포겔이 다시 행성에 강하했고, 리암은 에크스나 남작과 이후에 관한 상의를 위해 반파된 저택으로 향했다.

크루트와 세실리아도 대화의 장에 불렸지만, 시엘은 참석이 허락되지 않았다.

자리에 불리지 못한 시엘은 슈바르츠 포겔의 기동기사 운용 구획인 격납고로 향했다.

손상이 심한 로열 가드의 네반 타입이 늘어선 광경은 지상에서 얼마나 격전이 펼쳐졌는지를 보여주는 듯했다.

이것만 봐도 저들이 승리에 많은 공헌을 한 건 틀림없지만, 정작 당사자들은 불만이 있는 듯했다.

그중에서도 불만스러워 보이는 건 리암의 그라프 네반을 빌린 에셀이었다.

그녀는 로열 가드 두 부대를 정렬시켜 놓고 분한 마음을 담아 설교(?)하고 있었다.

"이번 싸움에서 리암 님께서 출격하신 건 우리에겐 굉장히 용납하기 어려운 일이지만, 항상 있는 일이니 꾸짖지 않겠다. 하지만! 리암 님께서 궁지에 몰렸을 때 달려가지 못한 것은 명백한 실태! 로열 가드를 자칭할 자격이 없다! 나는 물론 네놈들 모두, 본성에 돌아가면 피를 토하는 훈련을 실시한다! 알겠나?!"

초인인 기사들이 피를 토하려면 대체 어떤 훈련을 해야 할까?

시엘이 오싹함을 느끼고 있으니, 로열 가드들이 기사의 경례를 했다.

"예! 저희는 한심함을 통감했습니다. 대장님이 예정한 훈련보다 더 가혹한 훈련을 희망합니다!"

로열 가드로 뽑힌 기사는 상승 지향 덩어리다. 피를 토하는 훈련을 하겠다는 말을 듣고도 더 가혹한 훈련을 희망하는 변태들이란 뜻이다.

일반인 이해하기 어려운 집단이었다.

부하들의 희망을 들은 에셀은 분한 듯이 정정했다.

"까불지 마라! 그럼 난 너희보다 더 가혹한 계획을 짜서 실시하겠다! 너희들한테 지지 않는다!"

……그녀는 무엇과 경쟁하고 있는 걸까?

시엘은 로열 가드를 이해하기를 포기하고, 격납고 한쪽 구석에 정리된 바나디스를 봤다.

바나디스는 이미 기능이 모두 정지되어 아무런 반응도 보이지 않았다.

시엘은 방치된 바나디스의 머리를 만졌다.

"그렇게 얄미웠는데, 이제는 대답도 안 해주는구나."

릴리에…… 언니와 보낸 나날은 짧았지만, 시엘에겐 정말 소중한 추억이 되었다.

릴리에의 존재는 끝까지 숨겼기 때문에 시엘밖에 모른다.

그래서 혼자라도 명복을 빌어주려고 이곳에 왔다.

"리암이 네 덕분에 이길 수 있었다고 말했어. 마지막까지 힘내줘서 정말 고마워…… 언니."

눈을 감고 손으로 깍지를 끼고 기도하고 있으니 로열 가드들이 소곤소곤 이야기하는 소리가 들려왔다.

"에셀 대장, 그녀는 무엇을 하는 걸까요?"

"난 이상한 사람이 무슨 생각을 하는지 모른다. 그건 그렇고 에크스나가의 아가씨는 리암 님께 너무 무례해. ……언젠가 철저히 교육해야겠어."

뒤에서 오가는 무서운 말에, 시엘은 화를 조금 냈다.

(이상한 당신들이 할 소리냐고, 그게! 그리고 교육이라니, 뭘 할 생각이야?!)

그때 누군가가 시엘에게 말을 걸었다.

"설마 시엘이 바나디스를 탔을 줄은 몰랐어."

시엘이 눈을 뜨고 목소리의 주인을 보니, 어느새 옆에 크루트가 서 있었다.

"오라버님?! 이, 이야기는 벌써 끝났나요?"

"아직. 회의가 길어져서 휴식하기로 했어. 저녁 식사 후에 다시 재개할 예정이야. 영지 상태를 조사 중인데, 벌써 문제가 한둘이 아니라서 난처하더라."

크루트는 지친 표정을 지으면서도 웃음을 잃지 않았다.

문득 그의 시선이 바나디스로 향했다.

"……제6의 영업 담당한테 들었어. 설마 새 시스템의 영향으로 내 카피가 나타나 바나디스를 움직일 줄은 상상도 못 했는데."

시엘은 릴리에 이야기를 해야 할지 말아야 할지 고민했지만 결국 하지 못했다.

"덕분에 오라버님과 모두를 도울 수 있었어요."

"그런 것 같더라. 나도 고맙다고 해야겠어. 자신에게 고맙다고 하는 것 같아 기분이 좀 이상하지만, 덕분에 목숨을 건진 건 사실이니까……. 고마워, 또 하나의 나."

크루트가 바나디스의 머리를 만지자, 트윈아이가 희미하게 빛났다.

시엘은 놀라서 홱 물러섰다.

"움직였어?!"

크루트도 놀라서 굳어있었던 것 같은데 바로 이유를 추측했다.

"아니…… 머리 내부 배터리가 약간 남아있어서 뭔가에 반응한 걸지도 몰라."

"그런가요?"

"어, 어어, 아마도. 그러면 나는 남은 일이 있으니까, 이만 가 볼게. 아, 그리고 한동안은 복구 작업으로 집안이 바쁠 거 같으니까, 시엘은 다시 리암에게 신세를 지는 게 좋을 거 같아. 아버님은 미안한 눈치였지만, 리암은 신경 쓰지 않아도 된다고 완고하게 버티더라고."

크루트가 난처한 표정으로 웃고 있는데 시엘은 리암의 속셈을 알아차렸다.

(그 남자, 날 가족한테서 떨어뜨려 놓을 생각이구나! ……그래도, 아마도 이젠 괜찮겠지.)

시엘은 리암을 나쁜 사람이라고 생각하지만, 사실 그것보다 더 걱정되는 건, 자랑스러운 오라버님을 언니로 만들어 버릴지도 모른다는 미지의 공포심 때문이었다.

오라버님은 내가 지킨다! 하고 리암 옆에서 감시하고 있었던 것이다.

하지만 그 역할은 이제 끝이 다가오고 있다.

크루트가 격납고에서 떠나려고 하자 시엘이 등을 향해 물었다.

"오라버님! 세실리아 님을 사랑하나요?"

멈춰 선 크루트는 뒤돌아보고 쑥스러워하면서 대답했다.

"나한테는 아까울 정도로 멋진 여성이니까. ……사랑하지."

그 말을 듣고 더 이상 걱정할 필요가 없다고 생각한 시엘은 미소를 지었다.

"대답 고마워요, 오라버님. 저도 둘이 잘 어울린다고 생각해요."

"그래? 고마워, 시엘."

이번에야말로 크루트가 떠나자, 시엘은 바나디스를 보고 말했다.

"오라버님은 이제 괜찮은 것 같아. 그러니까 너하고는 두 번 다시 못 볼 것 같아."

분명 자신은 릴리에를 두 번 다시 못 만날 것이다.

조금 섭섭했지만, 시엘은 이걸로 된 거라며 납득했다.

그리고 그 자리에서 기지개를 켰다.

"음~, 근데 모처럼 집에 돌아왔는데, 또 번필드가에 신세를 지게 되는 건가. 차라리 이대로 대학에 진학할까?"

시엘은 번필드가에 신세를 질 바에는 제국 대학에 진학하는 걸 생각했다.

◇◆◇◆◇

에크스나 남작과 세실리아 황녀 전하와의 대화는 무사히 끝났다.

내 제안에 난색을 보일 줄 알았는데, 순순히 받아들여서 만족스러운 결과를 얻을 수 있었다.

난 사후 처리를 아델버트와 가신들에게 떠넘기고 혼자 어떤 곳에 와있었다.

바로 지방관이었던 빌리가 만든 불법 식물 농원이다.

에크스나가의 본성에 재배하기 좋은 토지가 있었던 모양이다.

빌리 녀석은 희희낙락해서 불법 식물을 재배한 것 같았다.

"이렇게 보면 그냥 꽃밭이네. 이렇게 보기만 해서는 불법으로 지정된 식물인 줄 모르겠어."

울퉁불퉁한 토지를 갈아 씨를 뿌리기만 했는데, 급속히 성장하여 벌써 꽃을 피웠다.

그만큼 토지와 기후가 적합했다는 뜻이다.

주위에 설치된 기계가 꽃밭을 관리하는 모습이 보였다.

꽃밭의 넓이는 약간 높은 곳에 서 있는 내 시야를 온통 뒤덮을 정도였다.

하얀 꽃이 바람에 흔들리자, 꽃잎이 흩날렸다.

그런 경치를 바라보며 이 밭을 어떻게 처리할지 생각하다가 문득 사람을 발견했다.

하얀 모자와 원피스를 입은 여성이 꽃밭 속에 홀로 서 있었다.

내가 바로 알아차린 이유는 그녀의 파란 머리카락 때문이었다.

긴 머리카락이 바람에 흔들려 꽃밭에서도 눈에 띄었다.

어딘가에서 본 듯한 인물이라 생각해 다가가자, 여자가 돌아보며 부끄러운 듯이 미소 지었다.

"오랜만이네, 리암."

"그래, 오랜만이네. 왜 이런 곳에 있는지 물어봐도 될까?"

이유에 따라서는 체포해야 하지만, 마음속으로 그건 싫다고 생각해 버렸다.

내 권력을 쓰면 간단히 도와줄 수 있지만, 적대한 경우에는 별개다.

여자…… 릴리에가 빌리의 부하라면 나는 체포할 생각이었다.

경계심이 강하게 드러났는지, 릴리에는 곤란한 표정을 지으면서 미소 지었다.

"그렇게 무서운 표정 지을 거 없어. 난…… 우연히 여기에 왔을 뿐이니까."

예전엔 조심스러웠는데, 오늘은 분위기가 묘하게 달랐다.

그 점이 조금 신경 쓰였지만, 본인이 무관하다고 하니 이 이상은 캐묻지 않기로 했다.

무엇보다 거짓말을 하는 느낌은 아니었다.

"믿을게. 의심해서 미안해."

"정말 믿는 거야? 사실은 악녀일지도 모르는데?"

릴리에의 말에 난 작게 한숨을 쉬었다.

"애초에 이 일과 관련된 사람이라면 여기에 있는 게 얼마나 위험한지 알 테니까."

"어…… 그래?"

릴리에는 아무래도 이 꽃밭이 무엇인지 모르는 듯했다.

"이건 제미나이라는 꽃이야. 제국에서 엄중하게 관리하는 식물이지. 허가 없이 재배하면 귀족도 처벌을 피할 수 없어."

그 말을 듣고 릴리에는 눈을 크게 떴다.

"이렇게 예쁜 꽃밭인데? ……그렇구나, 이게 제미나이구나. 실물은 처음 봤어."

"……몰랐어?"

릴리에는 얼굴을 빨갛게 물들이고 부끄러워하면서 무릎을 굽혀 그 자리에 쭈그리고 앉았다.

"제미나이는 알고 있지만, 실물이 이런 걸 줄은 몰랐어……. 난 그냥 평범한 꽃밭이라고 생각했는데."

"그럼 어떻게 내 질문에 대답할 수 있었지? 여기가 위험한 곳이라는 걸 알고 있었기 때문이잖아?"

모순이 생겨서 경계심이 강해졌는데, 릴리에는 착각한 걸 깨닫고 부끄러워했다.

"아니, 나는 그게…… 그냥 내가 왜 이 행성에 있는지 물어본 건 줄 알고……. 이 행성은 방금까지 전쟁 상태였잖아."

릴리에는 단순히 왜 이 행성에 있는지 질문을 받았다고 생각한 모양이다.

확실히 맨 처음 만난 곳은 수도성이었으니까.

그 후에도 수도성에서 재회했으니, 릴리에가 여기에 있는 건 부자연스럽긴 하다.

애초에 릴리에는 어떤 사람일까?

캐묻지 않을 생각이었는데, 내 안에서 의문이 커졌다.

어비드 안에서 들려온 목소리의 주인이 그녀라고, 내 감이 말하고 있었다.

"있잖아, 릴리에, 혹시 너……."

내가 확인하려고 하자, 릴리에는 일어서서 나에게 등을 돌렸다.

양팔을 벌리고 제미나이 꽃밭을 걷기 시작했다.

"이렇게나 예쁜데 존재를 인정받지 못하다니, 왠지 불쌍하네."

대답하고 싶지 않은 것 같았다.

릴리에는 제미나이로 화제를 돌리고, 나에게 옆얼굴을 보여줬는데 조금 슬픈 듯했다.

"인간이 이상한 사용법을 생각하기 전까지는 축복받은 식물이었는데. 너무 제멋대로야."

그 순간 강한 바람이 불었다.

릴리에는 모자와 스커트를 손으로 누르고 안절부절못하며 부끄러워했다.

"봐, 봤어?"

나에게 스커트 속을 보인 것을 신경 써서 얼굴을 빨갛게 물들이는 모습에서 수줍음을 느꼈다.

생긴 것만 멀쩡한 내 가신들은 모르는 감성이었다.

특히 티아와 마리…… 그 녀석들은 릴리에한테 소녀의 마음을 배웠으면 한다.

난 어깨를 으쓱였다.

"안 보였으니까 걱정 마."

"그, 그래."

안도하는 릴리에를 보고 있으니 강한 바람에 줄기가 꺾여 날아가 버린 제미나이 꽃이 내 쪽으로 천천히 떨어졌다.

그걸 손으로 잡아서 꽃향기를 맡으니 좋은 향이 났다.

내가 잡은 꽃을 건네자, 릴리에는 받아서 똑같이 향을 맡았다.

"……향 좋네."

"동감이야."

둘이 펼쳐진 꽃밭을 바라본 지 얼마나 시간이 지났을까? 너무나도 바쁜 나날을 보내는 사이에 이렇게 아름다운 광경을 볼 기회가 줄어들었다는 느낌이 들었다.

힐링 효과가 있는 영상을 이용하는 경우는 있어도 실제로 자연 속에서 지낼 기회는 최근 몇 년 사이에 극단적으로 줄었다.

아무래도 조금 과하게 열심히 한 것 같다.

릴리에가 제미나이 꽃밭을 아쉬운 듯이 바라보았다.

제미나이는 재배가 엄격하게 관리되는 식물이다. 제국에 지방관이 재배하고 있었다고 보고하면 당장 처리하라는 명령이 떨어질 것이다.

눈앞에 펼쳐진 경치는 지금만 볼 수 있는 광경이었다.

그걸 아는지 릴리에는 눈앞의 경치를 자신의 기억에…… 마음속에 새기려고 하는 것처럼 보였다.

그런 옆모습을 보고 있으니 아무래도 마음이 움직이고 말았다.

"……여기가 그렇게 마음에 들면, 이 꽃밭을 남겨줄까?"

"어?"

난 놀란 표정을 짓는 릴리에에게 약속했다.

"네 마음에 든 것 같으니, 이 꽃밭은 남겨줄게. 그렇게 하면 또 널 만날 수 있을 것 같은 느낌이 드니까."

"겨, 겨우 날 만나려고 그런 부담을 감수하는 거야?"

"나한테는 그만한 가치가 있는 일이니까."

신출귀몰한 릴리에와의 재회에 아무래도 제미나이 꽃밭이 관련되어 있다는 느낌이 들었다.

이렇게까지 제미나이꽃에 빠졌으니, 에크스나가에 놀러 왔을 때 재회할 확률이 올라갈지도 모른다.

그런 개인적인 이유로 난 눈앞에 펼쳐진 꽃밭을 유지하기로 마음먹었다.

정의의 사도가 아니며 제멋대로에 교만하다…… 그야말로 악당에 걸맞다.

"릴리에, 또 여기서 만날 수 있을까?"

또 만나고 싶다고 전하자, 릴리에는 제미나이꽃으로 입가를 가리면서 작게 고개를 끄덕였다.

얼굴을 붉힌 릴리에의 그 모습에 만족한 나는 슬슬 시간이 됐다는 걸 떠올리고 등을 돌렸다.

"그럼 또…… 아니, 야?!"

떠나려는 데 릴리에가 내 등에 뛰어들듯이 안겼다.

멋지게 헤어지려고 했는데 엉망이 됐잖아.

놀라서 굳어있으니, 릴리에가 울먹이는 소리가 들렸다.

"……정말 고마워."

"꽃밭 말이야? 신경 쓰지 마."

"그것만이 아니야. 꽃밭도 고맙지만, 여러 가지로……. 리암이 여기에 없었다면 분명 큰일 났을 테니까."

난 점점 릴리에의 정체가 감잡히기 시작했다.

"신경 쓰지 마. 여기엔 친구를 돕기 위해 왔어."

"그런 이유만으로 이렇게 고생했잖아. 후회하지 않아?"

"안 해. 후회 같은 건 절대 사절이야. 난 자신을 위해서 마음대로 살기로 정했어."

"그렇구나……. 응, 리암다워서 난 좋아."

등에서 릴리에의 감촉이 사라져서 천천히 돌아봤다.

돌아보니, 거기에 릴리에의 모습은 없었다.

"릴리에…… 넌 역시……."

◇◆◇◆◇

시엘은 집으로 돌아가기 위해 바이크를 몰고 있었다.

물론 바퀴가 아니라 살짝 부양하는 형태이므로, 길이 고르지 않아도 별 문제없었다.

"반파됐다고는 해도 집에 얼굴은 비춰야지. 부모님과도 오랜만에 제대로 이야기를 하고 싶고. 그럴 시간이 있을지는 모르겠지만."

에크스나가의 본성은 황폐해진 채로 방치되어 있었다.

그런 상황에 가족의 단란한 분위기 같은 건 시엘도 기대하지 않았다.

그저 가족과 조금이라도 시간을 보내고 싶다는 마음뿐이었다.

그런 시엘이 급브레이크를 걸어 차체를 옆으로 돌리며 멈췄다.

"어, 어어어…… 어째서?!"

시엘이 급브레이크를 걸고 멈춘 건 우연히 어떤 인물을 봤기 때문이다.

상대도 시엘의 존재를 알아차린 듯했다.

"아, 시엘."

손을 흔들며 인사하는 사람은 릴리에였다.

시엘은 바이크에서 뛰어내려 릴리에에게 달려가 양어깨를 붙잡고 흔들었다.

"왜 성전환 한 거야, 오라버님?! 오라버님은 결혼하잖아요? 그런 모습을 하고 있으면 안 되잖아요? 네?!"

세실리아 황녀 전하와 결혼하는데 무슨 생각이냐!! 시엘은 호통치고 싶은 기분을 억누르고 릴리에…… 크루트 설득을 시도했다.

하지만 릴리에는 입술에 손가락을 대고 요염하게 미소 지었다.

"매듭을 지으려고 했는데 우연히 리암이 왔거든. 그러더니 제미나이 꽃밭을 날 위해 남겨주겠다고 말해줬어. 이건 운명이 아닐까? 리암은 뭔가 착각한 거 같지만, 난 뭔가 강한 운명을 느꼈다고나 할까~."

릴리에는 리암과 만났을 뿐만 아니라 제미나이…… 성전환약의 재료까지 확보한 게 너무 기뻐서 흥분해 있었다.

시엘은 눈을 휘둥그레 떴다.

(그, 그 썩을놈이이이이! 핀포인트로 오라버님을 탈선시키다니, 진짜 최악 중의 최악의 남자야!)

그러다 시엘은 위화감을 느꼈다.

"……응?"

릴리에는 원래 이런 분위기가 아니었다.

굳이 따지자면 이건 시엘과 말싸움하는 도중에 변한 바나디스 릴리에의 반응이다. 그리고 당연히 그걸 크루트가 알고 있을 리는 없다.

릴리에는 이상하게 여기는 시엘에게 답을 말했다.

"이젠 언니라 안 불러주는 거야?"

"어어?! 언니라고?! 어, 어떻게 네가 여기에 있는 거야?! 아니?! 역시 오라버님이지? 언니일 리가?! 어, 어라? 어라라?!"

릴리에는 혼란스러워하는 시엘을 보고 웃고 있었지만, 도중부터 불쌍해졌는지 사실을 이야기했다.

"사실은 바나디스를 만졌을 때, 시스템이 기억을 나에게 알려줬어. 그런 기능이 있을 줄은 몰랐는데."

릴리에가 태평한 얼굴로 가르쳐주자, 시엘은 절망해서 그 자리에 무너지듯이 주저앉았다.

시엘은 눈물을 흘리면서 말했다.

"오라버님이⋯⋯ 언니가 돼버렸어!!!"

릴리에는 그런 동생에게 온화하게 말했다.

"앞으로도 잘 부탁해, 동생아!"

시엘은 얼굴을 들고 전력으로 외쳤다.

"잘 되겠냐아아아!!"

에크스나가의 소동이 무사히 해결된 후.

제국의 수도성에서는 클레오와 재상의 말싸움이 이어졌다.

장소는 황태자용 집무실로, 예전에 전 황태자 칼뱅이 사용했던 방이다.

클레오는 내장을 전부 바꿔 칼뱅이 사용했던 흔적을 모두 지워 버렸다.

덕분에 예전엔 차분하고 고급스러운 느낌이 나는 가구에 둘러싸였던 작업실이, 지금은 호사스럽기만 한, 놀기 위한 방 같은 분위기가 되었다.

그런 방에서 큰 소파에 앉은 클레오는 눈앞에 선 재상을 노려보았다.

"내 말이 안 들렸나? 다시 말해 보라고 하였다."

클레오의 위협하는 듯한 말투에도 재상은 전혀 동요하지 않았다.

"세실리아 황녀 전하의 결혼식에 황태자 전하의 참석을 허가할 수 없다고 했습니다. 리시테아 황녀 전하의 대리 참석만을 인정하겠다고 하셨습니다."

"지금 날 무시하는 거냐?! 난 세실리아와 같은 어머니를 둔 남매라고!"

그런 어처구니없는 일이 있어서 되겠는가! 클레오가 화내는 것도 당연했다.

하물며 황태자 전하의 참석을 거부하는 건 있을 수 없는 일이다.

하지만 사태는 더 심각했다.

"그럼 이리될 줄 모르셨습니까? 에크스나 남작가에 지방관과 군대를 파견한 것도 모자라, 거기서 금지된 식물까지 재배하시지 않았습니까?"

재상이 책망하자 클레오는 얼굴을 돌렸다.

"그건 빌리가 멋대로 한 짓이다."

"물론 그렇겠죠. 황태자 전하께서 몸소 그러한 불법을 자행하진 않으셨을 겁니다. 하지만 부하가 저지른 일에 대한 책임은 피하실 수 없습니다. 그자를 지방관으로 임명하여 파견하신 건 황태자 전하이시니까요."

부하가 멋대로 한 짓이라는 핑계는 통하지 않는다.

그 말을 들은 클레오가 눈을 깜빡였다.

"지금 황태자더러 책임을 지라는 건가?"

"저희가 감히 그런 요구를 드리겠습니까? 이는 세실리아 황녀 전하께서 정하신 일입니다. 황녀 전하께서 격노하시며, 이번 일에 대한 책임을 고려하여 참석을 불허하셨습니다."

소중한 누나의 결혼식에 참가하지 못한다.

이는 단순히 가족의 결혼식에 가지 못한다는 의미가 아니다. 귀족 사회에서는 세실리아가 클레오와 절연한 것으로 간주할 것이다.

그럼에도 재상은 아직도 할 말이 남은 듯했다.

"……더구나, 세실리아 황녀 전하는 이번 일을 클레오 전하의 음모라고 선언하셨습니다. 걱정하여 달려온 귀족들에게도 같은 설명을 하고 계십니다."

이번 일에 대해 세실리아는 당당하게 자신의 이름으로 지방관과 파견군의 위법 행위를 비난했다.

"그건 빌리, 그놈이!"

"네. 정말 한탄스러운 일이지요! 황족께서 황태자 전하를 비난하는 사태가 됐으니까요! 더구나 그분이 가장 가까운 가족이라면 더더욱!"

클레오는 재상이 자신에게 '넌 가장 가까운 친족에게 버림받았다'라고 고하는 느낌이 들었다.

클레오는 말했다.

"……리암이 그리 하라고 일러준 건가?"

재상은 이 질문에 대답할 생각이 없는 듯했다.

"전달받은 말은 이상입니다. 황태자 전하께서는 세실리아 황녀 전하의 결혼식은 참석하실 수 없습니다. 이해해 주십시오."

에크스나 남작가에 죄를 뒤집어씌우려고 했는데 결국 클레오의 평판만 떨어뜨리고 끝났다.

클레오에게 굴욕적인 결과로 끝나고 말았다.

재상은 클레오에게 등을 돌렸다가 뭔가 떠오른 듯이 움직임을 멈췄다.

"아, 그리고 제미나이는 에크스나가에 재배 허가를 내주었던 걸로 처리하겠습니다. 이러면 적어도 그 건으로 황태자 전하를 비난하는 어리석은 자들은 안 나오겠지요. 원래부터 자격이 있었던 것이니."

재상은 '네 바보짓을 수습해줬다'고 말하는 듯한 얼굴이었다.

처음부터 허가가 나있었으니, 클레오는 제미나이 건으로 비난받을 일은 없을 것이다.

하지만 에크스나가에 제미나이 재배라는 큰 재원을 주고 말았다.

재상이 집무실에서 나가자, 클레오는 테이블에 놓인 가재도구를 집어던졌다.

바닥에 떨어진 가재도구가 깨져 버렸지만 그런 건 아무래도 상관없었다.

"또 리암 혼자 이겼잖아!"

◇◆◇◆◇

에크스나가에서 열린 결혼식은 세실리아 황녀 전하…… 아니, 세실리아를 맞이하기 위해 성대하게 거행되었다.

많은 귀족이 참가했고 병기공장 관계자, 상인, 다양한 사람들이 모였다.

전부 뒷배인 번필드가의 체면을 구기지 않기 위해서였는데, 에크스나가가 정식으로 제미나이 재배 허가를 받았다는 소식을 듣고 상인들이 앞다투어 선물을 증정했다.

제미나이는 불법 약물의 재료이지만, 원래는 유용한 복을 부르는 식물이었다.

불법이 아닌 활용 방법도 얼마든지 있다. 내가 로제타와 결혼할 때 썼던 의복과 드레스의 재료이기도 했다.

불법적이지 않은 다양한 약의 원재료이기도 하므로 요긴하게 쓰이지만, 제국이 엄격하게 재배를 관리하고 있어서 유통이 많지 않았다.

그런데 에크스나가가 새로 재배 허가를 받았다.

악덕 지방관 빌리는 성가신 존재였지만, 놈이 남긴 재배에 관한 지식과 경험을 얻은 것도 컸다. 제미나이에 상당히 집착이 있었던 모양이다. ……다른 곳보다 질이 좋다는 게 내 어용상인 토마스의 평가였다.

앞으로 많은 상인이 에크스나가의 어용상인이 되기 위해 움직일 것이다.

에크스나가는 전후 복구 작업도 있으니, 이로써 당장 쓸 자금이 부족하진 않을 것이다.

그래서 격식 있는 결혼식은 무사히 거행됐는데, 그때 세실리아가 선언했다.

"앞으로도 크루트 님과 함께 지금의 에크스나가를 부흥시키겠습니다."

에크스나가는 번필드가와 친하게 지내고 있다.

즉 '지금' 상태를 계속 유지하겠다는 의미다.

자기들의 대에 현재 상태를 바꿀 생각은 없다는 선언이었다.

이 선언에 참석한 리시테아 황녀 전하가 아주 불편해했던 게 인상적이었다.

다만 그런 리시테아 황녀 전하 옆에 시엘을 배치해 일단은 배려하고 있다는 어필은 빠뜨리지 않았다.

그렇게 2차 축하연까지 끝나고 지인끼리 3차가 열렸는데…… 옛 친구가 모인 자리에서 월레스가 울음을 터쳤다.

"이번 일로 아무도 나한테 상담하지 않았다니, 어떻게 된 거야?! 난 이래도 전 황족이라고. 어떤 상담을 하러 올지도 모른다고 생각해서 혼자 기다리던 내 마음을 생각한 적 있어?!"

이번 일로 누구도 자신에게 의지하지 않은 게 분했는지 월레스는 술을 퍼마시고 울고 있었다.

크루트는 미안해했는데…….

"미, 미안. 그, 난 잡혀있어서 연락할 여유가 없었는데."

"그 후에는?"

"어?"

"그 후에는 여유가 있었잖아? 클레오에게 어떻게 하면 좋은지, 그 외에도 상담할 수 있는 내용은 많이 있었을 텐데!"

"아, 아니, 그쪽은 세실리아 님이 힘내줘서 월레스는 필요 없었고……."

……이거다.

지금까지 윌레스는 우리 중에서 유일한 황족 출신이라는 가치가 있었지만, 크루트가 결혼한 상대도 전 황녀 전하다.

윌레스가 필요한 상황이 줄었다. 그렇다기보다는 이젠 필요가 없다.

"어차피 나는 아무런 가치도 없어! 세실리아 누나가 있으면, 나 같은 건 이제 쓸모가 없다고!"

또 울기 시작한 윌레스를 크루트가 필사적으로 달랬다.

"소중한 친구로 생각하고 있다니깐! 그래서 청첩장도 제대로 보냈잖아."

그런 두 사람의 모습을 보고 있는 건 마찬가지로 술을 연거푸 들이키는 에일라였다.

에일라는 날 째려봤다.

"리암 군이 나쁜 거야!"

"또 그 얘기냐."

시비를 걸린 내가 한숨을 쉬자, 에일라가 술에 취한 빨간 얼굴을 가까이 댔다.

"왜 제미나이 재배 허가를 받은 거야? 내가 필사적으로 사전 작업을 해서 준비하고 있었더니, 그걸 이용해서 재배 허가를 받다니! 심각한 배신이야!"

상을 탕탕 치고 우는 에일라에게 질려 난 옆에 있던 로제타를 바라봤다.

로제타도 당황했다.

에일라는 수도성의 지하 거리를 관리하는 부서에 있어서 이런 불법 약물 단속도 업무 중 하나다.

그래서 제미나이가 퍼지는 걸 싫어하는 걸까? 하지만 제국의 허가를 받아 앞으로는 엄격하게 관리될 예정이다.

……왜 혼나는 건지 이해가 안 됐다.

로제타가 에일라를 달래듯이 설득했다.

"그, 그래도, 결과적으로는 잘되지 않았나요? 에크스나가는 큰 재원을 얻었으니, 이후의 복구 작업뿐만 아니라 영지 경영에 큰 도움이……."

"아니야! 그런 정치적인 이야기가 아니라고! 이건 누구에게도 말할 수 없어어어어!!"

에일라는 말할 수 없는 이유가 있어서 반대하는 것 같은데, 이미 통과된 일이다.

이제 와서 허가를 철회하는 건 궁정의 체면도 있으니 받아들일 수 없다.

덧붙이자면 허가를 철회할 이유를 찾을 수 없다.

로제타는 고개를 저어 자기는 안 된다며 나에게 눈으로 호소했다.

어쩔 수 없으니 내가 에일라의 푸념을 받아줬다.

"네 마음은 자~알 알았다. 에일라, 미안하다."

하지만 에일라는 용서하지 않았다.

"미안하다고 생각하면 제미나이 같은 건 없애버리라고오오오오오!"

"취했다고는 해도 과격한 발언이네. 멸종시키라니, 악당인 나도 그런 발상은 없어."

"아니야아아아! 그리고 월레스가 달라붙어 있는 크루트 군한테 달라붙어어어!!"

크루트를 보니 월레스를 상대하느라 지친 얼굴을 하고 있었다.

그런 크루트에게 나까지 달라붙는 건 민폐의 극치다.

"사건이랑 결혼식으로 피곤하니까 오늘 정도는 좀 봐줘."

"이런 건 인정할 수 없어어어어! 난 열심히 했는데! 그런데 전부 역효과가 나다니, 얼마나 운이 안 좋은 거야! 분명 불운의 신이 나쁜 짓을 하는 게 틀림없어!"

불운의 신을 탓하는 에일라를 보고 난 작게 웃었다.

술이 든 잔을 들고 조금 마셨다.

"……그거 큰일이네. 네 운이 좋아지도록 내가 행운의 신에게 기도하지."

에일라는 얼굴을 들고 수상하다는 듯이 내 얼굴을 봤다.

"나왔다, 리암 군의 행운의 신 발언. 진짜 효과 있어? 마이너한 신은 믿을 수가 없는데~."

난 안내인을 의심하는 예상치 못한 말을 듣고 설교를 꼭 해야겠다고 결심했다.

내 모습을 보고 있던 로제타가 '아' 하고 소리를 냈지만 이미 늦었다는 걸 알았는지 에일라한테서 얼굴을 돌렸다.

난 에일라의 목덜미를 붙잡았다.

“어리석긴! 내 행운의 신은 대단해! 얼마나 대단한지 지금부터 너한테 공들여서 가르쳐주지! 네가 이해할 때까지 며칠이 걸려도 안 놔줄 거다!”

에일라는 취해 있었지만, 얼굴이 파랗게 질렸다.

공포로 인해 술도 깼는지 날 무서워했다.

“용서해줘! 친구니까 용서해줘어어어!”

“안 돼. 친하니까 정성 들여서 꼼꼼히 가르쳐줄게. 그래, 먼저 나와 행운의 신인 안내인의 만남부터 얘기하자. 자세히는 가르쳐줄 수 없지만, 그때 난 절망 속에 있었는데…….”

나에게 붙잡혀 도망치지 못하는 에일라가 주위에 도움을 요청했다.

“다들 날 구해줘! 리암 군의 이상한 스위치가 켜졌어어!”

로제타는 얼굴을 돌리고 시선을 외면했다.

“아쉽지만 이미 늦었어요. 달링은 그 이야기를 하면 오래가요.”

월레스는 에일라를 보고 웃고 있었다.

“평소의 행실이 안 좋으니까 그렇게 되는 거 아니냐? 조금은 자신을 돌아보는 편이 좋을 거야.”

에일라에게 불만이 있는 것 같은 말이었는데, 나는 정작 월레스에게 같은 말을 하고 싶었다.

크루트는 에일라를 차가운 시선으로 보고 있었다.

“리암이랑 친하게 지내서 좋겠네. 에일라, 네가 정말 부러워.”

아까부터 나한테 크루트한테 달라붙으라는 등 곤란하게 만드는 말을 하는 걸 들었을 것이다.

이곳에 있는 모두가 에일라를 도우려고 하지 않았다.

"다들 너무해……! 난 뒤에서 활약하면서 열심히 했는데……! 모두를 위해서 노력했는데 이건 아니잖아아아아!!"

◇◆◇◆◇

한편, 그 무렵 안내인은 수도성의 하수도에 있었다.

더러운 쥐들에게 둘러싸여 상처 입은 몸과 마음을 치유하고 있었다.

"역시 저에게 수도성은 오아시스군요. 여기 있는 생물도 정말 훌륭해요. 눈매가 날카롭고 사나워서 부정적인 것이 모이는 곳에 서식하기에 알맞은 생물들이죠."

보통 사람이라면 혐오하는 작은 동물이나 벌레들이 안내인에겐 마음을 편하게 해주는 애완동물로 보였다.

안내인은 눈이 세 개 있는 기분 나쁜 쥐를 손으로 잡아 오른 손바닥 위에 올리고 귀여워했다.

"후훗, 이 사랑스러운 세 개의 눈이 좋네요. 증오로 물든 거무튀튀한 눈동자가 귀여워서…… 아얏! 젠장, 저리 가, 이 썩을 쥐새끼가!"

귀여워하는 도중에 물려 버린 안내인은 쥐를 집어 던졌다.

얼마 전에 입은 상처도 나은 안내인은 물린 손바닥을 신경 쓰면서 지상으로 나갔다.

지면을 관통해 지상으로 나오니 그곳 또한 어둑어둑했다.

고층 빌딩과 건물의 그림자에 가려져 인공 태양 빛이 닿지 않는 것이다.

"아~ 이 음침한 느낌이 실로 훌륭해! 여기에 별장을 짓고 살아도 될 정도로 쾌적해요."

수도성의 부정적인 감정이 모인 곳은 안내인에게는 쾌적한 곳이다.

휴양지에 온 듯한 기분이라 별장을 짓고 싶을 정도였다.

"어라? 신문인가요."

종이 타입의 기록 매체가 바람이 날려 안내인의 발치에 왔다.

한 장의 종이이긴 하지만 거기엔 수많은 기사가 기록되어 있다.

상당한 양의 정보가 기재되어 있었다.

그리고 1면을 장식한 기사에는 영상까지 있었다.

손에 들고 펼치자, 영상이 재생되었다.

『이번에 에크스나 남작가에서 일어난 싸움은 황태자 전하께서 파견하신 지방관이 일으킨 사건으로 알려졌으나, 자세한 정보는 공개되지 않았습니다. 번필드 공작가에서는 이번 일에 관련해 악덕 지방관의 손에서 맹우를 구했다고 리암 세라 번필드 공작의 공식 성명을 발표했습니다.』

안내인이 신문지를 쥐는 힘이 강해졌다.

"내, 내가 몸을 치료하는 사이에 이런 재밌어 보이는 사건이 일어나고 있었다니……! 큭, 이번 일에 관여했으면 이번에야말로 리암을 망자로 만들 수 있었을지도 모르는데."

기회를 놓쳤다는 분한 마음에 몸을 떨었다.

그런 안내인 뒤에 접근하는 짐승이 한 마리…… 희미한 하얀 빛에 감싸이고 어렴풋한 윤곽을 가진 개였다.

전생에 리암에게 귀여움을 받았고, 그가 죽음을 맞이해 달려갔을 때 안내인에게 주인의 영혼을 빼앗긴 원한을 품고 있었다.

그 개는 입에 뭔가를 물고 있었다.

그건 작은 검으로, 바나디스가 가지고 있던 대검과 똑같은 형태였다. 크기가 단검 정도로 줄어들었지만, 크리스탈 칼날은 여전히 번쩍거렸다.

거기엔 리암의 기대에 부응할 수 있었던 어비드와 바나디스, 그리고 릴리에의 감사가 담겨있었다.

거기에 더해 리암의 안내인에 대한 일그러진 감사도 담겨있었다.

개는 검을 문 채로 달리기 시작하더니 안내인의 가랑이 아래를 지나서…… 한쪽 다리를 절단했다.

안내인은 갑자기 한쪽 다리가 절단되어 놀랐다.

"……어? 다, 다리가?! 내 다리가아아아! 큰일이다아아아! 아직 불완전했었나아아아!!"

소란을 피우면서 회복이 불완전했다고 생각하며 또다시 지하로 파고들어 갔다.

그 모습을 본 개는 헥헥헥, 소리를 냈는데, 꼭 웃는 것 같았다.

이번에는 안내인이 정말로 아무 관여도 안 했는데 감사하는 마음이 전달되어 몸부림치며 괴로워했다.

◇◆◇◆◇

"이야~, 힘들었어요. 리리가 놓아주지 않아서. 침실에까지 따라오려고 했어요. 아버님과 어머님이 신경 써주지 않으셨으면 어떻게 됐을지."

결혼식이 무사히 끝나고, 크루트는 세실리아와 첫날밤을 맞이하게 되었다.

크루트는 쑥스러워서 리리 이야기를 꺼냈는데, 먼저 방에 와서 기다리고 있던 세실리아는 화장대 앞에 앉아있었다.

크루트가 보기에는 등을 돌린 상태였다.

"세실리아 님?"

크루트가 조금 불안해져서 말을 걸었다.

침실에 오는 게 늦어져 화가 난 걸까? 그런 불안을 느끼고 있었는데, 사태는 더 심각했다.

세실리아가 일어서서 뒤로 도니, 그녀의 손에는 눈에 익은 하얀 원피스와 몇 종류의 약병이 쥐어져 있었다.

세실리아는 어두어둑한 방 안에서 미소를 띠고 있었다.

"크루트 님, 이게 무엇인지 알고 계시죠?"

크루트는 초조해져 식은땀이 났다.

"그, 그건……!"

(어떻게?! 잘 숨겨놨을 텐데?!)

세실리아에게는 절대로 들키지 않을 자신이 있었지만, 지금 이렇게 눈앞에 들고 있었다.

크루트는 이제 막 결혼식을 올렸는데, 자신이 터무니없는 짓을 저질렀다며 격하게 후회했다.

들떴던 스스로를 부끄러워하고 있으니 세실리아가 다가왔다.

그리고 성전환약의 병뚜껑을 열어 크루트의 입에 가까이 댔다.

"엇?!"

세실리아는 놀란 크루트 앞에서 말했다.

"평소에 전 정숙하고 아무것도 모르는 아가씨…… 그런 이미지였죠."

"시, 실제로도 그렇지 않나요?! 읍?!"

입에 병이 들이밀려 크루트는 아무 말도 할 수 없게 되었다.

세실리아는 크루트에게 미소를 지으면서 계속해서 말했다.

"궁궐에서 버티는 사람은 정상적이지 않은 사람뿐이에요. 누구나 마음에 어두운 부분을 남몰래 간직하고 있죠."

세실리아는 잇따라 다른 병뚜껑을 열어 크루트에게 먹였다. 그녀는 결국 모든 약을 크루트에게 먹였다.

그리고 서서히 변하는 크루트의 몸을 보면서 황홀한 표정을 지었다.

"전 특수한 환경에서 자라서 모든 성별에 관심이 있어요. 그런데 설마 크루트 님도 같은 인종일 줄이야. 그때…… 절 구하러 왔을 때, 항복 권고를 했을 때 알아차렸어요."

크루트는 세실리아 앞에서 공포에 떨었다.

"겨우 그런 걸로?!"

"물론 평소에도 수상한 점이 있었지만, 그게 확신을 줬죠. 이 사람이야말로 내가 기다리던 사람이라는 걸……! 이해받지 못하면 평생 숨기고 살아갈 생각이었어요."

크루트가 성전환하고 있다는 걸 알고 세실리아는 참을 수가 없게 된 듯했다.

여성으로…… 릴리에의 모습이 된 크루트에게 세실리아가 안겼다.

"아~, 정말 예뻐! 역시 사랑에 빠진 여자는 아름다워지네요. 상대는 번필드 공작이죠?"

"리, 리암은 아무 관련이……!"

"숨기지 않아도 괜찮아요. 전 누구에게도 말하지 않아요. 그리고 남자일 때는 저의 사랑스러운 신랑. 그리고 여자일 때는 번필드 공작에게 이룰 수 없는 사랑을 품은 소녀……. 멋진 이면성이잖아요."

세실리아의 성벽에 딱 맞아떨어진 것 같았다.

크루트…… 릴리에가 공포에 고개를 숙이고 있으니, 세실리아가 살짝 귓속말했다.

"저희가 이혼하면 목숨 걸고 싸운 번필드 공작에 대한 배신이 되겠죠?"

릴리에는 작게 고개를 끄덕였다.

이들의 이혼은 에크스나가의 끝을 의미했다.

리암에 대한 배신까지는 아니겠지만, 그래도 애써준 사람의 얼굴에 먹칠을 하는 짓이다.

그리고 정치적으로도 에크스나가는 세실리아와 연을 끊을 수 없다.

세실리아는 에크스나가를 위해 클레오라는 친동생과 절연까지 했으니까.

그런 각오를 보여준 여성을 거칠게 다루면 에크스나가의 평판은 땅에 떨어진다.

세실리아는 릴리에의 볼에 자기 볼을 대고 비볐다.

"멋져요, 크루트 님. 저희는 잘 어울리는 부부가 될 수 있겠어요!"

(나는…… 나는…… 터무니없는 여성과 결혼했을지도 모르겠어!)

크루트, 그리고 릴리에는 진정한 세실리아의 무서움을 알고 앞날을 걱정했다.

◇◆◇◆◇

3차 축하연까지 무사히 끝마친 난 에크스나가의 행성을 떠나 아르고스로 귀환했다.

에크스나가의 저택에 머무르는 선택지도 있었지만, 크루트와 세실리아의 첫날밤이라서 해서 사양했다.

크루트는 음담패설을 싫어하는 경향이 있어서 놀릴 수 없고 성적인 이야기도 안 하기 때문이다.

우리가 저택에 있으면 마음이 어수선할 것 같아서 에일라와 월레스도 데리고 왔다.

나는 지금 내 방의 침대에 누워있다.

우주 전함 안에 인공적인 중력을 발생시키고 있어서 침대에 대자로 누웠다.

그렇게 누워있는 내 옆에는 아마기가 평소에 입는 메이드복 차림으로 침대 위에 무릎 꿇고 앉아있었다.

"알코올 과잉 섭취…… 원래라면 꾸짖을 상황이지만, 평소의 주인님을 고려하면 적당한 휴식이 된 것 같군요."

과음했다고 나무라는 게 아니라, 드디어 쉰다고 안도하는 것처럼 보이기도 했다.

"오랜만에 친구끼리 모여서 재밌었어."

어른이 되어 만날 기회가 줄어들었다.

이 세계에서는 친한 친구라 하더라도 몇십 년 동안 만나지 않는 경우가 많고, 인간관계는 변화하기 쉽다.

그런 와중에도 반세기 이상 변하지 않는 친구 관계는, 악덕 영주라 자처하는 나라도 마음에 와닿는 게 있었다.

아마기는 땀이 밴 내 이마를 수건으로 닦았다. 마법인지, 아니면 과학의 힘인지, 닦은 부분이 목욕을 마친 듯한 상쾌한 느낌이 들었다.

"주인님은 너무 열심히 일하십니다. 긴 인생…… 가끔은 쉬는 것도 필요하지 않을까요."

"쉬는 건 나중에 해도 돼. 지금은 할 수 있는 걸 전부 해야 할 때야."

이번 일은 결과만 보면 싸움을 건 클레오의 평판을 떨어뜨렸으니 대성공일 것이다.

하지만 번필드가 혼자 제국과 싸우는 건 어렵다는 것도 실감했다.

클레오에게 이번 일은 심심풀이 수준이었을 것이다.

마음만 먹으면 전력을 더 끌고 올 수도 있었다.

"……클레오가 어리석어서 살았을 뿐이야. 제국이 진심으로 우리를 없애러 왔으면 간단히 졌을 거야."

"그걸 아시는데도 제국과 싸운다는 마음은 아직 변하지 않으셨나요?"

아마기가 걱정스럽게 물어서 난 상반신을 일으켰다.

"안 변했어. 내 친구를 건드렸어…… 오히려 싸울 마음이 더 강해졌어."

이번 일을 클레오가 생각하고 실행했다면 괜찮지만…… 만약 뒤에 황제가 있다면…….

내가 생각에 잠겨있으니, 아마기가 걱정되는지 날 바라봤다.

제삼자가 보면 무표정이라 생각하겠지만, 나에겐 근심 어린 표정으로 보였다.

"그렇게 걱정하지 마. 난 이기기 위한 준비를 게을리하지 않을 거야……. 언젠가 제국을 쓰러뜨릴 힘을 손에 넣겠어."

"……주인님이라면 가능할지도 모르겠네요. 지금의 저보다 훨씬 더 먼 미래를 예상하고 계실 테니까요. 이젠 도와드릴 수 있는 것도 적어졌네요."

어릴 때는 이래저래 아마기에게 의지했지만, 기사의 육체가 된 뒤로는…… 초인적인 스펙을 얻은 뒤부터는 의지하는 상황도 줄었다.

이건 메이드로봇들의 처리 능력보다 내가 뛰어나기 때문이다.

돈을 들여 육성한 인간은 메이드로봇들을 능가하지만…… 그건 어디까지나 능력 면의 이야기에 불과하다.

"넌 내 곁에 있는 것만으로도 충분히 가치가 있어. 다른 아이들도 마찬가지야."

"……그렇게 말씀해 주신다면 계속해서 곁에서 모시겠습니다."

아마기가 조금 쓸쓸한 듯한 표정을 지어서 난 화제를 바꾸기로 했다.

"그보다 재밌는 이야기를 해줄까?"

"재밌는 이야기요?"

고개를 갸웃하는 아마기가 귀여워서 나도 모르게 미소를 지었다.

"나한테 아는 요정이 생겼어."

"……요정?"

무심코 쉽게 잊어버리지만, 이 세계에는 과학도 있고 마법도 있다.

마법이라 하면 판타지 세계고, 판타지 세계니까 요정 정도는 있어도 이상하지 않을 것이다.

판타지 세계라면 요정은 정석…… 닛타 군이 말했으니 틀림없다.

그 요정의 이름은 릴리에.

릴리에…… 참 신기한 이야기이지 않은가.

기발한 차림이 눈에 띄는 수도성에서 청초하고 가련한 모습을 유지하고 있었다.

이 넓은 우주에서 세 번이나 우연히 만난 것도, 그녀가 사람이 아니라 요정 같은 부류이기 때문이 아닐까?

그리고 제미나이 꽃밭…… 환상의 생물이 좋아할 것 같은 곳이다.

평소 사람에게 엄한 내가 마음이 끌린 것도 릴리에가 요정 같은 부류였기 때문…… 그렇게 생각하면 납득이 된다.

내가 혼자 의기양양해지자 아마기는 눈에 띄게 표정을 바꿨다.

눈을 크게 뜨고, 그리고 당황하고…… 어, 어라?

내가 무슨 문제 되는 말을 했나 싶어 보니, 아마기가 재빠르게 손을 귀에 대고 양산형 메이드들을 소집했다.

“시라네, 시오미, 아라시마, 바로 기동해서 주인님의 시중을 드세요. 전 이대로 주인님의 멘탈 케어를 개시합니다.”

“아마기? 아마기?!”

아마기가 날 걱정해서 차례차례 연락했다.

“본성의 정청에 연결해 주십시오…… 네. 클라우스 공에게 전언 부탁드립니다. 주인님은 피로로 인해 멘탈 케어가 필요하다고…… 네, 긴급 사태입니다.”

클라우스까지 움직인다면 상당히 큰 문제로 인식하고 있다는 증거다.

난 벌떡 일어나 아마기의 양어깨를 붙잡았다.

“진정해, 아마기! 난 괜찮아! 그냥 아는 요정이 생겼을 뿐이야!”

아마기는 아주 나긋나긋한 미소를 짓고 있었다.

“네, 주인님의 말씀은 믿고 있습니다. 주인님이 이렇게까지 정신적으로 몰린 걸 알아차리지 못한 아마기의 잘못입니다.”

“너한테 잘못 같은 건 없다니깐!”

아무래도 내가 너무 피곤해서 헛것을 봤다고 여기는 것 같다.

걱정하는 아마기를 진정시키려고 했는데 갑자기 내 침실의 문이 열렸다.

거기엔 시라네, 시오미, 아라시마와 함께 온 로제타의 모습이 있었다.

"달링!"

"로, 로제타?"

너는 또 어떻게 알고?! 그렇게 묻기 전에 로제타는 나에게 뛰어들어 안겼다.

기세에 밀려 침대에 넘어졌는데, 로제타는 내 품에서 울고 있었다.

"환각을 볼 때까지 무리하다니, 그러면 안 돼! 당장 본성으로 돌아가서 의사와 치료사를 모으자."

로제타 뒤에서는 시라네가 입을 열었다.

"로제타 님, 주인님의 상황에 대해 들은 정청이 이미 움직이고 있습니다. 영지에서는 당연히 저명한 의사와 치료사들을 긁어모으고 있습니다. 아르고스가 귀환할 무렵에는 만전의 태세가 갖춰져 있을 겁니다."

……말도 안 돼.

난 요정이 있다고 생각해서 아마기한테 얘기했는데 아무래도 아닌 것 같다.

로제타가 안겨서 우는 걸 그대로 두고 난 아마기에게 고개를 돌려 물었다.

"……요정은 실존하지 않아?"

"환수종 취급이지요. 현재에 이르기까지 명확하게 존재한다는 증거는 나오지 않았습니다."

존재는 확인되지 않았다.

즉, 난 일하느라 너무 지친 상태로 '요정님이랑 친구가 됐어!'라고 말한 것이다.

……걱정할만했네.

"그런가…… 요정이 아니었나."

아무래도 내 감은 빗나간 것 같다.

이거, 내가 생각했던 것보다 지쳤을지도 모르겠다.

번필드가의 본성인 하이드라에서 한 메이드로봇이 야스시의 자택을 방문했다.

양손에는 에크스나가 사건을 도와준 리호와 후우카에게 주는 포상이 들려있었다.

옻칠을 한 쟁반 위에는 리암이 준비한 물건들이 놓여있었다.

번필드령에서 마련된 명도 두 자루에 금전 등의 포상 목록이 눈에 띄었다.

원래라면 메시지 하나로 끝날 일이지만, 일섬류와 관련된 일은 대충 넘기지 않는 리암은 정성을 들여서 대했다.

소중한 사매들의 공적에 보답하기 위해 준비된 물건들…… 그걸 가져온 건 메이드로봇 중 하나인 '켄잔'이었다.

여성형 메이드로봇에 켄잔(劍山)이라는 투박한 이름이 붙었는데, 본인은 신경 쓰는 기색이 없었다.

오히려 자랑스럽게 여기고 있었다.

현관 앞에 선 켄잔은 방문한 이유를 말했다.

"실례합니다. 사츠키 리호, 시시가미 후우카, 두 사람의 공적에 보답하기 위해 리암 세라 번필드 공작의 포상을 가져왔습니다. 수령 부탁드립니다."

고용인이 현관문을 열자, 처음엔 메이드로봇이 등장해 당황한 표정을 지었지만 바로 안으로 들였다.

아직도 인공지능을 탑재한 메이드로봇에 대한 기피감은 뿌리 깊지만, 번필드가의 영지에 한해서는 표면적으로 아무도 불평하지 않았다.

만약 리암의 귀에 들어가면 큰일 난다는 걸 알고 있기 때문이다.

리암은 명군으로 사랑받고 있지만 메이드로봇을 후대한다는 점만은 결점으로 여겨지고 있었다.

물론 그건 명군이라는 큰 장점을 지울 정도는 아니었다.

켄잔이 리호와 후우카가 있는 곳으로 안내를 받았는데, 그곳은 야스시의 방이었다.

차분해진다는 이유로 마련된 야스시의 방은 4평 정도의 다다미방이었다.

야스시는 방석을 말아 베개 대신 베고 누워있었다.

리호와 후우카는 그렇게 누워있는 야스시 근처에 앉아서 몸을 흔들고 있었다.

"스승님, 진짜 몰라? 검귀라는 녀석이 스승님이랑 아는 사이라고 했는데~."

리호의 질문에 야스시는 귀찮은 듯이 말했다.

"그런 꺼드럭거리는 이름을 가진 지인은 없어~."

후우카는 리호를 비웃고 있었다.

"거 봐! 그러니까 그 녀석한테 속은 거라니까! 스승님의 지인이 약할 리가 없잖아."

비웃음당한 리호는 정색했다.

"그 녀석이 스승님이랑 아는 사이라고 말했어! 그리고 다른 놈들보다는 강했고!"

켄잔은 정색하고 말싸움하는 두 사람 옆에 무릎을 꿇고 앉아 포상을 다다미 위에 놓았다.

그리고 세 사람 앞에 검귀의 자료를 홀로그램으로 표시했다.

"대화하시는 중에 실례합니다. 검귀라 불리는 검사에 대한 정보라면 여기 있습니다."

야스시는 메이드로봇이 갑자기 나타나 놀랐지만, 리호와 후우카는 리암의 심부름꾼이라는 걸 바로 알았는지 놀라지 않았다.

오히려 표시된 검귀의 모습을 보고 있었다.

"그래! 이 녀석이야, 이 녀석! 스승님, 진짜 몰라?"

야스시는 끈질기게 물어보는 리호의 끈기에 졌는지 상반신을 일으켜 검귀의 모습을 봤다.

그러자 눈을 크게 떴다.

아무래도 알고 있는 모양이다.

"어? 이 녀석은…… 야마다잖아?"

어째 기억을 떠올린 듯한 야스시를 보고 후우카는 고개를 갸웃했다.

"……야마다? 검귀가 아니라?"

야스시는 팔짱을 끼더니 당시를 떠올리면서 이야기했다.

"기품이나 눈매가 안 좋아졌지만, 틀림없는 야마다야. 그립구만~. 이 녀석, 내게 곧잘 시비 걸곤 했었지."

몇백 년도 더 전의 일이라 야스시도 잊고 있었던 것 같았다.

다만 이번 일이 계기가 되어 당시의 이야기를 하기 시작했다.

“같은 도장에 다니고 있었는데, 이 녀석은 주위에 사람이 다가오지 못하게 하는 고독한 척하는 외톨이 놈이었지. 하지만 소생은 조화를 중시해서 주위 사람들과 사이좋게 지냈는데…… 그게 마음에 안 들었는지, 자주 소생에게 시비를 거는 남자였어.”

리호는 몇 번이고 고개를 끄덕이면서 이야기하는 야스시를 수상하게 생각했다.

“……왜 일섬류의 스승이 다른 도장에 다녔던 거야?”

켄잔도 이 질문이 아주 흥미로웠는지 단정하게 앉아 열심히 듣고 있었다.

물론 이 자리에 있는 누구도 켄잔의 진지함을 느끼지 못했지만.

야스시는 살짝 당황하면서 설명했다.

“시야를 넓히기 위해 다른 유파의 도장에서 신세를 지고 있었다. 확실히 일섬류는 강하지만, 그렇다고 해서 다른 유파에 배울 만한 점이 없다는 생각은 경솔한 생각이다. 너희도 다른 유파를 배워보는 것도 나쁘지 않다.”

리호와 후우카는 납득한 듯한 표정을 지었다.

하지만 후우카는 알아차렸다.

“그럼 시비를 걸었을 때 실력 차이를 보여주면 되잖아? 스승님이라면 야마다를 때려눕히는 것도 간단하잖아.”

자기들에게 상대도 안 되는 검귀라면, 야스시라면 새끼손가락

하나로 쓰러뜨릴 수 있을 것이다…… 그런 눈으로 바라보는 제자들 앞에서 야스시의 시선이 흔들렸다.

"아니, 두들겨 맞은 건 나…… 크흠! 그, 그건! 소생이 일섬류의 검사라는 걸 숨기고 있었기 때문이다. 다른 유파의 기술을 배우고 있는데 문제를 일으킬 수는 없지!"

리호가 팔짱을 끼고 고개를 크게 끄덕였다.

"하~앙, 그래서 검귀 녀석은 스승님을 얕보고 있었구나. 응, 난 납득했어."

"그, 그거 다행이구나."

야스시는 안도하면서 켄잔이 표시한 홀로그램 검귀에게 고개를 돌렸다.

"그건 그렇고 야마다 녀석이 죽었나……. 그 녀석, 그대로 열심히 했으면 도장 주인의 딸이랑 결혼하고 도장도 이을 수 있었을 텐데 아깝군."

왠지 부러워하는 야스시였다.

◇◆◇◆◇

야스시의 자택에서 번필드가 저택으로 돌아온 켄잔은 아무도 없는 안뜰에 나와 빗자루를 목검 대신 삼아 연습하고 있었다.

처음엔 자기 이름에 '검(劍)' 자가 들어가 있어서 타테야마를 따라서 독자적인 개성을 획득하기 위해 검술을 시작한 게 계기였다.

이후, 한가하면 뜰에서 후리기를 했다.

그렇다고는 해도 메이드로봇들은 전투용으로 만들어지지 않았기 때문에, 기사와 비교하면 연약하다.

후리기도 처음엔 기초가 되는 데이터를 확인하고 흉내부터 시작했다.

몸에 걸리는 부담, 그리고 메이드로봇의 몸으로 얼마나 빠르고 힘차게 빗자루를 내려칠 수 있는가…… 매일같이 추구한 결과, 지금의 켄잔의 후리기는 아는 사람이 보면 감탄할 영역에 이르렀다.

하지만 주위에 있는 건 검술에 관심이 없는 자매들뿐이다.

켄잔이 후리기를 하는 곳에 시오미가 지나갔다.

"오늘도 켄잔이 빗자루로 놀고 있네요. 정말 켄잔은 빗자루를 좋아하는군요."

다소 오해가 있었지만, 켄잔은 굳이 부정하지 않았다.

무술에 소양이 있는 자로서 과묵할 것! 이게 많은 데이터를 모은 켄잔이 도출해 낸 답이었다.

그래서 시오미를 무시하고 오늘도 빗자루를 휘둘렀다.

"응! 지금 내려치기는 좋았어!"

후기

좋은 낮, 좋은 밤, 혹은 좋은 아침입니다? 미시마 요무입니다.

이번 권은 놀랍게도 Web판에는 수록되지 않아서 서적 한정 에피소드입니다. 언젠가는 서적 한정 이야기를 쓰고 싶다고 생각하고 있었는데 드디어 실현했습니다. 서적 한정인 캐릭터들을 주축으로 '성간 국가'답게 완성했습니다.

아, 참고로 본작의 약칭은 애니화를 거치면서 '성간 국가'가 된 것 같습니다. 이제 일일이 '나는 성간 국가의 악덕 영주!'라고 치지 않아도 SNS에서는 '성간 국가'로 통용될지도? 의외의 부분에서 애니화의 덕을 보네요.

그건 그렇고 드디어 히로인? 으로서도 인기 있는 릴리에를 메인으로 한 에피소드를 써서 작가로서 기쁘게 생각합니다. 시엘과의 관계도 이번 권의 매력 중 하나가 아닐까요?

게다가 이번 권에서는 특별한 사양의 어비드도 등장합니다.

매번 신형기와 발전된 기체를 그려주시는 타카미네 나다레 선생님께는 고마워서 절로 고개가 숙여지네요.

애니화 이후로 여러 게임과도 콜라보하고 있어서 지금까지보다 더 많은 분에게 알릴 수 있게 되었다고 생각합니다.

앞으로도 열심히 할 테니 미시마 요무와 '나는 성간 국가의 악덕 영주!'를 잘 부탁드립니다!

*열심히 했는데 형편없는 대우를 받는 사람

頑張ったのに酷い仕打ちを受ける人

アニメの制作に関わって下さった皆様
そしてアニメをご覧いただいた皆様
本当にありがとうございました!
配信中なので、まだの方はそちらでご覧いただけると嬉しいです!
今後ともよろしくお願いします!
高峰ナダレ

*애니메이션 제작에 참여하신 여러분
그리고 애니메이션을 봐주신 여러분
정말 감사합니다!
스트리밍 중이니 아직 못 보신 분은 스트리밍으로 봐주시면 감사하겠습니다!
앞으로도 잘 부탁드립니다!
타카미네 나다레

I AM THE VILLAINOUS LOAD OF THE INTERSTELLAR NATION Vol.11
©2025 Yomu Mishima
First published in Japan in 2025 by OVERLAP, Inc.
Korean translation rights reserved by Somy Media, Inc.
Under the license from OVERLAP, Inc., Tokyo JAPAN

나는 성간 국가의 악덕 영주 11

2025년 11월 15일 1판 1쇄 발행

저　　자 미시마 요무
일 러 스 트 타카미네 나다레
옮 긴 이 박정철
발 행 인 유재옥
이　　사 조병권
편 집 부 정영길 박치우 조찬희 이소의 정지원
디자인랩팀 김보라 전세연
디지털사업팀 김지연 윤희진 장혜원
라이츠사업팀 김정미 유아현 이지현
영업마케팅팀 최원석 윤아림
물 류 팀 백철기
경영지원팀 최정연
인쇄제작처 ㈜코리아피엔피
발 행 처 ㈜소미미디어
등　　록 제2015-000008호
주　　소 서울시 마포구 토정로222, 502호 (신수동, 한국출판콘텐츠센터)
판매 및 마케팅 (070) 8822-2301

ISBN 979-11-384-8831-0
ISBN 979-11-384-0856-1 (세트)